केशुभाई देसाई
की यादगारी कहानियां

गुजराती कथा साहित्य के प्रमुख हस्ताक्षर केशुभाई देसाई ने सैकड़ों कहानियां लिखकर कथा-जगत को समृद्ध किया है। किशोरवय से ही सृजनोन्मुख केशुभाई की प्रथम कहानी जनसत्ता परिवार की कथा पत्रिका 'चांदनी' में नवीं कक्षा के छात्र के रूप में प्रकाशित हुई थी। एक ओर इनकी कहानियों में जहां परम्परागत रीति-रिवाज़ों की झलक के साथ-साथ उनमें नव जागरण के स्वर अंकुरित दिखाई पड़ते हैं, वहीं दूसरी ओर गुजरात और आए दिन पूरे देश की एक बड़ी समस्या के रूप में सांप्रदायिक दंगों और राजनीति की टांग-खिंचाई को विषय बनाकर भी इन्होंने कई दर्जन अनूठी कहानियां दी हैं। अपनी विशिष्ट लेखन शैली के बल पर गुजरात ही नहीं समस्त भारत में इन्होंने अपना एक अलग पाठक वर्ग तैयार किया है। इनकी कहानियों के पात्र पाठकों को अपने इर्द-गिर्द ही दृष्टिगोचर प्रतीत होते हैं, यही इनकी सबसे बड़ी विशेषता है। इस संकलन में संकलित कहानियों को इतनी कुशलता से गुजराती से अनुवाद किया गया है कि ये सब मूलतः हिन्दी में ही लिखी प्रतीत होती हैं। ये कहानियां सभी पाठकों के साथ-साथ भारतीय कथा-साहित्य के अध्येताओं और शोधार्थियों के लिए भी महत्वपूर्ण हैं।

केशुभाई देसाई
की यादगारी कहानियां

हिन्द पॉकेट बुक्स

हिन्द पॉकेट बुक्स
भारत की सर्वप्रथम पॉकेट बुक्स

उत्कृष्ट साहित्य का प्रतीक
सुन्दर • सुरुचिपूर्ण • सरल

केशुभाई देसाई की यादगारी कहानियां (कहानी-संग्रह)

संपादन : तेजपाल सिंह धामा
अनुवादक : शिवचरण मंत्री, दया प्रजापति, डॉ. प्रणव भारती
नवीन संस्करण : 2010
प्रकाशक : हिन्द पॉकेट बुक्स प्राइवेट लिमिटेड
जे-40, जोरबाग लेन, नई दिल्ली - 110003
लेज़र : एडिट मीडिया, नई दिल्ली - 110045
मुद्रक : राकेश प्रेस, नई दिल्ली - 110028

KESHUBHAI DESAI KI YAADGARI KAHANIYAN (Stories)
By Keshubhai Desai

ISBN 978-81-216-1567-9
10/10/01/09/20/EM/DE/RP/RP/NP135/NP135

अनुक्रम

कृष्ण

यामिनी को एयरपोर्ट पर उतरते ही मामा ने जिस पहली सीख की गांठ बंधाई थी वह याद आ गई। कुछ भी हो, हम फिर भी हैं तो 'आउट साइडर'। इन लोगों से थोड़ा सावधान होकर रहने में ही मजा है। अभी भी हमारा सामान ढोते हैं; झुक-झुक कर हमें सलाम करते रहते हैं, किंतु जरा भी बुरा लग गया तो अपनी असलियत दिखाने में देर नहीं लगायेंगे।

ऐसे किस्से यहां बनते रहते हैं, इसलिए तुम्हें सचेत कर रहा हूं; घर का आदमी है, बिल्कुल छोटा था तब से हमारे पास ही दिन गुजार रहा है। एकदम घर का मैम्बर बन गया है तो भी इस ऑस्टीन का भी भरोसा नहीं करना। आखिर इसका खून तो नीगर का ही है। उस समय वह नई-नई न्यूयॉर्क में आई थी। ऑस्टीन से भयभीत रहने का तो अब प्रश्न ही नहीं था। वह बेचारा नाइन-इलेवन की दुर्घटना में ध्वस्त हो गया था। उसका अता-पता ही नहीं लग रहा था। मात्र इतनी ही सूचना थी कि ट्रेडसेंटर वाली घटना घटी उससे आधा घंटा पहले वह घर से निकल गया था। दुकान खोलने की जिम्मेवारी उसी पर थी। इसलिए वह अवश्य दुर्घटना के समय दुकान में ही होना चाहिए। उसके बाद इतना अधिक समय बीत गया तब भी वह दिखा नहीं था इस कारण सरकार ने भी उसे नाइन-इलेवन के शहीद के रूप में ही मान लिया होता। तख्ती (प्लेट) पर उसका नाम भी चढ़ गया होता, किन्तु वह 'ए टू जेड डिपार्ट मेंटल स्टार्स' के रेग्यूलर पे-रोल पर नहीं था, इसलिए स्वयं

मामा ने उसके विषय में मौन रहना ही उचित समझा था। उसका नाम प्रकट करने पर तरह-तरह की नई समस्याएं उठ खड़ी होती। कौन था? कहां से आया था? आप उसे कितना वेतन देते थे? घंटों के हिसाब से देते थे अथवा बिना निर्धारित किये ही एकमुश्त देते थे? इतने समय तक आपके साथ रहता था फिर भी आपने उसे पे-रोल पर रेग्युलर सर्वेन्ट के रूप में क्यों नहीं रखा? एक बार पुलिस को छोटा-सा छिद्र भर नजर आ जाना चाहिए। फिर वह आपके ऐसे पीछे पड़ेगी की आप त्राहिमाम हो जाएंगे। और यह तो अमेरिकन पुलिस। इसे न तो पत्रम्-पुष्पम् से पटाया जा सकता है अथवा न इस पर सेनेटर जैसे सेनेटर का ही दबाव चल सकता है। उलटे पुलिस अधिक गहराई में उतर जाती है। बात का बतंगड़ हो जाएगा और उससे पूरा प्रपंच पकड़ में आ जाएगा, रेला स्वयं खुद के पैरों तले आ जाए, मिसेज ऑस्टीन, आप उस समय कहां थीं?

इतनी कल्पना मात्र से यामिनी कांप उठती, ऐसा हो जाये तो फिर वह स्वयं इतने बड़े आर्थिक साम्राज्य के पतन का ही निमित्त बन जाय, इसमें मीन-मेख नहीं। हां-हां। एक बार सत्य प्रकट हो जाये तो बेचारे मामा के लिए तो मुंह दिखाना ही मुश्किल हो जाए। वह अपशकुन वाले पैरों की है, ऐसी देश के सुसराल वालों की पुराने विचारों वाली मान्यता पर अमेरिकन मुहर लग जाय देखा? इस कुलक्षणी के पैर जहां पड़ जायं, वहां ऐसा ही होगा। हमने तो अपना लाख रुपयों का बेटा खोया, किंतु इसका मामा दया दिखाकर सात समुंदर पार ले गया। वहां भी इसने अपना खरा स्वरूप दिखा दिया। देहली लांघने के साथ ही मामा के घर की साढेसाती बैठ गयी। बेचारा भोला-भाला दानवीर दर-दर भटकने की स्थिति में आ गया। बुरी तरह रोने को मजबूर हो गया। रातोंरात सड़क पर आ गया।

वह मात्र यामिनी नहीं थी। देश के बिरादरी वालों के लिए वह सुरेश कन्हैयालाल पंड्या की धर्मपत्नी, सॉरी, विधवा थी। अमेरिका के

लिए वह मिसिस ऑस्टीन थी। रजिस्टर्ड हुई शादी का प्रमाण उसने अमूल्य जींस की भांति सहेज कर रखा था। वह प्रमाण उसकी जीवन-डोर थी। ऑस्टीन की खोज न मिले और शासन उसे मृत घोषित कर दे अथवा स्वयं उससे अलग रहती होने की प्रार्थना करके कोर्ट से तलाक प्राप्त कर ले तो ही वह फिर से यामिनी बन कर रह सकती है। किंतु ऐसी हड़बड़ी करने की कोई जरूरत नहीं थी। मामा ने जो कुछ सोचा होगा वह अपने हित को दृष्टिगत रखकर सोचा होगा। उन्हें जो ठीक लगेगा वह करेंगे। अपने को अकारण सयानापन बुद्धिमानी प्रदर्शित करने की क्या जरूरत है? उसने कसाईवाड़े से गाय छुड़वायी और वही गाय उन्हें सींग दिखाने लगे, ऐसा तो कभी नहीं होना चाहिए। भले ही मर जाना पड़े, किंतु मुंह से ऐसा एक शब्द तक नहीं निकालना चाहिए जो उन्हें मुसीबत में डाल दे।

प्रातः ठीक पांच बजे उठकर वह काम में लग जाती। मामा-मामी के लिए ब्रेकफास्ट तैयार करके देती। पूजा-पाठ के लिए सामान रख देती। नील और चारू देर रात तक टी.वी. पर सीरियल देखते रहते और सबसे देर में उठते। यामिनी उनके हिसाब से रिलेटिव की अपेक्षा विशेष 'हाउसमेइड' थी। ऑस्टीन के साथ शादी की, इसलिए दर्जा तो वही गिना जायेगा न! ऑस्टीन के साथ रहती होती तो भी उन्हें कहां आपत्ति थी? घर का वफादार नौकर था। ठीक समय अपनी कार लेकर आ जाता। डैडी उसे डिपार्टमेन्टल स्टोर्स की चाबियां देते। वह चुपचाप चाबियां लेकर चला जाता। वह इस घर का नौकर था, इसकी उसे प्रतिपल प्रतीति बनी रहती। उसे समझ में नहीं आता था। ऐसा थोड़ा ही था। परंतु बॉस की आज्ञा को शिरोधार्य करना ही अपना धर्म है, इतना ही विचार करता। इससे आगे कुछ भी नहीं। डैडी ने उससे पता नहीं कितने-सारे पेपर्स पर झूठे हस्ताक्षर करवाये होंगे। एक अक्षर भी बोले बिना वह सिर नीचा करके हस्ताक्षर करता रहा था। उससे उसे क्या फायदा होगा, ऐसा पूछने का उसे कभी भी सूझा नहीं था। बॉस

का फायदा वह अपना फायदा। और व्यर्थ ही पूछताछ में पड़कर मगज बिगाड़ने से क्या मतलब? सामने से रिस्पोन्स न मिलता हो, उचित रेम्युनरेशन न देते हों तो अलग बात है। यहां तो स्वयं ही पूरे डिपार्टमेन्टल स्टोर्स का 'ए' टू 'जेड' था। नौकर से लेकर मालिक तक जो समझो वही। उसे भी थोड़ा-बहुत अहसास तो था कि बॉस उससे बार-बार मैरेज और डिवोर्स पेपर्स पर हस्ताक्षर करवाते रहते हैं। ओ.के.! इससे उसको क्या फर्क पड़ता है? बॉस के लिए अपना एक छोटा-सा हस्ताक्षर किसी रिलेटिव को स्टेट्स में सेटल करने के लिए काम में आता हो और अपने लिए इससे किसी प्रकार की कानूनी मुसीबत खड़ी न होती हो तो भले ही एक के बदले एक हजार हस्ताक्षर करने पड़ें! अंततः इसमें बॉस के प्रति वफादारी ही अभीप्सित थी न! डॉलर लेकर हस्ताक्षर करने हो तो थोड़ा खटका भी रहे। अपने साथ धोखा किया हो ऐसा लगा। यहां तो विशुद्ध निःस्वार्थ सेवा थी...उन्हें भी अपने पर इतना भरोसा होगा तभी तो बार-बार बुलाते होंगे न? अपनी वफादारी पर कितना बड़ा विश्वास करके वे फैमिली की बहन-बेटियों की अपने साथ ऑनपेपर शादी कराते रहे हैं... एक महिला की फाइल क्लियर हुई कि फिर डिवोर्स। फिर एक महीने में दूसरी इंडियन गर्ल के साथ विवाह। ऑस्टीन संभवतः अपने आपको भाग्यवान मानता होगा। इतनी-सारी लड़कियों के साथ एक से एक श्रेष्ठ रूप ललनाओं के साथ अपनी तस्वीरें! बल्कि रजिस्टर्ड मैरेज के प्रमाण पत्र। किसी नीगर के भाग्य में ऐसा सुख हो सकता है भला? उसे लगा करता बॉस एक दिन उसके लिए सचमुच कोई इंडियन वाइफ ला देंगे। उसे ऐसी कोई जल्दी भी नहीं थी। पर भीतर-ही-भीतर उस पर इंडियन ब्यूटी का नशा अवश्य छा गया था। बॉस उसके विचार से साक्षात गॉड थे। उन्हें उसके हृदय में जागी हुई अभिलाषा का मान न हो, ऐसा कोई अंधेरा थोड़ा ही है! उनके साथ वह इस्कोन के हरे कृष्ण मंदिर भी जाता। उसने कहीं पढ़ा था कि लॉर्ड कृष्णा के सोलह हजार रानियां थी। यह जानकर उसे मधुर रोमांच भी हुआ था। कहते हैं : कृष्ण

इतनी-सारी स्त्रियों का पति होते हुए भी ब्रह्मचारी था! उसे लगता मैं कृष्ण तो नहीं बन गया?

कई बार उसे इस्कोन का साधु हो जाने का मन हो आता। प्रभुजी ने उसे कृष्ण का शब्दार्थ समझाया तो वह मरूं-मरूं हो गया थाः 'कृष्णा मीन्स ब्लॉक! लॉर्ड किश्ना वोज ब्लॉक लाइफ यू...रियली! बिलीव मी, आयम नोट जोकिंग।' वोज ही अ नीगर लाइफ मी? उसने उमंग में भरकर अपनी जिज्ञासा व्यक्त की थी। 'कान्ट से। बट ही वॉज ब्लॉक। देट्स ओल।' उसे थोड़ा बुरा लगा था। कृष्ण काला अवश्य था; किंतु नीगर तो नहीं ही। ये लोग क्या समझते होंगे अपने मन में ब्लडी इंडियन्स उसने रोष को दबा रखा था। ओ.के.! आइ'ल शो यू...वन डे। मैं तुम्हारी इंडियन ब्राइड से शादी करके फिर तुम्हारे से आशीर्वाद लेने आऊंगा तब तुम्हें पता लगेगा कि अमेरिकन नीगर क्या चीज है!

यामिनी को वह सांझ याद आ जाती और वह आपादशिख कांप उठती। नो, नो, नो। प्ली...ज, ऑस्टीन, प्लीईईईज...! परंतु उसके माथे में जानवर घुस गया था। 'आयाम क्रिष्ना। एन्ड यू–माय राधा! वह लिपट पड़ा था। नितांत काला, घोर एकान्त यामिनी को डंसता रहा। उसकी जीभ सिल गई थी। वह कहे भी तो किसे? ऑस्टीन ने उसके बाद कभी भी उसके सामने आंख उठाकर नहीं देखा था। समय पर सबेरे आता। चाबियां लेकर चलता बनता। मामी कभी-कभी ब्रेकफास्ट करने के लिए आग्रह करती तब भी वह सुना-अनसुना करके निकल जाता। मामा ने स्वयं एक बार चाय पीने को कहा तो घड़ी की ओर देखने लगा : थेन्क्यू सर। बट सोरी, आय'म आलरेडी अ बिट लेइट ...' बहुत ही पुक्च्युअल।

और फिर तो थोड़े समय के पश्चात एक दिन आकाश में मौत की घरघरहाहट हुई थी। थोड़ी ही देर में सब-कुछ तहस-नहस हो गया था। टावर्स टूट पड़े थे। ऑस्टीन अभी आधा घंटे पहले ही चाबियां लेकर निकला था। उसने भले ही यामिनी की ओर न देखा हो, परन्तु वह तो

उसे ठेठ अपनी कार में बैठा वहां तक सीधी-तिरछी नजर से देखती रही थी। एक-एक सांस के साथ उसे ऑस्टीन का वह राक्षसी चेहरा याद आता रहता। अलबत्ता जाने क्यों, किंतु वह उससे नफरत नहीं कर सकती। पुरुष किसे कहते हैं इसका उसे पहली ही बार अनुभव हो रहा था...क्योंकि उसका मूल विवाह तो मुर्दे के साथ हुआ था! शायद इस कारण उसने मन-ही-मन उसे माफ कर दिया था। क्यों भला, उसने बुरा भी क्या किया था? विवाह के अधिकारों का ही उपभोग किया था। उससे अधिक कुछ नहीं : और वह भी मात्र गिनती के मिनटों के लिए। नो, नो, नो, ही वॉज नॉट एट फॉल्ट। अपराध हो तो शायद...उसकी किस्मत का था। ऑस्टीन का कतई नहीं। बल्कि वह तो आज की तारीख में भी कागज पर तो उसका कानूनन हसबैंड ही था। उसे कोई कोर्ट भी उसके साथ ऐसा करते हुए रोक नहीं सकता। बल्कि वह उसे यह अधिकार भोगने में बाधा डाले तो कोर्ट में दावा कर सकता है। इस कारण से तलाक तक मांग सकता है। यामिनी कायदा न जानती हो ऐसा थोड़े ही था? उसे ऑस्टीन की पत्नी के रूप में – उसकी वाइफ के तौर पर ही अमेरिका आने का अवसर मिला था। मामा ने उसे नौकरी दी होगी, किंतु ऑस्टीन ने तो अपने अनजाने में ही जिंदगी सौंप दी थी। वह भी बिना किसी विशेष अपेक्षा के ही। जैसे अपना कोई अधिकार ही न हो, इस प्रकार से।

उसे ऑस्टीन पर दया आ गई। सब कह रहे थे कि वह मर गया था। अकेली यह चाहती थी कि बेचारा नीगर कहीं जा रहा हो तो अच्छा। उस दिन उसके अनचीते हमले से वह स्तब्ध हो गई थी, यह सच है। नमक की पुतली ने पहली ही बार सागर देखा था। वह सांझ, वह एकांत, वे शहद की मिठास वाले डंक...

यामिनी यह सब भूल जाना चाहती थी। परंतु सबेरे के पहर में डिपार्टमेंटल स्टोर्स की चाबियां लेने आते हुए ऑस्टीन को देखकर उसके रोम-रोम में झुनझुनी का जोरदार असर हो उठता। वह विचार करने

लगती। आम्रवृक्ष पर केरी पक गई हो, फिर उसे तोता चोंच मारे अथवा कौवा : उस केरी को इससे क्या फर्क पड़ने वाला था! उसे ब्रश करते-करते वह मुरदार देशी चेहरा याद आ जाता। खानदानी कोठी की संतान के रूप में वह घोड़े चढ़ कर उससे विवाह करने आया था। मौके के मुताबिक उसे ही उत्तम मानकर स्वीकार कर लिया था। परंतु तब किसे पता था कि उसके हृदय का वाल्व ढीला था। बेचारा बोलते-बोलते ही हांफ जाता था। मामा-मामी को मंझधार में डूब चुके भानजी के बेड़े पर दया नहीं आती तो समाज की खानदानी विधवा का ही पार्ट अदा कर रही होती देश में! जिसकी चपेट में आती वही गुप्त रूप से छेड़-छाड़ करके धत्ता बता जाता। कोई भी उसका शकुन लेने को तैयार नहीं होता। ठोकरों में जा चढ़ती अब तक तो। यहां भले ही कठोर परिश्रम वाली मजदूरी करनी पड़ती होगी, परंतु कोई पूछताछ तो नहीं! मात्र लील और चारू को संभालना था। अमेरिकन गुजराती में बोलने वाले भाई-बहन को शुरू के महीनों में तो वह परायी लगे, यह स्वाभाविक था। किंतु स्वयं ही अपनी योग्यता सिद्ध कर दिखा देगी तो ये दोनों आज नफरत करते हैं उससे दुगुना प्रेम करने लग जायेंगे। उस नीगर की सबसे अधिक कमी इन बच्चों को खलती थी। बात-बात में दोनों भाई-बहनें उसे याद कर-कर के गद्गद हो जाते। मामा-मामी उसे भूल जाने की सीख देते तो दोनों तर्क करने लगते : 'हम उसे कैसे भूल जाएं? उसने हमको ड्राइविंग सिखाया है। हमको उसने नायग्रा फॉल्स की ट्रिप करवायी थी। इट वाज ही-माइन्ड वेल-हू गेव मेक्सिमम टाइम टू अस...!'

मामा चिढ़ जाते : 'इवन यॉर मोम हैज अ डन इट! उसने तुमको निरंतर नौ-नौ महीने तक पेट में हिफाजत से रखा है, यह क्यों भूल जाते हो? नीगर को तो हम पैसा देते थे। मोम वॉज नेवर पेइड, वॉज शी? टेल मी।'

दोनों बच्चे कुढ़ जाते। कभी अकेली देखते तब उसके सामने दिल

के फफोले फोड़ने लगते : 'तुमने सुना न, उस शाम को डिनर टेबल पर डेडी का लेक्चर? बता, इस हद तक कॉमर्शियल बन जाते हैं अपने लोग। यह धरती ही ऐसी है।' चारू दलील देने लगती : 'फॉर गॉड्स सेक, प्ली...ज डोन्ट ब्लेम द लैन्ड। नीगर तो यहां का था न? उसने कभी भी कॉमर्शियली बिहेव किया है? उसने कभी भी अपने अधिक घंटे दिये हों उनका मुआवजा मांगा है?'

यामिनी विवाद में उतरे भाई-बहन को सच्ची बात समझाने की कोशिश करती। ऑस्टीन को तो मामा ने जीवन दान दिया था! जीवन से अधिक मूल्यवान कोई चीज नहीं। एम आइ रोंग?

उसकी बात को झूठ भी कैसे कहा जाये! दोनों भाई-बहन अपनी अपरिपक्व समझ के लिए पश्चाताप करने लगते। बेचारा नीगर ऑरफन था। उसकी मां मर चुकी थी और बाप ने दूसरा विवाह कर लिया था। ऐसे दुखियारे लड़के को डैडी ने काम दिया था। अमेरिका में तो काम ही जिंदगी है। नीगर को देखकर नाक-भौं सिकोड़ने वाले व्हाइट लोग भी तब अचंभे में पड़ गये होंगे। डैडी तो कोई अच्छी कन्या देखकर उसका विवाह भी कर देते। परंतु बेचारा इससे पहले तो–

और सब नाइन-इलेवन की उस अत्यंत काली स्मृति में सिर लटकाकर घड़ी-दो-घड़ी मौन हो जाते।

यामिनी मन-ही-मन दुखी हो उठती। ऑस्टीन को नीगर कहे तब तक तो ठीक। परंतु मामा कभी अच्छी लड़की देखकर उसका विवाह कर दें, यह कल्पना ही उसे हास्यास्पद लगती। उसका सचमुच ही विवाह कर देते तो देश से सगे-संबंधियों को स्टेट्स लाने के लिए किसी दूसरे नीगर को ढूंढ़ना पड़ता न! और मान लें कि ऐसा कोई मिल जाता फिर भी यह मुफ्त में किसी अनजान लड़की का पति होने के लिए तैयार हो जाता? बिजनेस मीन्स बिजनेस। मैरेज पेपर्स हों अथवा डिवोर्स पेपर्स। कोई बिना सोचे-समझे ऑस्टीन की तरह हस्ताक्षर नहीं कर

देगा। यह तो अमेरिका है। पकड़ा जाय तो पूरी जिंदगी जेल में सड़ना पड़े। सीधा देशद्रोह का अपराध लागू होता है। कल को कोई टेररिस्ट अथवा स्युसाइड बोम्बर भी अमेरिकन सिटीजन की ब्याहता बनकर घुस सकती है। कुछ भी असंभव नहीं है आज के संयोगों को देखते हुए।

चारू वय में छोटी थी किंतु समझ में नील से बड़ी लगती थी। उसने स्पष्ट मंतव्य देते हुए कहा : डैडी भले ही समाजसेवा मानकर सगे-संबंधियों को यहां खींच लाते हों, किंतु इस ढंग से खोटे दस्तावेज तैयार करना कभी उन्हें ही भारी पड़ जायेगा! पल भर को होंठ भींच करके उसने बाते आगे बढायी : फॉर एग्जाम्पल, मान लो कि नीगर को तुम्हारे साथ ओफिशियली मैरेज किया हुआ ही गिना जायगा कि नहीं? अचानक आकर वह मैरेज के राइट्स भोगने को प्रपोज करे तो तुम्हारे कैसे बुरे हाल हों? यू सिम्पली कान्ट प्रिवेन्ट हिम! आखिर वह तुम्हारा हसबेंड है।

नील हंस पड़ा था। आइ'ल शूट हिम राइट-अवे, ऐसा प्रपोज करने की हिम्मत तो करके देखे! उसे हैसियत तो विचारनी चाहिए न अपनी! आखिर वह इस घर का मामूली नौकर था। यह कोई डैडी का दत्तक पुत्र नहीं था कि यामिनी के साथ छेड़छाड़ करने का साहस कर सके। नाइन-इलेवन से पहले ही उसका पत्ता साफ हो जाता, अंडरस्टॅन्ड? और फिर मैं उसे पोलिथीन के बैग में पैक करके हज़ार मील दूर कोलोराडो जैसी किसी नदी में प्रवाहित कर आया होता...

यामिनी को नील की आंखों में वृत्रासुर का अट्टहास नजर आया था। वह कांप उठी थी। उसे चक्कर आने लगे। आंखों के आगे लाल-पीले कुंडाले (वृत्त) बनने लगे जिससे वह खड़ी थी वहीं बैठ गई। चारू ने, उसे कुछ बेचैनी हो रही है, ऐसा समझकर आराम करने को कहा था। उसने सॉफ्ट ड्रिंक तैयार करके दिया था। यामिनी को उसके रूम में छोड़कर आने के पश्चात चारू ने नील को आड़े हाथों लिया : 'तुम्हें नीगर की कोई हरकत कबूल नहीं, इतना तो समझा जा सकता

है किंतु डैडी उसका कितना भारी दुरुपयोग करते रहे हैं, यह तो विचार कर देख! बेचारा आंखें मींचकर पेपर्स पर हस्ताक्षर कर देता है।

इस तरीके से किसी भल मनसाहत का नाजायज फायदा तो नहीं उठाया जाता है न! उसे काम दिया, नाम दिया, यह बड़ी सरहाने योग्य बात है। किंतु फिर उसका शोषण किया। इंडिया से अपने सभी सगे-संबंधियों को यहां खींच लाने के लिए उसका मिसयूज किया, उसका क्या? यह तो बंद-मुट्ठी है तब तक। अन्यथा भेद खुल जाय तो डैडी की कौड़ी की ही कीमत रह जायगी न भला?'

नील को चारू की बात में दम लगा था। उसने अपनी प्रकृति के मुताबिक प्रतिभाव व्यक्त करते हुए कहा था : 'आई एग्री विद यू। नीगर इज नो मोर। अन्यथा मैं ही उसे कह देता : 'तुम्हें डैडी का सभी-कुछ कहा हुआ मान लेना जरूरी नहीं है। अब से कोई पेपर्स पर साइन करने को कहे तो साफ-साफ सुना देना : इस बार जो लड़की आयेगी, वह मेरी औरत होकर रहेगी। बोलो, कबूल है? कबूल हो तो हस्ताक्षर कर दूं। अन्यथा आने के पश्चात् चार-छह महीनों में डिवोर्स पेपर लेकर आओगे तब अंगूठा दिखा दूंगा। फिर जाना कोर्ट में, तो पता लगेगा!'

यामिनी अपने रूम में सोते-सोते नील का डायलोग सुनती रही। उसे लगा : भले ही थोड़ा उद्धत रहा हो, किंतु नील मामा जैसा शोषणखोर तो नहीं ही था। उसे सही बात समझते थोड़ी देर लगती। एक बार कोई सच्चे-झूठे की समझ दे दे तो तुरंत वह सच्चे का पक्ष लेता था। बड़ा होकर वह अवश्य मामा की करतूतों का भंडाफोड़ करेगा। अभी तक कम-से-कम दस-बारह फैमिली मामा की मेहरबानी से अमेरिका में सेटल हो चुकी थीं। हर बार उसने बेचारे नीगर की भलमनसाहत का अनुचित लाभ लिया था। वहां रहते संबंधी को पूरी प्रक्रिया समझा देते। सामने वाले आदमी को इसमें कहां कुछ खोना

पड़ता, सिवा मात्र नीतिमत्ता के! कागज पर तो सब-कुछ ओ.के. ही लगता। कोर्ट भी कुछ नहीं कर सकता। अधिक-से-अधिक थोड़े अच्छे-भले नैतिक मूल्यों को बनाये रखने की कोमेन्ट करके केस फाइल कर देगा। और नीगर थोड़े ही विमुख होने वाला था? वह तो चिट्ठी का चाकर (कहे अनुसार ही करनेवाला)। वकील सिखाये उतने ही शब्द बोले। नमक-हलाली किसे कहते हैं? माथीजी के भाले में भाला। बॉस दिन होते हुए भी उसे रात कहने की आज्ञा दे तो अपने को तो रात कहना। आखिर बॉस तो बॉस ही होता है।

यहां ऑस्टीन की पत्नी बनकर आयी हुई कई लड़कियों ने तो बेचारे नीगर को शायद खुली नजर से देखा तक नहीं होगा। आने के बाद सीधी डिवोर्स की प्रक्रिया शुरू हो जाती। और फिर देश में जाकर देशी लड़के के साथ विवाह करके उसे ले आने का चक्कर पूरा। मूल रूप से मामा ने गणित के साथ एम.एस-सी. की हुई थी। उसमें भी भूमिति उनका प्रिय विषय। परंतु यह 'मोडस ऑपरेन्डी' किसी अखबार-वाले के ध्यान में आ गई तो? कब क्या हो जाय—यह कहा ही नहीं जा सकता। अलमारी बंद है तभी तक अच्छा है। उघड़ जायेगी उस दिन उसमें से एक ही तरह की हकीकतों के दस-बारह अस्थि-पिंजर साथ ही बाहर निकल पड़ेंगे, यह निश्चित है।

उसकी दृष्टि के सामने ऑस्टीन का वह भयानक चेहरा तैर गया। जैसे फिर एक बार एकांत देखकर वह व्याकुल हो उठा हो और बिछौनों में सो रही मासूम यामिनी पर टूट पड़ा हो।

'प्लीज, ऑस्टीन...आय एम नॉट वेल, यू नो! प्लीज...ज, मुझे समझने की कोशिश करो...' वह क्या बड़बड़ा उठी, इसका खुद उसे ही कहां पता था! उसकी आवाज सुनकर चारू दौड़ आयी।

'यामिनी, एनी थिंग रोंग विद यू? डाक्टर को फोन करूं?'

यामिनी ने बोलने की कोशिश की किंतु एकाएक उबकाई आ गई

इस कारण उससे बोला नहीं गया। हाथ हिलाकर उसने मना कर दिया। चारू ने स्टोर पर गई मोम को फोन किया :

'यामु को बहुत तकलीफ है। शी इज वॉमटिंग-' थोड़ी ही देर बाद मामी उसके बेड के पास खड़ी थीं।

'यामु!' उनके स्वर में अचानक ही मार्दव आ गया था। बेचारी बिना मां-बाप की लड़की। नसीब ने उसका सारा ही सुख छीन लिया और अपने सहारे छोड़ दी। आज इसको कोई अच्छा पात्र ढूंढ़ कर सेटल की ही चर्चा चल रही थी, कि एकाएक–

उन्हें यामिनी की स्थिति समझने में देर न लगी। डिट्रोइट में रहने वाले दूर के संबंधी के लड़के के साथ इसका विवाह कर दें तो कैसा रहे! सबेरे-सबेरे, बिछौनों से उठने से पहले ही उनके मन में विचार कौंधा था। स्टोर में जाकर उसने मुकुंदभाई के आगे यह बात रखी तो उन्हें भी यह प्रस्ताव भा गया। पुरानी परंपराओं से चिपके रहने में मजा नहीं। इसके अलावा यह तो बेचारी निराधार लड़की है। देश में रह गई होती तो कोई इसकी छाया छूने को भी तैयार नहीं होता। 'सुसराल जाते ही वर को खा गई, मुई डाकिन है डाकिन' – कह कर दुनिया ने बदनाम कर दिया होता। यहां आ गई तो बच गई। इसमें क्या नहीं था? रूप है गुण है। ग्रेज्युएट हुई इसलिए आते-आते ही इंग्लिश भी कितनी जल्दी पिक'प कर लिया...जैसे वर्षों से अमेरिका में रहती आयी हो, उस तरह यहां के वातावरण के साथ एडजस्ट हो गई है। इसके योग्य कोई साथी मिल जाय, इससे अधिक अच्छा भला क्या हो सकता है? किंतु पहले डिवोर्स पेपर्स तैयार करने पड़ेंगे... और उस नीगर के हस्ताक्षर चाहिए ...

मुकुंदभाई असमंजस में पड़ गये। उसे अपने डेली रजिस्टर में से तो कभी का रद्द कर दिया था। परंतु निरर्थक पूछताछ टालने के लिए उसके विषय में कहीं कम्पलेइन तक नोट नहीं करवायी थी। घंटों के

हिसाब से काम करके चला जाता है। और फिर कभी बिल्कुल ही आना बंद हो जाए, इस तरह ऑस्टीन का नाम उनके कर्मचारियों की सूची में से कम हो चुका था।

वह मर गया है, इतना प्रमाण मिल जाय तो यामिनी स्वतः स्वतंत्र हो सकती थी। विडो ऑफ ऑस्टीन, द स्टोर कीपर। बात समाप्त। परंतु इतना समय बीतने के बाद उसका अस्थि-पिंजर कहां से निकाला जाय? कौन जाने कितने-कितने नये सवाल खड़े हो जाय! ऑस्टीन द्वारा बार-बार इंडियन लड़कियों के साथ किये गये विवाहों की भंडाफोड़-कथा बाहर आ जाय। उसमें 'ए टू जेड डिपार्टमेंटल स्टोर्स' के भी डूबने का दिन आ सकता है।

'भानजी है। उसके मन को शांति हो तो भगवान भी राजी रहे। मुकुंदभाई ने रेखा बहन के प्रस्ताव का स्वागत करते हुए कहा, 'परन्तु बेचारी लड़की जैसे दुर्भाग्य की गांठ बांधकर आयी है! उसे ऑस्टीन की वाइफ के रूप में ही पहचान करानी पड़ेगी सरकारी खाते में तो। भले ही हम सामनेवाले को समझा-बुझा कर इसका घर बसा दें। परंतु वह मैरेज ऑफिशियल नहीं गिनी जायेगी, क्योंकि शी इज ऑलरेडी मैरीड टू ऑन अमेरिकन। वह न तो विधवा है और न डिवोर्स ही। बोलो, यह पीड़ा किसे बतायी जाय?'

रेखा बहन भी उलझन में पड़ गई थी...'यामु बेटा!' उसने प्रेम भरे आर्द्र स्वर में उसके कान में मुंह डालकर कुछ पूछा। यामिनी के चेहरे पर एक साथ लाली और उदासी छा गई। वह कुछ बोली नहीं। उसकी आंख से टप-से एक आंसू टपक पड़ा।

'मैं तो तुम्हें सेटल करना चाहती थी। आज ही मामा के साथ बात की थी। डिट्रोइट में अपने ही एक दूर के संबंधी का लड़का है।'

यामिनी ने मामी को बीच में ही रोक दिया : 'मुझे मैरेज में इन्टरेस्ट नहीं मामी। प्ली...ज, पुनः इस नई आफत में क्यों पड़ा जाय?'

'फिर भी विचार कर देख बेटा। हम कुछ भी हों, फिर भी असली-जीवन में हैं!' मामी की आंखों में आंसू झलकने लगे : 'अब उस पुराने सिस्टम में पड़े रहना किसी को भी पसंद नहीं। हम गायनेक डॉक्टर के पास जाकर निपटा आयेंगे। नेक्स्ट वीक का अपॉइन्मेन्ट लिये लेते हैं।'

यामिनी पल-भर के लिए सोच में पड़ गई। एक साथ ही दो चेहरे उसकी आंखों के सामने चमचमाने लगे। एक मुर्दा था। दूसरा मर्द।

'नहीं मामी, मुझे ऐसा कुछ भी नहीं करना। मुझे मेरी किस्मत पर छोड़ दो। प्ली...ज!'

पास खड़ी चारू ने यामिनी का पक्ष लिया।

'इन्हें अपनी जिंदगी अपने तरीके से जीने का अधिकार है, मोम। इन्हें डिस्टर्ब मत करो।'

'तू जरुरत से ज़्यादा सयानी मत बन। इसकी यह क्या उमर है? अकेली रहकर जिंदगी कैसे बितायेगी बेचारी? यू नो, शी इज कैरींग!'

'इतना समझ सकती हूं तभी तो कह रही हूं तुम्हें!' चारू आंखें निकालने लगी : 'इसका मातृत्व छीन लेने का किसी को क्या अधिकार है?'

रेखा बहन को हंसी आ गई। चारू की कमान छिटक गई। उसने दहाड़ लगाई : 'मोम, देखा, तुम्हें मैं चेतावनी दे रही हूं। यामिनी की इच्छा के विपरीत अबोर्शन करवाया तो मैं पूरी बात अखबार में छपवा दूंगी!'

सबको शांत करते हुए नील बोला : 'यामिनी के बालक की पूरी जिम्मेदारी मेरी। बाकी जो कुछ विचारना हो वह उसकी डिलीवरी के बाद विचार लेना। फिलहाल यह प्रकरण यही बंद कर दें।'

कई महीनों के पश्चात् यामिनी ने हॉस्पिटल में पुत्र को जन्म दिया। संयोगवश उस दिन जन्माष्टमी थी, इसलिए सभी ने एक स्वर से उसका नाम 'कृष्ण' रख दिया। फिर एक बार यामिनी की आंखों में आंसुओं के तोरण बंध गये। जैसा ही उसने आंखों की पलकें बंद की कि वह नीगर सजीव हो उठा।

जूठी चीज़

जमीन में आंखें गाड़े वह झाड़ू निकालता रहा।

रीटा की मम्मी ने फिर से गला फाड़कर पूछा : 'अरे, सुनता है? मैं कह रही हूं, इन दिनों सोमली क्यों नहीं दिख रही है? कोई बीमार तो नहीं हो गई है?' और सोमली का घरवाला भीखला कोई जवाब दे उसका इंतजार किये बिना ही उसको जो कहना था वह कह दिया : 'जाकर भेजना उसे। बाथरूम धोना है!' फिर उसकी बड़बड़ाहट चालू हो गई : 'दो दिन बाहर गये नहीं कि पूरा घर' – बीच में छूट रहे शब्द बिना बोले ही सुनने में आ गये : 'जैसे घूरा!'

उनकी बात गलत भी नहीं थी।

हम चाहे जितनी चिंता करें पर स्त्रियों की बराबरी थोड़े ही कर सकते हैं। उनकी मौजूदगी हो तो कामवाली भी आदर करती है। अन्यथा हमें तो गिनती ही नहीं। पोता फेरा, न फेरा और आधे घंटे में तो आधा-अधूरा काम सलटा कर रफ्फू-चक्कर। फिर कल ही देखना। यों भी रीटा की मम्मी का स्वभाव शुरू से ही जरा सफाई-पसंद। थोड़ा-सा भी 'चला लेने' की बात तो मानती ही नहीं। वायु (वात) से पीड़ित हैं इसलिए कामवाली की भी गरज, अन्यथा जीवन-भर सब-कुछ स्वयं ही करती रही हैं न!

अभी तो तीन-चार दिन उन्हें कार्यवश बाहर रहना पड़ रहा था। रीटा का लड़का बीमार हो गया था। उसको अचानक डबल निमोनिया

हो गया था। बेटी का फोन आया कि उसी हालत में दौड़ पड़ी थीं वर्ना ऐसे घरद्वार अकेला छोड़कर थोड़े ही भागतीं! भीखला गली बुहारता-बुहारता आगे निकल गया, फिर भी उनकी गुन-गुनाहट तो चालू ही रही : 'यह जाति ही साली हरामखोर! चाहे जितना अच्छी तरह से रखो न, किंतु इसे इसकी कदर ही नहीं...' भीखला ने कोई प्रतिभाव नहीं दरसाया जिससे तो उल्टे वे अधिक विफर उठीं, 'क्यों रे, बहरा हो गया है?'

'किस लिए माथाफोड़ी कर रही हो? आ जायेगी आना होगा तो! ज़्यादा गरज नहीं दिखानी चाहिए।' मैंने बात को मोड़ देने की कोशिश की। अन्यथा कहीं तिल का ताड़ न बना बैठे। व्यर्थ ही घर में क्लेश पैदा हो जाय। यह तो निम्न स्तर की जात है। इसके कैसी तो आबरू और कैसी बात!

यह कोई थोड़े ही बड़े खानदान वाला लहू था?

मुझे दहशत तो थी ही। उसने घर जाकर जरूर अपने पति के आगे...!

क्रुद्ध बाघिन भली। यह तो डंक वाली नागिन है – नागिन! बैर लिये बिना उसे चैन ही नहीं पड़ेगा... वह बर्तन-कपड़ों वाली तो हरामखोर थी ही, यह उससे भी बदतर निकली! उसके भी कान काटे जैसी!

रीटा की मम्मी के हाथ में यशरेखा ही नहीं थी।

अब तक जितने काम वाले रखे, उन सबको घर के आदमी की तरह समभाव-पूर्वक हिफाजत से रखा था। फिर भी कौन जाने मुश्किल से महीना-डेढ़-महीना टिके ना टिके और बिना कारण ही काम को लटकाते रहे थे। किसी को सोसायटी दूर पड़ती थी, तो किसी को सेठानी की कच-कच बुरी लगती। कभी किसी ने मेरा अथवा रीटा का दोष बताया हो, ऐसा नहीं हुआ। रीटा का विवाह कर देने के पश्चात्

मुंहमांगा वेतन देकर उस गलबी रेबारण को काम पर रखा था। उसने एक-दो सप्ताह तो कोई आपत्ति-ऐतराज नहीं उठाये, पर सहन नहीं हुआ तो एक दिन विस्फोट कर ही डाला : 'देखो बहन, सारा काम हो सकता है, पर मुझसे तुम्हारे पखाने में नहीं घुसा जायगा! मुए पैसे! यों मैं कोई तुम्हारी विष्ठा धोने थोड़े ही रही हूं?'

उसका प्रस्तुतिकरण इतना सबल था कि किसी भी तरह की टीका-टिप्पणी के बिना उसे पाखाना साफ करने के काम से अविलंब मुक्ति मिल गई थी। गलबी को तब से भारी घमंड हो गया है। अगले ही दिन सोसायटी में कचरा बुहारने आयी सोमली को फूटे हुए कप में चाय देते हुए रीटा की मम्मी ने पूछा था : 'बोल, मेरा एक जरूरी काम करेगी? यह गलबी देहण बाथरूम धोने से काली पड़ जाती है। मुझे घुटनों का दर्द नहीं होता तो मैं ऐसे काम दूसरों को बताती भी नहीं। किंतु मुझसे होता नहीं और बाथरूम गंदा रहे यह सुहाता नहीं...'

उनकी बात मानकर सोमली उसी दिन 'ड्यूटी' पर चढ़ गई थी। उसको तो उल्टे अधिक काम मिल गया था। और रीटा की मम्मी यों किसी का अहसान भी कहां रखने वाली थीं? सोमली को सुबह-शाम चाय-नाश्ते से लेकर रात को बचे हुए दाल-भात मिलने लग गये थे। रीटा के उतरे हुए किंतु नये जैसे लगने वाले कपड़े दिये तो सोमली की आंखें छलक उठी थीं। उसे रीटा की मम्मी में प्रत्यक्ष अपनी दिवंगत मां के दर्शन हुए थे।

सोमली देखते-देखते जैसे हमारे परिवार की सदस्य बन गई थी। काम भी ऐसा बढ़िया करती कि टायलेट गये हों तो भी घड़ी भर बैठे रहने का मन करे! स्वयं भी अपनी 'सेठानी' को दिये वादे के अनुसार नहा-धोकर टनाटन रहती। अनजान व्यक्ति को तो पहचानने में कठिनाई होती। उसको दूर से चाय-नाश्ता दिया जाता देख, तो थोड़ा ख्याल आता। तब तक तो किसी को कल्पना तक नहीं हो सकती थी कि यह

झाडू निकालने वाली है।

झाडू निकालते-निकालते भीखला बिल्कुल सोसायटी के किनारे तक पहुंच गया था। रीटा की मम्मी को गुस्सा आया हुआ था : 'बोलता क्यों नहीं है रे! मुंह पर पट्टी बंधी हुई है क्या?' कहती हुई वे फाटक खोलकर गली में आ गईं : 'सोमली घर पर तो है न रे? किसी को लेकर भाग तो नहीं गई न?' प्रश्न हाड़ चीर कर निकल जाने जैसा था, तो भी भीखला उन कटु वचनों को पचा गया। जैसे कुछ सुना ही न हो इस तरह सिर झुकाये झाडू निकालता रहा।

अलबत्ता, पास के बंगलेवाली पडोसिन को जरूर मजा आया। उसने मुंह बनाकर कुछ धीमी आवाज में कह भी दिया : 'उसकी सेठानी उसे सजाकर नई बहू की तरह तैयार-ही-तैयार रखती हों तो फिर वो बेचारे भीखा को कैसे पसंद करेगी? यों भी भीखालाल भला आदमी रंग में चंगा और रूप में पूरा-पूरा काला कलूटा तो था ही? रूप-रूप के अंबार जैसी सोमली पूरे ईडर को सिर चढ़ाये फिरती है, वह भला इसके आंगन में टिकी रहेगी?'

भीखला तो स्थितप्रज्ञ मुनि की तरह अपना काम करता रहा, परंतु रीटा की मम्मी पूरी-की-पूरी हिल उठीं : 'अजी जशोदाबेन, सोमली क्या सचमुच चली गई है या फिर–?'

'आज नहीं गई है तो कल चली जाएगी। सारी जिंदगी भीखा के घर में पड़े रहना कोई लिखकर दे रखा है? उसे तो पचासों रखने वाले मिल जायेंगे। रूप है, जवानी है, और जो बाकी रह जाती वह बनियाइन से भी विशेष टीमटाम सिखा दी है तुमने, पास रखकर।' जशोदाबेन का अंतिम कथन अधिक आशयगर्भित था। सड़क बुहारने वाली बंगले में घुसा दी, यह तो पूरी सोसायटी को चुभा था।

रीटा की मम्मी से सब की नाराजगी कोई छिपी हुई भी नहीं रही। वे भी मन-ही-मन समझाती तो थी ही कि यह कोई मुंबई अथवा

अहमदाबाद नहीं। यह ईडर है। यहां तो खुद गांधीजी हो भी छुआछूत मानना ही पड़ता। यों देखा जाय तो खुद भी ऐसी 'फॉरवर्ड' होने का दावा कहां कर रही थीं? सोमली को खाने को देती तो भी लटकते हुए हाथ से (दूरी रखते हुए)। और उसके लिए चाय का टूटा हुआ कप भी अलग ही रख छोड़ा था, टॉइलेट के गोखे में। यों तो उन्हें भी अधिक 'एकापंथ' हो जाना घुल मिल जाना अच्छा नहीं ही लगता था। सोमली समझदार थी। वह सदैव सीधी पिछले रास्ते से ही आती-जाती। बाथरूम - संडास बंगले के बाहर बाड़े में थे इसलिए बैठक-कक्ष अथवा रसोई घर को छूने का तो प्रश्न ही नहीं था। बरामदे में लगाई हुई तुलसी छुई न जाय इसका भी वह बराबर फिक्र रखती। वह भूल से भी उस गलबी रेबारण द्वारा बाड़े में सुखाये गये 'सेठ' अथवा 'सेठानी' के कपड़ों का स्पर्श न हो जाय इसका ध्यान रखती। वैसे एक बार बरामदे में बरसात के कारण भरे हुए छोटे से गड्ढ़े में हड़बड़ी में पैर चले जाने से गिर पड़ने और छींटे उड़ने पर भी उसका मन छटपटा उठा था। 'सेठानी' तो कुछ नहीं बोलीं, किंतु उस गलबी ने तो उसे आड़े हाथों ले ही लिया था : 'क्यों, आंखें फूट गई हैं क्या? सभी अपवित्र कर डाला...'

मुझसे रहा नहीं गया था और सहज ही सोमली का पक्ष ले लिया गया था : 'अरे भई, यह कैसी माथाफोड़ी है। कुत्ते-बिल्लों से अपवित्र नहीं हुआ जाता और आदमी–जैसे आदमी के छू लेने से अपवित्रता आ जाय, यह क्या बात हुई? बेचारे गांधीजी चिल्ला-चिल्ला कर मर गये पर हम जैसे थे वैसे ही रह गये। बेचारी सोमली की झेंप इससे कम हुई थी अथवा नहीं इसका तो मुझे ख्याल नहीं रहा, पर खड़ी होकर वह फाटक खोलकर बाहर निकली तब उसकी चाल अवश्य बदल गई थी।

एक तो उसका भरापूरा, मदमस्त यौवन और इतनी-सारी उपेक्षा के बीच भी शांत, मारक अदा : कुदरत की करामात के सामने भले-भले भूपति भी हार कबूल करने को विवश हों, वहां मेरी तो गिनती ही कहां!

'इसे गलत जगह जनम मिला है ऐसा नहीं लगता?' रीटा की मम्मी भी मेरी बात से सहमत हुई थीं।

'मुई अप्सरा जैसी लगती है। सच कहूं? यह डलिया और झाडू इसके हाथ में सुहाता ही नहीं।'

'यों कहिये न कि टोकरी जैसी टोकरी, पूरे गांव की गंदगी से भरी हुई होने पर भी इसके हाथ में खिल उठती है।'

'यह भी ठीक है, किंतु यह काजल की कोठरी से फूट निकला भीखालाल तो इसके साथ नहीं जंचता! इसको देखने मात्र से इसकी जाति परख में आ जाती है...।'

सोमली के पति के प्रति सोसायटी की स्त्रियों को जैसी घृणा थी वैसी स्वयं सोमली को भी थी कि नहीं, इसका पता नहीं। दिखने में परी जैसी लगने वाली सोमली झाडू लेकर गली बुहारने में मशगूल होती तब एक अद्‍भुत 'फोटोग्राफिक' दृश्य का निर्माण होता। बाप पर गये उसके चारों बच्चे उसे घेर लेते। नन्हा उसके घाघरे से लिपट पड़ता और बेबली (छोटी-सी लड़की) उसकी साड़ी पकड़ कर खींचने लगती। बाकी के दो मां को उसके काम में मदद करते। कचरे की छोटी-छोटी ढेरियां अपनी काली-काली हथेलियों में उठाकर टोकरी में डालते समय कभी कोई चमचमाती चीज़ नजर पड़ जाती हो उनके हर्ष का पार नहीं रहता। सोसायटी वाले पकड़ न पाएं इतनी चतुराई से जगला अपनी मां को वह महंगी चीज़ दिखलाता। सोमली को यह पसंद नहीं था। कभी-कभी गुस्से में आकर डांट भी पिला देती : 'ये कोई तुम्हारा बाप यहां सोना-रुपा और हीरे-मोती नहीं गाड़ गया जो तुम्हारे हाथ आ जायं।'

खिड़की के समीप बैठा-बैठा मैं देखता रहता। सोमली बच्चे के हाथ से वह चमकती चीज़ लेकर पल भर को परखती और उस पर खुले हाथ से चोट मारती : 'मुए, यह तो 'रोल-गोल' (रोल्ड गोल्ड, नकली) है...! कोई सोना नहीं जो इतना बावला हुआ जा रहा है...।'

कभी-कभी 'रोल-गोल्ड' के स्थान पर फूटी हुई चूड़ी का टुकड़ा, तो कभी पीतल की चुन्नी हाथ लगती तो सोमली और उसके बच्चों के बीच ही बकवाद शुरू हो जाती। बच्चे निराश होकर मां से लिपट जाते। कभी-कभी उसकी मार खाकर चिल्लाहट मचाते तब रीटा की मम्मी रसोईघर से मुश्किल से भागती हुई बाहर आकर कहतीं : 'रांड़, बच्चों को रूला क्यों रही है? पैदा करते जोर नहीं आया तो अब पालते समय किस बात को लेकर जोर आ रहा है?'

दयनीय चेहरों से 'सेठानी मां' के सामने ताक रहे बच्चों को देखकर रीटा की मम्मी के हृदय में राम जाग उठते। हाथ में जो भी आता वही लाकर चौकी के किनारे पर रख देती। बच्चे रोना छोड़कर कुतिया के पिल्लों की तरह दौड़ पड़ते। उन्हें झगड़ते देखकर सोमली चिढ़ जाती। किंचित् तिरछी नजर से इधर-उधर देखकर पेट के जायों (पैदा किये बच्चों) को डांट भी देती।

'मुए अकाल के जनमे! दिन भर खाऊं, खाऊं और खाऊं! साली बला कहां भटक रही थी जो मेरे पेट में आ पड़ी?' किंतु उसकी कलह-लीला भीखला के उत्तराधिकारियों पर रंचमात्र भी असर नहीं करती थी। उल्टे चारों ही बहन-भाई मां के घाघरे से चिपट कर नाक का मल पोंछ डालते। नन्हा ऊंचा होकर उसकी 'धोई' (स्तन) पकड़ने की कोशिश करता। मैं दूर बैठा-बैठा उसकी बाल-लीला देखता रहता। एक-दो बार सोमली के ध्यान में आ गया तो उसके लाज के मारे पल्ला छाती पर ढँकते हुए कहे गये बोल मुझे अब भी याद हैं : 'आजू-बाजू आदमी आंखें फाड़कर घूर रहे हैं, तुम्हें दूध पीने की लग रही है। थोड़ा ठहर, उस बरगद के नीचे बैठकर तुझे दूध पिलाऊंगी, ठीक है!'

लड़का इतनी दिलासा देने पर भी चुप नहीं हुआ तो वह विफर पड़ी : 'मुआ अपने बाप पर ही गया है बल्कि उससे भी बदतर...' और एक तमाचा जड़कर पेट के जनमे को हवा में जोर से घुमाकर अलग फेंकते हुए वह बड़बड़ायी : 'रात को आना अब रोज आदत का मारा

जीजी के पहलू में घुस जाता है, कलमुंहे ने अपने बाप का रूं भी छोड़ा हो तो बाप की सौंगंध!'

और फिर अचानक मेरे सामने ताककर ऐसी शर्मिंदा हुई कि झाड़ना बीच में छोड़कर नन्हे का हठ पूरा करने के लिए उसे उठाकर टाइलेट में घुस गई थी...

'सोमली!!' सिगरेट का कश मेरे दिमाग में घूमने लग गया था। उसने कदाचित् मेरी आवाज़ नहीं सुनी हो क्योंकि वह झाडू लगाने में मशगूल थी। मैंने ज़रा ऊंचे स्वर में कहा : 'कह रहा हूं , धूल थोड़ी कम उड़ाओ तो तुम्हारे जैसा भगवान भी नहीं! मुझे एलर्जी है, यह तो तू जानती ही है। अभी छींकें चालू हो गईं तो घंटे भर भी बंद नहीं होगी...

उसने थोड़ी टेढ़ी नजर से घूर कर मुझे चेतावनी दी : 'तो थोड़ी देर दूर बैठ जाइये न!'

इतने में तो बहुत कुछ आ जाता था। उसे पता था कि उसकी 'सेठानी' अपने दोहिते को देखने गई हैं।

उनकी मौजूदगी में तो मेरे सामने एक अक्षर भी बोलने की हिम्मत ही नहीं करती न!

'सेठानी' नहीं थीं इसलिए मैंने भी मौका देखकर साहस किया : 'ले, सिगरेट पीयेगा क्या?'

मुझे पता था कि वह बीड़ियां फूंकती है। अचानक मेरे जैसे आदमी के मुंह से ऐसा ऑफर सुनकर वह तो स्तब्ध ही हो गई। आधी जली सिगरेट उसके सामने रखते हुए मैंने एक बार फिर पूछा : 'बता, पीनी है या फेंक दूं?' उससे 'सफेदी' के मीठे-मीठे धुएं का लालच रोका नहीं जा सका। धीरे-से बोली, 'वहां रख दीजिए! ले लेती हूं... ।'

मैंने कहा : 'ऐसे नहीं, आज तो मुझे तुम्हें हाथों हाथ पिलानी है। सिगरेट भी और चाय भी।' वह बिल्कुल खिड़की के समीप आ गई थी। 'व्यर्थ का पागलपन न करें! देते हैं तो दे दीजिये, बाथरूम में घुसकर दो फूंक मार आती हूं।' तलब उसको भी लगी थी और मुझे भी।

'तूं कहीं अपवित्र नहीं हो जायेगी, समझी?' कहकर मैंने हाथ लंबा करके उसकी कलाई पकड़ ली!

वह तो खड़ी-खड़ी जम ही गई। उसके चेहरे का लहू उड़ गया था।

'भाई साहब, छोड़ दीजिए...! आपकी गाय हूं, बापू!' उसकी आंखों से लाचारी टपक रही थी। मुझे दया आ गई।

'जा फूंक मार कर वापस आ जा! बड़ी लाजवंती न देखी हो तो...!' कहकर मैंने उसे छोड़ दिया। वह दबे पांव टाइलेट की ओर चली गई।

मैं धड़कते दिल से उसकी राह देखता रहा। थोड़ी देर में वह निकली। 'चुपचाप नहा लीजिये!' उसने मुसकरा कर सीख दी : 'कुछ आचार-विचार का भान है भी अथवा नहीं?'

'सोमली!' मैंने लोलुप नजर से उसके रक्तिम चेहरे की ओर ताकते हुए कहा : 'यह सब पुराने जमाने की बातें हैं...मनुष्य जैसी मनुष्य है तू...तूम्हें छूने से कोई क्यों अपवित्र हो जायेगा? अरे, आज तो तू स्वयं ही चाय बना और मैं पीऊं! सचमुच, तुम्हारी कसम, बस!'

मेरी बात उसके गले नहीं उतर रही थी। 'मेहतरानी के हाथ की चाय पी है, यह पता लगेगा तो मेरी सेठानी आप के साथ झगड़ पड़ेंगी न? घड़ी भर भी खड़ा रहने देगी इस बंगले में?' वह हंसने लगी।

आसपास नीरव एकांत था। वह भी आज अकेली ही थी। बच्चों को उनके बाप के पास छोड़कर आयी थी। आकाश में बादल छाये हुए

थे। दिन भर की असह्य उमस रूं-रूं से पसीना बनकर फूट रही थी।

'बोल, चाय बना रही है अथवा नहीं?' मैंने उसकी आंखों में आंखें डालकर कहा : 'गांधीजी जैसे भंगी के हाथ का खाते हुए अपवित्र नहीं हुए तो हम भला कैसे अपवित्र होने वाले हैं?'

उसने थोड़ी देर विचार करके अपना निर्णय जाहिर कर दिया : 'मर जाऊं तो भी सेठानी का रसोईघर तो अपवित्र नहीं ही होने दूंगी, जाइये!' और वह रवाना होने लगी।

'ज़रा मेरी बात तो मान!' मैंने उसकी आजिजी करते हुए मन की बात खोलकर रख दी : 'सोमली, तुम्हारी सेठानी यहां नहीं है इसलिए, अन्यथा आज तक तुम्हें कभी सीधी आंखों –' बाकी का वह समझ लेगी ऐसा मानकर मैंने अध्याहार छोड़ दिया। तो बात जीभ द्वारा उचारी नहीं जा सके उसे आंखें कह डालती हैं।

'छह-छह महीनों के निराहार उपवास चल रहे हैं, बोल!' आजिजी करते हुए मैंने कहा : 'तुम्हारी सेठानी तो पड़ी-पड़ी ढेरड़के छोड़ती रहती है। उन्हें तो बुढ़ापे ने घेर लिया। किंतु मैं तो अभी भी तुम्हारे भीखला को लज्जित कर दूं, तो कहो तो!'

उसका हाथ खींचकर मैंने एक ऊष्मा-भरा चुंबन ले लिया।

'सेठ!' उसकी आंखों में यौवन उफन रहा था।

'आखिर जाकर इस नाचीज सोमली पर मुग्ध हुए! आपको भी क्या कहा जाय?' दया दिखाती-सी दूसरा हाथ आगे करती वह बोली : 'लो, चूम लो जितना चाहो आज दिन भर!' और तिरछा देखकर हंसी : 'मुई यह आदमी की जात तो कुत्ते...से भी गयी-बीती! सुकोमल वस्तु देखी नहीं कि लार टपकने लगती है...!'

'सोमली!' उसको इतनी नजदीक खड़ी हुई देखने का पहला ही

मौका था। मेरी आंखों में आषाढ़ उमड़ पड़ा था।

मुझसे रहा नहीं गया : 'कह रहा हूं, भीतर आने में कांटे चुभते हैं क्या?' उसने सहमी-सहमी-सी दृष्टि से आसपास सब देख लिया। अब छुटकारा ही नहीं, यह समझकर उसने ऊपरी मन से जाली खोली। मुझे जितनी उमंग थी उससे एक हज़ारवें भाग की भी उसमें नहीं थी।

जाने मुझ पर दया करती हो इस तरह बंगले के बैठक वाले कमरे के कोने में दुबक कर खड़ी हो गई। ठीक मेरी दिवंगत मां के फोटो के नीचे।

'चाय नहीं पीनी है तुम्हें? तू नहीं बनाती तो मैं बनाए देता हूं!' परंतु उसे ऐसी निरर्थक बातों में उलझना कतई पसंद नहीं था। एक-एक पल उसे युग जितना लग रहा था...।

'अब खतम भी करो न!' उसने गुस्से से कहा : 'घर जाकर अभी तो...' उसे अभी कितनों की ही भूख मिटानी थी! भीखला कहीं कलेवा मांगने निकले, किंतु उन बच्चों की पलटन को संभालने वाला तो कोई चाहिए न!

और उसकी एहसान-लदी बेबस आंखों में मुझे अपनी मृत मां झांकती नजर आई। हम चार भाई-बहनों को उसने कितने कष्ट उठाकर बड़ा किया था! पिताजी तो मुझे छोटा-सा छोड़कर गुजर गये थे। उसने पेट पर पट्टियां बांधकर (भूखों रहकर) लोगों के घर चक्की पीसकर मजदूरी करके हमें बड़ा किया। किसी ने कभी उसे भी...! मेरे भीतर के सीमान्त में तूफानी आशंका खड़ी हुई! नहीं, नहीं, मां जैसी मां के विषय में मैं ऐसा सोच ही कैसे सकता हूं? सारा गांव इसका साक्षी है : जीवीमां तो जीवीमां ही थीं! बच्चों को भी पता तक नहीं पड़ने दिया कि उनका बाप उन्हें वीरान जंगल में भटकते छोड़कर उस बड़े गांव चला गया था जहां से कभी वापस नहीं लौटा जाता। भरी जवानी में वैधव्य आ गया था, पर कोई अंगुली तो उठा कर देखे! 'मनुष्य हैं, मुसीबतें

तो आती हैं और चली जाती हैं। हमें स्वयं को संभाल कर जीना है।' मरते समय उसके अंतिम शब्द थे : 'किसी की लाचारी का फायदा कभी नहीं उठाना चाहिए। हो सके तो ऐसे आदमी को हिम्मत बंधाकर खड़ा करना चाहिए। मनुष्य-जन्म बार-बार नहीं मिलता, भाई!'

उसके चेहरे पर मुझे वे वचन ज्यों के त्यों पढ़ने में आये...'अब किस बात का मुहूर्त देखना है?' उसका धीरज टूटने को था। वह उकता गई थी अथवा कामातुर हो गई थी – यह समझना मुश्किल था। उसकी व्याकुल आंखों में शायद इन दोनों चीजों (बातों) के अलावा उसके रूपवती होने की लाचारी का भी संगम हो रहा था।

'सोमली!' मैंने उसके कंधे पर हाथ रखकर कहा : 'मानेगी? मुझे तुम्हारी आंखें देखकर मेरी मां याद हो आयी है...!' मेरी पलकें भीग गईं। आवाज भारी (गदगद) हो गई। मन-ही-मन उसके ऊपर टंगे हुए चित्र से मैंने माफी भी मांग ली...

'झूठे आडंबर मत करो!' उसने अपने कंधे पर रखा मेरा हाथ झटक दिया, 'मैं कोई पागल नहीं हूं। सब-कुछ समझती हूं।' वह तेजी से बाहर निकल गई। जाते-जाते बड़बड़ा रहीं थी : 'झाड़ू निकालने वाले का चखा हुआ सेठ आदमी को कहां रुचेगा? मैं तो जूठी चीज़ जो ठहरी. ..बस!'

इतना कहते हुए वह जैसे गिर पड़ने वाली थी। झर रही आंखों से जैसे आंसू नहीं लहू टपक रहा था।

'मैं ही मुई बेवकूफ थी जो अपने धर्म से च्युत हुई!' कहते हुए उसने क्रोध के साथ बरामदे का फाटक खोला और शिकोतर माता के चक्कर में आई हुई-सी, खप्पर-योगिनी की तरह पैर पछाड़ती हुई सोसायटी का किनारा लांघ गई। बस, वह गई सो गई।

'अरे, भीखला!'

उकता कर रीटा की मम्मी ने उसे जोर से आवाज दी : 'मैं कह रही हूं, यह ब्यालू तो लेता जा करमजले!'

झाड़ना बीच में छोड़कर वह नीची गरदन किये और टूटे पैर से बंगले के फाटक के समीप आकर खड़ा हुआ।

दिन का बचा हुआ उसके बर्तन में डालते हुए, जरा मिठास के साथ रीटा की मम्मी ने पूछा : 'तब से बोल क्यों नहीं रहा था?' भीखला ने जैसे सुना ही न हो वैसे अपना बर्तन लेकर रवाना हो गया।

रीटा की मम्मी को गुस्सा हो आया : 'देखा इसका नखरा! साले का चाहे जितना ध्यान रखें फिर भी जात पर गये बिना नहीं रहने का!' भीखला ने ये शब्द सुने अथवा नहीं इसका तो उसे ही पता। परंतु उसकी 'सेठानी' ने जब एक बार फिर 'जाकर अपनी लाड़ी को वापस भेजना! कोई पतली नहीं पड़ जायगी!' ऐसी ताकीद की, तब वह इतना ही बोला था : 'उसे तो भूत लग गया है...।'

और वह चुपचाप अपना झाड़ू लेकर अपने काम में लग गया। मैंने बात ढक दी, 'यह तो बहमीली जात है। आते-जाते बड़ के नीचे किसी ने पकड़ ली होगी और क्या?'

और मेरी आंखों के सामने तीन दिन पहले की सांझ साकार हो उठी।

लग्न-पत्रिका

'फेंको इसे उठाकर, मुझे मेरी इस लग्न-पत्रिका का क्या करना है? उनकी औलाद उन्हें ही मुबारक हो।'

बूढ़े ने जब झिड़क दिया तो बहू का मुँह फीका पड़ गया वह वहाँ से खिसक गई। उस बेचारी को क्या पता था कि सगे चचेरे भाईयों में जनम-जनम का बैर था। उस बेचारी ने तो गाँव से आई हुई लग्न-पत्रिका में जब बड़े दादाजी का नाम देखा तो खुशी से झूमकर मानो दादा को बधाई देने के लिए लग्न-पत्रिका उनके बिस्तर पर रख दी थी। वैसे भी दादाजी का सारा चार्ज उसके ही पास था न।

'जिस गाँव (दिशा) में जाना ही नहीं हो उसका नाम पूछने का क्या मतलब है भला? अरे। जब उस घर के लोगों से बोलचाल ही नहीं है तो वहाँ...' बूढ़ा बड़बड़ाया।

बेकार ही बीती बात को फिर से ताज़ा करने से क्या फ़ायदा भला।

ठीक है कि बोलचाल नहीं थी पर आख़िर माना तो जायगा एक ही परिवार न। लग्न-पत्रिका में कोई ऐसे ही नाम थोड़े ही छप गया था. .. वो भी सबसे ऊपर! हो सकता है बहू बिचारी इस सबसे अनजान ही हो पर उसके सास-ससुर थोड़े ही अनजान थे? अरे! गाँव छोड़कर शहर में बस जाने से कोई जात-बिरादरी और संगे-संबंधी थोड़े ही भुलाए जाते हैं। उन लोगों के प्रति दादाजी की नफ़रत तो कुछ अलग

कारणों से थी। अब चचेरे भाइयों से संबंध रखो तो ही संबंध होता है नहीं तो उनमें और जनम-जनम के बैरी में क्या फर्क है? उन लोगों ने सताने में कोई कमी छोड़ी थी क्या? दादाजी बेचारे कुढ़ते हुए बोलते हैं। उन्हें बेसुरे बोल बोलने का भला शौक है क्या? बहुत सहन किया है। बेइन्तिहा गालियां खाई हैं। दूसरा कोई होता तो उनका सर फोड़कर ही घर से बाहर निकलता। यह तो सीधे-सादे थे बेचारे, सो दूर से ही फुफकार कर चुप रह गए। भीतर से तो भगवान की गाय हैं बेचारे। गाँव की इतनी उपजाऊ ज़मीन ऐसे ही छोड़कर उन्होंने बंबई की टिकिट कटवा ली थी... पूरे चालीस बीघा जमीन, वो तो दादी थीं वरना उस जमीन की कीमत भी वसूल न हो पाती। नहीं...तो...दादा तो...बहू को कुछ बुरा तो लगा... पर यह तो हर घर में चलता रहता है। अरे! अगर घर के बड़े-बूढ़े कुछ गलत बात कह भी दे तो उनसे रूठकर थोड़े ही बैठा जाता है... वो तो बोलते ही रहते हैं। उसने लग्न-पत्रिका वहाँ से उठा ली।

रसोई में जाकर उसने फिर से हाथ में पकड़ी हुई उस पत्रिका को खोला। कितनी सुन्दर छपाई थी। चार-चार रंगों में आफसेट में छापी गई थी पत्रिका। कुमकुम और अक्षत से रंगी कितनी सुंदर लग रही थी। पन्ना पलटते ही दिखाई देती थी सलीके से चिपकाई हुई कन्या की मुस्कुराती हुई तस्वीर, जो सबसे अधिक आकर्षित कर रही थी। वैसे भी जिस कन्या की शादी होती है, वह बहुत सुंदर तो लगने लगती है। ऐसा लगता था कि वह तसवीर मानो अभी कुछ बोल पड़ेगी और अगर कोई ध्यान से सुनना चाहे तो शायद उसकी आवाज़ सुन ही सकता था। लगता था कुछ कह रही थी वह...।

अचानक बहू की दृष्टि हाशिए में हाथ से लिखे गए शब्दों पर पड़ी। लिखा था – 'बीती बातें भुला दीजिएगा और चंदन की शादी में सपरिवार अवश्य पधारिएगा। यह चंदन ने खुद ही लिखवाया है। वह कहती है – मुझे अपने मंगू दादा को देखना है। उनके हाथ से

कन्यादान होगा, तभी मेरी शादी सफल होगी। बस... आप लोग ज़रूर पधारें।'

नीचे दादा जी के भतीजे यानी चंदन के पिता के हस्ताक्षर थे।

बहू सर से पैर तक झनझना उठी। उसके मन में आया कि एक बार फिर से हिम्मत जुटाकर दादा जी को पत्रिका दिखाकर उनसे बात तो करे। और सब तो जाने दो पर चंदन तो उनके कुल की ही कन्या है न! वह उनके आशीर्वाद की बाट देख रही है, उसके मन की यह बात तो उन तक पहुँचनी चाहिए न! अगर कुछ बैर भाव है भी तो वो घर के बड़े लोगों में है। यह कोमल कली तो अब कुछेक दिनों में ही पराई हो जाएगी। ये तो ऐसी चिड़िया है जो अब डाल से बस उड़ने वाली है...।

और उसने हिम्मत करके एक बार फिर से दादा जी के सामने चंदन की लग्न-पत्रिका रख ही दी। 'दादा जी' उसने स्वर में शहद घोलकर कहा – 'देखिए तो सही, चंदन तो बेचारी आपके नाम की माला जप रही है और आप उसकी शादी की पत्रिका को छूने से कतराते हैं।' उससे लग्न-पत्रिका में पन्ना पलटते ही दिखाई देने वाली कन्या की तसवीर दिखाते हुए कहा – 'देखिये तो! कितनी प्यारी लग रही है। लगता है अभी बोल ही पड़ेगी। कितनी जीवंत है ये तस्वीर...।'

दादा जी ने मिचमिची आंख से उस ओर देखा और अनायास ही उनका हाथ लम्बा हो गया। बहू खुशी से झूम उठी। आखिर दादा जी किसी तरह पिघले तो सही। आखिर वो भी तो हाड़ मांस से ही बने मनुष्य थे न!

बहू तो कब से उनकी भीतरी तड़पन को महसूस कर चुकी थी। जब वह शादी होकर आई थी तभी उसकी सास निर्मला ने उसे दादा जी के बारे में बहुत-सी अजीब-अजीब बातें बताई थीं। चाहे बेशक ये लोग गाँव से दो वर्ष पहले आकर बम्बई में बस गये हों, तब भी घर

में जब तक बड़े-बूढ़े होते हैं तब तक कोई बेहूदी छूट तो नहीं ली जा सकती न?

उसकी सास निर्मला ने तो पहले दिन से ही उसे अपनी बेटी मान लिया था। उन्होंने कहा था – 'नीना! हम सब तो नई पीढ़ी के लोग हैं। दादा जी ने जो सहा है उसे तो हम सपने में भी नहीं सोच सकते। कभी शांति से बैठकर उनसे ही उनके मन की बात निकलवाना। तब वे तुम्हें किसी करूणांत उपन्यास के नायक लगेंगे और दादी तो उनसे भी बढ़ चढ़कर...।' जब निर्मला ने ब्यौरे से अपने सास-ससुर के दांपत्य जीवन की बात उससे की तब उसके अचंभे का आर-पार न रहा। 'क्या पता... उन्हें तो बस एक ही धुन सवार है कि वो जरूर वापिस आएगी... और जहाँ तक है अपने ही घर में। हो सकता है कुछ ज्यादा दिन हो जायें, पर आएगी तो सही...यह तो निश्चित है...।'

नानी ने अपनी बड़ी-बड़ी आँखों में कौतूहल भर कर पूछा था... 'वंड...र ममी, इज़ इट पॉसिबल? ऐसा हो सकता है क्या?'

ऐसा हो सकेगा...? यह शंका तो उसकी सास को भी थी ही। आदमी वापिस आने के लिए थोड़े ही जाता है। अब अगर मरे हुए लोग वापिस आने लगे तो इस धरती पर पैर रखने की जगह रहेगी क्या? पर दादा जी थे कि अपनी बात पर अड़े ही हुए थे। उसकी कही हुई बात पर संदेह किया जा सकता है... मुझे तो उसके जाने के बाद लगातार ऐसे संकेत मिल रहे हैं। मत मानो तुम लोग, परंतु उस जीव की माया छूटी नहीं है। कँपकँपाती आवाज में वे कहते – 'तुम्हारी नहीं तो मनीष की बहू की कोख से ही... पर आएगी इसमें कोई शक नहीं है।'

जब नीना इस घर में बहू बनकर आई तब उसे यही अनुभव सबसे अधिक रोमांचक लगा था। वह स्वयं तो एम.एस-सी. थी। विज्ञान की छात्रा रही थी। पर पता नहीं क्यों उसे दादा जी की बात का वजूद लगता था। दादी जी को तो उसने देखा नहीं था और समय के अंतराल

में दादा जी के कमरे में लगा हुआ उनका फोटो भी धुंधला पड़ गया था, परन्तु पिच्चासी वर्ष के होने के बावजूद भी दादा का नाम आते ही उनकी वृद्ध आंखों में बिजली-सी चमक भर उठती थी। दादी जी की मृत्यु को भी लगभग बीसेक वर्ष तो बीत ही चुके थे पर दादाजी उन्हें इतनी ताज़गी से याद करके उनके बारे में बातें करते वे मानो कल ही की बात हों...'वह तो मरी शुरू से ही कुढ़ती रहती थी, नहीं तो भला उसे बी.पी. क्यों होता? देखते नहीं मैं पिच्चासी का हूं – अलमस्त जैसा।'

और... फिर वे कहीं गहरे डूब जाते। होठ बन्द होने पर भी दृष्टि न जाने क्या-क्या कह जाती थी। बीता हुआ सारा जीवन उनकी आँखों में भर उठता था। लगता मानो उनकी वृद्ध आँखों में सातवें पाताल का पानी समा गया हो।... वैसे भी कुएं के मोट की तरह वे जूझते रहे हैं जीवन-भर उन्होंने कुछ कम तो सहन नहीं किया था। माँ की कोख से जन्म होते ही तो अनाथ हो गए थे। बाप को हैज़ा खा गया और माँ ने दूध पीते बच्चे को छोड़कर दूसरा मर्द कर लिया। उनके पास था ही क्या? ऊपर आसमान और नीचे धरती पर उस स्थिति में भी वे जिंदा रहे, बड़े हुए। चचेरे भाईयों के घूँसे-लात खा-खाकर ही तो बड़े हुए थे। वे लोग तो उन्हें मार डालने के लिए तैयार ही बैठे थे... पर तब भी जिंदा रहे...। पिता की इतनी इज्जत थी कि समय से शादी हो गई थी। घर में बेचारगी होने पर भी आबरू बरकरार रही। चचेरे भाई-लोग तो कभी भला सोच ही नहीं सकते थे। प...र जिसका कोई नहीं था उसे ईश्वर ने न्याय दे ही दिया। शादी करने के लिए जब घर से निकले तब घोड़ी कहां से लाते? सो ऊपर सवारी की। ऊँट की पूंछ पर एक शगुन दीपक बांध दिया जो पूरी तरह लपक-झपक करता हुआ मुर्गे की बांग के साथ बारात को लेकर सामने वाले गाँव की सीमा पर पहुँचा।

वृद्ध की बीती बातों को सुनने में सास-बहू दोनों ही बहुत तृप्ति महसूस करती थीं। दादा जी भी बार-बार अपनी बीती जिंदगी

खोद-खोदकर खूब बढ़ा-चढ़ाकर सुनाते रहते। कोई हुँकारा भरने वाला होता तब तक तो सब कुछ ठीक-ठाक चलता रहता पर इस हर रोज़ की कान पर बजने वाली शहनाई से ऊबकर अगर बेटा या पोता कोई बहाना बना छिटक जाते तब उनकी हालत देखने जैसी हो जाती थी। उन्हें लगता काश! अपनी जीभ कट जाय और वो मर जाएं। अब तो बात अलग है कि यह मनःस्थिति बहुत देर तक नहीं रहती। अगले ही पल वे आंखें मूंदकर अपने भीतर उतर जाते जहाँ उन्हें अपनी ज़रूरत के मुताबिक जीवन-बल मिल जाता था। उन्हें लगता मानो उनके सामने उनकी जीती-जागती पत्नी बैठकर बातें कर रही हो।

'खबरदार अगर ऐसी ओछी बात सोची भी तो। आखिर हम ऊंचे खानदान से आते हैं; अरे जूओं के डर से कपड़े निकालकर फेंक देंगे क्या? ये लोग तो बच्चे हैं, नादान हैं। इनकी बातें मन में लायेंगे तो क्या दुनिया ही हमें बेवकूफ नहीं कहेगी?' और दादा जी गले की ख़राश साफ़ करके अपने बचे हुए वर्षों को जीने के लिए कमर कसकर तैयार हो जाते। घर के पुरुषों के बाहर चले जाने के बाद बहू बेचारी डरती डरती दादा जी के पास आकर उनके मन के जख्म को धीमे से सहलाने का प्रयास करते हुए कहती – 'दादाजी! कहने दीजिए न उन्हें...आप प्लीज़ उनकी कोई बात मन पर मत लाइए।'

उनके लिए इतना दिलासा तो बहुत हो जाता था। वे अपनी डींग हाँकते हुए बहू से कहते – 'अरे! उनकी बकवास तो जूते की नोंक पर रखता हूं मैं। उनकी बात का कोई दुःख नहीं लगता पर अब तुम दोनों सास-बहू के सामने उन्हें क्या कहूँ...? अच्छा नहीं लगता...मुझे तो...नहीं तो अगर कहीं मुझे गुस्सा आ गया और मैंने बेकार ही कुछ उलजलूल कह कहा दिया तो दोनों बाप-बेटे चलते नज़र आयेंगे। समझीं पर...मुझे उनके जैसा थोड़े ही बन जाना है? है कि नहीं?'

बहू के पास उनकी हाँ में हाँ मिलाने के अलावा और कोई चारा ही क्या था? दादा जी पोपला मुँह फाड़कर हँस पड़ते और फिर अपनी

पत्नी की यादों में खो जाते। बहू के मन में उनकी धँसी हुई आंखों के खोखलेपन में छिपी सुप्त वेदना मानो बिच्छू की तरह डंक मारती रहती।

'तुम लोग भले ही मत मानो'...वह अपनी वर्षों की मान्यता की जुगाली-सी कहते हुए कहते...'मुझे सौ नहीं हजार फीसदी विश्वास है कि कहीं न कहीं...' और फिर बीच में ही मानो अपनी भूल सुधारते हुए कहने लगते – 'और कहीं बहुत दूर भी नहीं, अपने ही बीच! सच पूछो तो उसकी इच्छा तो...'

बहू उनके चेहरे पर पुता हुआ क्षोभ पढ़ती और उसकी आंखें नीचे हो जाती। ऐसी मीठी भुलभुलैयाँ में जीने का एक अलग ही रोमांच होता है न! इसका कारण यह था कि शायद दादी ने कभी मोहवश यह बात कह दी थी जिस पर उनका विश्वास आज तक दृढ़ था।

वह कहती – 'मैं तुम्हें बुढ़ापे में रखड़ने नहीं दूँगी...क्या पता बेटे-बहू तुम्हारी देखभाल मेरी तरह से करें या न करें? यह तो कलियुग है न? और कलियुग की हवा तो अपने बाप को भी नहीं छोड़ती। मैं ऐसा नहीं होने दूँगी...समझे न...?'

दादाजी भूतकाल में पहुँच जाते थे – 'पर...तुझे दुबारा आने की ज़रूरत ही क्यों पड़ेगी? अगर ऐसा हो जाय कि हम दोनों ही साथ चले जाएं तो...आप मरे पीछे डूब जाये ये दुनियाँ...क्या फ़र्क पड़ता है? बच्चों की किस्मत बच्चों के साथ...'

'फिर वो क्या कहती थीं दादा?'

बहू उनके लिए मानो अपनी बात कहकर हल्का होने का संबल बन गई थी। उसकी इतनी बात तो उनको बहुत बल दे जाती और वे तान में भर उठते।

उमर की दहलीज पार करके वे गहरे उतर जाते, बूढ़ी नसों में मानो खून उछालें भरने लगता।

'उसे तो पहले से ही पता था कि वह मुझसे पहले चली जाएगी। इस बात के तो उसे पहले से ही आसार थे...।'

वे वृद्धा की मृत्यु के समय का शास्त्रीय तालमेल करने लगते – 'देखो! उसने मरने के लिए समय भी कैसा चुना था। फिर से धरती पर आना था सो मकर के सूर्य के पहले ही अपनी प्राण-लीला समेट ली थी उसने...जो चौमासे की बरसात लेकर जाता है तो क्या कभी मोक्ष प्राप्त करता है? भीष्म पितामह ने ऐसे ही कोई बाणों की शैय्या तैयार नहीं कराई थी! सूर्य मकर के आने से पहले देह छोड़ने वालों के लिए दूसरा जन्म लेने के अलावा कोई चारा ही कहाँ है?'

बहू को उनका शास्त्र कुछ ख़ास समझ में नहीं आता था, तब भी वह उन्हें खुश करने के लिए अपना सिर हिलाती रहती। दादा जी की बातों को प्रोत्साहित करने के बदले में कभी-कभी तो उसे अपने सास-ससुर और मनीष की भी डाँट सुनायी पड़ जाती। बल्कि मनीष का मन उकता जाने पर भी दादा जी की बात की उपेक्षा कर तटस्थ नहीं हो पाती थी। उसे लगता कि उनके प्रति उपेक्षा क्रूरता ही तो है। आख़िर वे बेचारे एक हुँकार के अलावा और चाहते भी क्या हैं? हम उन्हें इतना तो दे ही सकते हैं न? हाँ...कभी-कभी जब वे ज़रा ज्यादा ही आगे बढ़ जाते और उससे अपने पड़पोते के बारे में पूछ बैठते तो वह कुछ अचकचा-सी जाती थी। जब पुत्र-जन्म से सारा घर खुश था तब उनका चेहरा लटक गया था। खुद पुराने विचारों के होने पर भी वे बहू की डिलीवरी के समय कन्या-रत्न की बाट देख रहे थे। 'आपने तो यह चौथी पीढ़ी का वारिस देखा है...लीजिए, मुँह मीठा करिये, कहकर निर्मला ने ससुर के पोपले मुँह में लड्डू खिलाने की चेष्टा की, तब उन्होंने जल्दी से मुँह छुपा लिया था।

'अब बहू, इस उम्र में ज्यादा'... कहकर बहू के संतोष के लिए उन्होंने एक छोटा-सा टुकड़ा मुँह में रखकर बाकी का लड्डू वापिस कर दिया था।

'कोई नई बात थोड़ी हो गई है? बेटे तो सबके घर पैदा होते रहते हैं।'...पता नहीं कहाँ से इनके सड़ियल दिमाग में ये भूत भर गया है...? बहू ने बहुत बार इनके मुँह से यह सब सुना था। वैसे उसकी सास तो दयालु स्वभाव की थी वरना अगर बेटा-बहू दोनों ही एक जैसे मिल जाते तो बेचारे बूढ़े के लिए तो जीवन जीना दुष्कर हो जाता। जब से बहू इस घर में आई थी तभी से ही यह सब देख रही थी। आखिर और कितने दिन जीना है दादा जी को? उनकी नाव तो कब की किनारे लग चुकी है, पर वे न जाने कैसे उसे किसी न किसी प्रकार घसीट रहे हैं। आखिर उन्होंने दादी को वचन दिया था। लोगों ने 'आशा' को कोई यूँ ही अमर थोड़े ही कहा होगा? लगता है जब तक उनकी दादी से मुलाकात नहीं हो जाएगी, तब तक शायद वे मरने का नाम भी नहीं लेंगे।...उन्हें भीतर कहीं अन्तः स्फुरणा होने लगी थी शायद...

उनके साथ बहू भी धीरे-धीरे उनकी मान्यता का समर्थन करने लगी थी। भीतर से कहीं वह भी चाहने लगी थी कि दादा जी की इच्छा पूरी हो जाय। अगर दादा जी की यह इच्छा इसी घर में पूरी होनी हो तो क्यों न बेशक उसी की कोख से ही...आखिर इसमें गलत क्या था?

कैसी-कैसी तरंगे मन में लहराने लगी थी उसके। वैसे विज्ञान की छात्रा थी, पर अब दादा जी की बात में बह जाना उसे अजीब नहीं लगता था। उसने दादी को देखा नहीं था पर फिर भी उनके प्रभावशाली व्यक्तित्व से प्रभावित हुए बिना नहीं रही थी। जब दादी की धूमिल पड़ी हुई तसवीर देखने वाला भी उनसे प्रभावित हुए बिना नहीं रह सका था तो दादा जी ने पूरा जीवन उस स्त्री के साथ ही बिताया था...।

उसकी सास ने भी अपनी बहू से अपनी सास की बहुत सी बातें बताई थी। बाघिन थी दादी जी! भला किसी की हिम्मत थी कि उनके सामने कोई आँख उठाकर देख सके?. उनका तेवर ही कुछ ऐसा था। दादा जी को तो दबाना आसान था, पर दादी...उनके सामने किसी की बात करने की हिम्मत नहीं थी। वे तो मानो देवी ही थीं। उनका पैर

पड़ा और इस घर की दशा बदली वरना पहले तो खाने के भी लाले पड़े हुए थे, बहुत बेचारगी थी। बेचारे दादा जी को तो बस ऊपर वाले का ही सहारा था। कुटुंबी तो बैरी थे ही, उनकी जान के प्यासे थे। उनकी दशा तो कटखने कुत्तों के टोले में फँसे हुए हिरण के समान थी। दादी के आने से ही उनका भाग्य खुला। दब-दबाकर जीने वाले दादा के पैरों में मानो दैवी ताक़त आ गई, गूंगी ज़बान को मानो वाणी मिल गई। दुश्मनों ने परेशान करने में तो कोई कसर छोड़ी ही नहीं थी पर दादी ने आकर अपनी चतुराई से सबको चित्त कर दिया था। दादी ने उन सबको पूरी जात-बिरादरी के सामने नंगा कर दिया था, पर फिर भी वे सारे लोग मिलकर सामने आ खड़े हुए और रोज़ाना दुखी करने के लिए नई-नई कारस्तानियाँ करने लगे, तब गाँव की जमीन-जायदाद बेचकर स्थाई रूप से बम्बई में आकर बस जाने का मूल विचार भी तो दादी का ही था। नहीं तो दादा तो अब तक भी गाँव की रेत छानते होते।

दादी का एक पराक्रम तो पूरे प्रदेश में दंत कथा की तरह फैल गया था। एक दिन दादा का चचेरा भाई शराब के नशे में चकनाचूर हो आधी रात को दीवार फाँदकर घर में कूद आया। उसकी लाल भभूक आँखें देखकर दादा तो अपनी भरी-पूरी जवानी में ही काँप उठे थे। उसकी नीयत पहचानकर दादी ने आँगन के कोने में पड़ी लाठी ली और उसका पैर तोड़ डाला था। 'ज़िंदा जाने दे रही हूं तुझे, भड़वे...' उन्होंने रणचण्डी की भांति कड़ककर कहा था – 'अब जैसा भी है, है तो तू मेरे कुटुंब का ही। दूसरा कोई होता तो उसका सर फोड़कर रख देती...।'

और फिर शरीर की सारी ताक़त से उसे चूतड़ पर लात थी। पांच हाथ का लम्ब तडंग आदमी एक साथ चार पलटियाँ खा गया था।

सारा गाँव अचंभे से सकता गया था। इसके बाद दादी ने मन ही मन सोच लिया था, ऐसे घटिया लोगों के बीच तो एक दिन रहना भी पाप है और दूसरे ही दिन गाँव छोड़कर बम्बई जाने की कोशिश में जुट

गई थीं। हम ये जो यहाँ चैन से बैठकर सुख से दो रोटी खा रहे हैं, वो दादी का ही महाप्रताप है।

गई रात घर में बेकार ही बोलचाल हो गई। मनीष अपने मित्र डॉ. सोनावाला से 'डेट' लेकर आया था। उसने नसबंदी करवाने का निश्चय कर लिया था। जब निर्मला को पता चला तो उन्होंने कहा – 'तेरे नसबंदी कराने से तो अच्छा है कि नीना लेप्रोस्कोपी करा ले। तुझे बेकार ही दफ्तर से छुट्टी लेनी पड़ेगी।' पिता ने भी माँ की हाँ में हाँ मिलाई थी। उन्होंने कहा था – 'अब कोई पहले की तरह तो अस्पताल में रहना नहीं पड़ता। तुम्हारी माँ के समय अलग बात थी। अरे ! अब तो सभी क्षेत्रों की तरह 'फैमिली प्लानिंग' में भी ज़बरदस्त क्रान्ति आ गई है।'

दादा जी कान खड़े करके सब कुछ सुनते रहे। फिर बड़े धीरे से दृढ़ शब्दों में उन्होंने अपना हुक्म सुना दिया – 'ऐसी क्या जल्दी है भला आपरेशन कराने की?' सुमन लाल अपने बूढ़े पिता की बातें सुन सुनकर ऊब चुके थे। उन्होंने साफ़-साफ़ शब्दों में सुना दिया – 'आपको क्या जरूरत है पंचायत करने की? शांति से बैठकर भगवान का नाम लीजिए। बच्चों की ज़िंदगी में नाक घुसाते हुए शरम नहीं आती आपको?'

दादा जी ने भी कठोर शब्दों में उत्तर दिया – 'हाँ...हाँ...पता है तुम बहुत बुद्धिमान हो। पर अपनी बुद्धि अपने पास ही रखो। अरे ! मुझे कुछ लगता होगा तभी न कहता हूँगा मैं? बुद्धि भ्रष्ट नहीं हो गई है मेरी? इतने बरसों से अब भी हर रोज़ सपनों में आती है मेरे...'

बस...सुमनलाल भड़क उठे थे। वृद्ध पिता का सम्मान ताक पर रखकर उन्होंने अपने भीतर का गुबार उलट ही तो दिया – 'कान खोलकर सुन लीजिए। यह आपका भ्रम है। मैंने आपको कुछ कहा नहीं इसलिए आप कुछ ज्यादा ही बोलने लगे हैं। आख़िर क्यों लेना पड़ेगा

नया अवतार मेरी माँ को? वो भी आपके लिए? बेचारी की चिता को भी ठंडी हुए बीस बरस बीत गए हैं। अब तो पीछा छोड़ो उसका...मरे हुए जीव को कष्ट दे रहे हैं।'

वृद्ध की आँखों से आँसू की दो टप-टप पड़ीं। दयालु हृदय की निर्मला से उनकी यह मूक वेदना सही नहीं गई। उसने कहा – 'पिता जी, यह सब मुसीबत छोड़कर अब भगवान का नाम लीजिए न। माँ जी तो मोक्ष गई हैं। पुण्यशाली आत्माओं को तो भगवान अपने पास स्वर्ग में ही रखता है। बेकार ही उनकी आत्मा को तकलीफ देने वाला गलत काम क्यों करते हैं?'

सुमनलाल भी कुछ नरम से पड़ गए थे। उन्होंने पिता की सनक से तर्क करते हुए कहा – 'पिछली पाँच पीढ़ियों से हमारे खानदान में लगातार एक संतान का क्रम चल रहा है। आपके पिता जी के आप अकेले थे, आपके मैं अकेला हूँ, मेरे मनीष अकेला है फिर अगर मनीष के भी इकलौता बेटा हो तो आखिर गलत क्या है? पिछली पाँच पीढ़ियों में अपने वंश में बेटी पैदा हुई है भला?'

'थोड़ा धीरज तो रखें, ज़रूर पैदा होगी।' वृद्ध से रहा नहीं गया – 'तुम्हारी माँ ही आएगी फिर से बेटी बनकर।'

'अब तो वो आने वाली भी हो तो भी नहीं चाहिए हमें।' मनीष ने अपनी ऊब प्रगट करते हुए कहा था – 'हम अपना सोचें कि उनका? इस शनिवार को तो हम दोनों में से किसी एक का ऑपरेशन हो भी गया होगा। फिर देखते हैं कहाँ से आएगी बेटी?'

वृद्ध कसमसा उठे थे। अपनी पुतलियों को नचाकर वे मन ही मन बड़बड़ाए – 'नहीं आए तो तुम्हारा नसीब! वो तो जैसी नीयत होगी वैसे ही दिन आएँगे...खूब सुख भोगोगे...।'

फिर वे चुपचाप अपने कमरे में समा गए थे।

दादा जी टकटकी लगाकर अपने सामने पड़ी लग्न-पत्रिका को देख रहे थे।

बहू उनके चेहरे की झुर्रियों की रंगत निहार रही थी। एक क्षण पहले जो शख्स लग्न-पत्रिका को हाथ लगाने को तैयार नहीं था, वही अब उस पत्रिका को ममतामयी दृष्टि से लाड़ बरसा रहा था। आखिर अचानक ही इस बदलाव का कारण क्या हो सकता है?

उसे बहुत अचरज हो रहा था। 'बहू !' आख़िर उनकी समाधि टूटी और उनके मुख से निकला।

'तुम्हें कुछ ख्याल आया?'

'क्या दादा जी?'

उसे सचमुच कुछ भी समझ में नहीं आ रहा था।

'चंदन की शादी में हमें सपरिवार जाना होगा?'

उनकी आँखों में उजाला छलक उठा था।

अरे ! उस परिवार के साथ तो दादी जी का तीन पीढ़ी का बैर था। अचानक कैसे बदल गये थे वो?

'जरा अंदर के कमरे से अपनी दादी जी की फोटो तो उठा लाओ।'

उन्होंने फोटो मँगवाया तो बहू के दिमाग़ में कौंध-सी पैदा हुई। उसे दादा जी की खुशी का कारण समझने में देर नहीं लगी।

'देखो तो ज़रा ! किसी ने उसकी लीला का पार पाया है भला...? आखिर भेज ही दिया पर दुश्मन के घर...।'

बहू ने उन्हें दिलासा दिया – 'दादा जी ! दुश्मन तो यहाँ मृत्यु लोक में ही न ! भगवान के घर तो सभी...' उसके मुँह से निकल ही गया – 'वैसे...वो भी तो अपना ही कुनबा है न?'

गर्द पड़ी हुई दादी माँ की तसवीर को साफ़ करते हुए उसने कहा – 'देखिये तो कितना मिलता है चेहरा...' फिर धीरे से मुस्कुराकर उसने अपना वाक्य पूरा किया – 'अब कोई और आपके साथ आए या न आए मैं तो आपके साथ गाँव ज़रूर आऊँगी।'

और वृद्ध मानो उस क्षण गश खा गए।

बहू ने देखा – उनकी एक आँख दादी की तसवीर के चेहरे पर चिपकी हुई थी, तो दूसरी हल्दी लगी चंदन का फोटो देख रही थी।

'दादा जी...' बहू चिल्लाई तो घर के सारे सदस्य दौड़कर दादा जी के कमरे में पहुँच गए।

धर्म लाभ

पण्डित भगवान दास ने सभा का माइक सम्भाला–

आदि नाथ भगवान की...जय!

महावीर भगवान की...जय!

चौबीस तीर्थंकरों की ...जय।

आचार्य परिमल सागर महाराज की...जय! बोलो, बोलो मुनि श्री श्रेयस्सागर महाराज की...जय जय!...!

मेदनी ने भी जयघोष अन्यन्त उत्साह से सबके साथ किया। इन जयघोषों में जब युवा दिगम्बर मुनि 108 श्री श्रेयस्सागर महराज का जयघोष हुआ तो मेदनी के हृदय की कली-कली अपनी पराकाष्ठा पर खिल उठी थी। जयघोषों की प्रतिध्वनि विस्तृत आकाश से टकराकर सुदूर फैली पर्वत शृंखला में विलीन हो गई।

नगर का समस्त दिगम्बर जैन समाज मुनि श्री श्रेयस्सागर महाराज के केशलोचन समारोह का उत्सव मनाने को एकत्रित हुआ था।

मुनि श्री आगामी मार्गशीर्ष माह में अपना उन्नीसवाँ वर्ष पूरा करने को थे। आज से केवल सात महीने पहले अल्पायु में ही मुनि श्री श्रेयस्सागर जी महाराज ने जैन धर्म के उद्भट्ट विद्वान, आचार्य शिरोमणि श्री परिमल सागर महाराज के पावन शिष्यत्व में महातीर्थ तारंगा में दीक्षा ग्रहण की थी।

अलबता, उससे पहले वे दो वर्ष तक ब्रह्मचारी रहे थे। वर्तमान समय में वैराग्य मूर्तिवंत इस तरुण ब्रह्मचारी ने क्षुल्लक, ऐलक की सीढ़ियाँ लाँघकर सीधी ही दिगम्बर दीक्षा ग्रहण की तो समग्र दिगम्बर जैन समाज इस अल्पवय के मुनि की तितिक्षा देखकर स्तम्भित रह गया था।

मुनि श्री का यह पहला ही चतुर्मास था।

नगरवासियों के आनंद का कोई ओर-छोर नहीं था। दीक्षा पश्चात मुनि श्री के प्रथम चतुर्मास के लिए इसी शहर को चुनने के लिए वहाँ के जैन समाज का हर व्यक्ति अपने आप को गौरवान्वित मानता था। आज तक यहाँ पर कई मुनियों ने कई चमुर्मास किए, किन्तु वे इस चतुर्मास की तुलना में कहीं नहीं ठहरते हैं। मुनि के गुरु जैनाचार्य परमलसागर महाराज भी अपना चतुर्मास यहीं कर चुके थे। परम्परानुसार केशलोचन उत्सव यहाँ प्रति वर्ष आयोजित होते ही रहे हैं। तदुपरान्त आज सा उत्साह, उमंग व प्रभावोत्पादकता पूर्व आयोजित समारोहों में कभी दृष्टिगत नहीं हुई थी...

क्या जैन और क्या गैर जैन? सारा शहर मुनि श्री की वाणी पर मुग्ध था। पक्ष तथा प्रतिपक्ष के लोग सभी अपने पारस्परिक मतभेद भुलाकर मुनिश्री के प्रवचन सुनने को आते थे। एक बार जो भी देरासर के प्रागंण में प्रवचन सुनने को आ जाता, उसे किसी अनजान बंधन में बंध कर प्रवचन सुनने को बरबस आना पड़ता था। उसे जैसे नशा ही लग जाता है।

मुनिश्री की अपार करूणा का ही यह फल था। सारा शहर निर्वैर, प्रेम और दया के रंग में डुबा हुआ था।

पण्डित भगवानदास ने मधुर स्वर में गीत शुरू किया। आज तो लहावो लीजिए रै... (आज के आनंद का लाभ ले लो) मेदनी ने गीत को अत्यन्त हर्ष से गाना शुरू किया। तालियों के ताल के साथ गीत

गाया जाता रहा और ठीक इस समय काष्ठासन पर पदासन में विराजित तरूण मुनि श्रेयस्सागर जी महाराज ने प्रसन्न मुद्रा में आँखें मूंद कर मन ही मन कतिपय श्लोक गुनगुनाए। केशलोचन के सभी आवश्यक उपकरण सामने ही सजा कर रखे हुए थे। पं. भगवानदास ज्यों ही केशलोचन की बोली पूरी करेंगे कि खेत में से खरपतवार की घास उखाड़ने की तरह मुनि श्री अपने ही हाथों से अपने सिर के बाल उखाड़ने लगेंगे। उन तितिक्षा भरे क्षणों को याद करके मुनि श्रेयस्सागर हँसे। मुनि श्री ने इससे पूर्व भी कई केशलोचन किए थे। ब्रह्मचारी अवस्था में पाँच बार तथा दीक्षा प्राप्ति पश्चात् दो बार। केशलोचन के लिए चार माह की अवधि बहुत ज्यादा होती है। मुनि को जहाँ तक हो दो माह में केशलोचन कर लेना चाहिए। दो महीने में किया गया केशलोचन उत्तम, तीन माह का मध्यम तथा चार माह का केशलोचन जघन्य माना जाता है! मुनिश्री एक बार पुनः मंद-मंद मुस्कराए।

मेदनी की एक आँख जहाँ पं. भगवानदास पर लगी थी, वहीं दूसरी आँख काष्ठासन पर विराजित मुनिप्रवर की मधुर मंद मुस्कान पर लगी थी। मुनि प्रवर के प्रत्येक हावभाव से मेदनी पुलकित हो उठती और मन ही मन मुनि की स्तुति करती। बीच बीच में 'बोलो, मुनिश्री श्रेयस्सागर की...का जयघोष होता जो, सामूहिक जयघोष की प्रचण्ड ध्वनि में विलीन हो जाता।

वातावरण अत्यन्त उत्साहवर्धक था। रोमांच का समुद्र हिलोरें ले रहा था। सभी बाल-वृद्ध, नर-नारी उस पवित्र पल की प्रतीक्षा में व्याकुल हो रहे थे...

कतिपय महिलाएँ कुछ क्षणों में साकार होने वाले केशलोचन की कल्पनामात्र से ही कांप रही थीं, कैसे देखा जा सकेगा, वह करुणाजनक दृश्य। ओह माँ! यह सब तप ही है...परंतु ऐसा क्रूर तप!

दूसरों की बात जाने दो, परन्तु इस अपार भीड़ के अन्तिम पंक्ति

में अकेली घूँघट लगाए बैठी प्रेयसी की तो मानो शामत ही आ गई थी। आँखों के आँसू लाख कोशिश करने पर भी रुकने का नाम ही नहीं लेते। रोते-रोते आँखें लाल सुर्ख हो कर सूज गई थीं। अन्ततः ये आँसू कब तक बहते ही रहेंगे—उसने अपने आप से यह प्रश्न अनेक बार किया, पर इसका उत्तर पाने में वह असमर्थ हो रही।

तब फिर क्या ये आँसू नहीं रुकेंगे? किसको खबर? मुनिश्री के तप का ही प्रभाव ना हो, इसका भी क्या भरोसा? हो सकता है कि अश्रुधारा के रुकते ही रुधिर धारा फूट पड़े...।

ओह, चेतन...तुम...।

पर उसने शीघ्र ही अपने को काबू में कर लिया। मूर्ख, यदि देखा न जा सके तो आँखें मूंद कर चुपचाप बैठी रहना...ऐसे व्यर्थ के विचार करके पाप की गठरी क्यों बांध रही हो? ऐसे पावन अवसर पर रोना, आँसू बहाना महापाप है। दूसरी ओर जनसमूह तालियाँ बजा-बजा कर मुनिश्री का यशोगान कर रहा है, इस विशाल जनसमूह में तू ही एक ऐसी अभागिन है कि जो रो-रो कर दुःखी हो रही है। इस अतीव मांगलिक अवसर पर तू मंगलगीतों की बजाय चुपचाप नौ-नौ आँसू बहा रही है...।

पंडित भगवानदास ने बोली बोलना शुरू किया...एक हजार एक सौ ग्यारह...मुनि श्री के केशग्रहण करने के एक हजार एक सौ ग्यारह रुपया...हमारे पच्चीस सौ इक्यावन – मेदनी की ओर से बोली लगी। पं. भगवानदास को जोश आया वे बोले : पच्चीस सौ इक्यावन। मेरे धर्मप्रेमी भाइयों, धन्यवाद। धन्य हो...कह कर वे खांसते हुए बोले : चुप क्यों हो गए। ऐसा असीम लाभ सात जन्मों तक मिलना मुश्किल है। आप सब लक्ष्मीपुत्र हैं, बोली और बोलो : बोली बढ़ाओ! कारोबार में पूरे वर्ष तेजी रही है – जरा इसका मतलब तो समझिए, मेरे धर्म प्रेमी भाइयों, उदार होकर बोली बोलो...पच्चीस सौ इक्यावन, भला यह

भी क्या कोई बोली है। दुनिया क्या कहेगी? आपको अपनी प्रतिष्ठा का भी भान है या नहीं?

जन-समूह में से एक श्रावक खड़ा हुआ पाँच हजार एक! भगवानदास जी बोली बोलने वाले श्रावक की मुक्त कण्ठ से प्रशंसा करते कि इससे पहले ही नगर के सबसे बड़े व्यापारी तथा महाजन के प्रमुख श्रेष्ठी श्री लक्ष्मीचंद का स्वर गूंजा : ग्यारह हजार एक सौ ग्यारह।

मेदनी वयोवृद्ध नगर के प्रमुख श्रेष्ठी की उदारता की मुक्तकंठ से प्रशंसा करने लगी। अन्तिम बोली से आगे बढ़ना अब संभव नहीं था। आखिर नगर सेठ की प्रतिस्पर्धा करने की किसकी सामर्थ थी। सेठ के सामने बोली लगाना मूर्खता ही थी। तदुपरान्त बोली भी कोई कम नहीं थी। इससे पहले हुई कई केशलोचनों में आज की बोली के समान कोई ऊँची बोली नहीं लगी थी।

'ग्यारह हजार एक सौ ग्यारह, एक...' पं. भगवानदास आगे बोलते कि मेदनी गर्जी : पं. जी क्या कोई महाजन के साथ प्रतिस्पर्धा कर सकता है। आपने अब तक कई शास्त्रों का गहन अध्ययन किया है पर आपका व्यावहारिक ज्ञान अभी परिपक्व नहीं है।

मेदनी की बात सुनकर भगवानदास को अपनी भूल का एहसास हुआ और उन्होंने तत्काल ही सेठ लक्ष्मीचंद का जयघोष करवा दिया।

जनसमूह के एक छोर पर घूँघट लगाए चुपचाप बैठी प्रेयसी जयघोष सुनकर चौंकी। प्रेयसी तनिक सावधान हुई। उसने अपने आस-पास पड़ोस की स्त्रियों को देखा तो उसे लगा कि उसे टकटकी लगाए देख रही हैं। एक प्रौढ़ ने कहा : 'बहू , आज तेरे भाग्य खुल गए। आज का यह आनंद असीम है। यह आनंद कोई सामान्य आनंद नहीं है। यह तो कई जन्मों के पुण्यों का ही फल होगा?'

किसी महिला ने सहमत होते हुए कहा, 'बाईजी, बड़ों की किस्मत भी बड़ी! उसे धर्म लाभ क्यूं नहीं मिलता? लक्ष्मीचंद जी के घर बहू बनकर जो आयी है। सेठ जैसे ससुर और श्रीपाल जैसा वर सबको थोड़े ही मिलता है?

भीड़ का स्त्री समुदाय इतना विभोर हो गया कि केशलोचन की अन्य बोलियाँ कब पूरी हो गईं, इसका उन्हें भान ही नहीं रहा। पीछीं और शास्त्र की बोलियों का उन्हें ध्यान नहीं रहा।

बोलियों का काम ज्यों ही समाप्त हुआ तो पं. भगवानदास ने सूचित किया : अब, मुनिवर का केशलोचन शुरू होने वाला है। अतः मैं जिन-जिन का नाम पुकारूँ वे सब मंच पर पधारने का कष्ट करें।

मुनि श्रेष्ठ के केशग्रहण करने के लिए सेठ लक्ष्मीचंद के सुपुत्र कुंवर श्रीपालचंद और उनकी धर्मपत्नी श्रीमती प्रेयसी रानी...

पं. भगवानदास की घोषणा सुनते ही प्रेयसी के प्राण सूख गए।

नाम पुकारने के साथ-साथ श्रावक, श्रावकियाँ प्रसन्नतापूर्वक शनैः-शनैः मंच की ओर बढ़ने लगे। प्रेयसी के तो मानो प्राण ही निकल रहे थे, पर यहाँ से भागकर कहीं अन्यत्र जाने की जगह भी नहीं थी। मुनि श्री की शोभायात्रा हेतु देरासर से लेकर कॉलेज प्रागंण तक शमियाना लगाया गया था; जन समूह में उसकी आलोचना न हो इसलिए वह आँखें झुकाए समारोह में चुपचाप चलती रही। विशाल जन समूह में एक बार भी मुनिश्री की ओर दृष्टि करने की भी प्रेयसी में हिम्मत कहाँ रही थी?

उसकी असीम व्यथा केवल वह स्वयं ही जानती थी। अपनी इस मनोव्यथा को क्या वह किसी के सामने व्यक्त कर सकने में समर्थ थी? केवल मन ही मन विष के घूँट पीने के सिवाय चारा ही नहीं था। समारोह में बज रहे विभिन्न वाद्य यंत्रों, डांडिया रास का नृत्य और

श्रावक-श्रावकियों के भावविभोर करनेवाले भजनों में भला वह किस हैसियत से सम्मिलित हो सकती थी?

अपार जनसमूह जिसे आज मुनिप्रवर के रूप में मानता था; उसके मन में तो वह अब भी चेतन कुमार ही था... हाँ उसके अरमानों का चेतन कुमार। रंग रंगीले कपड़ों का शौकीन, गुलाब की पाँखुडियों से सुकोमल मिजाज वाला तरूण चेतन कुमार...

अरे चेतन कुमार भी कहाँ? मात्र चेतन...। हाँ, अरमानों का चेतन, चेतन और केवल चेतन ही। उसके घर आँगन का पड़ोसी चेतन जेठालाल शाह।

विगत दिनों रोजी टॉकीज के पास खड़े-खड़े उसके जूड़े में ठूँसे गए मोगरें के फूलों की भीनी मंद सुगंध आज भी उसके नाक में तरोताजा सी है...घटना को घटित हुए तीन-साढ़े तीन साल बीत गए। पर प्रेयसी के मन में न तो वे फूल ही मुरझाए न ही उसके सुकोमल अरमान।

अलबत्ता, सारी दुनिया जरूर बदल गई। प्रेयसी के वस्त्रों में भी बदलाव आया। बाबुल के घर का वह मार्ग छूट गया। गत गर्मी में दो काम लगभग एक ही साथ सम्पन्न हुए। चेतन की दीक्षा और प्रेयसी का विवाह।

प्रेयसी अत्यन्त परिश्रम से खड़ी हुई। उसका मन अत्यधिक व्यथित होकर शून्य सा हो गया। यंत्रवत् सी वह मंच की ओर बढ़ी। श्रीपाल ने यदि उसे सहारा न दिया होता तो वह गिर ही पड़ती।

मुनि श्रेयस्सागर ने मुंह मोड़ लिया।

मंच पर पाँव रखते ही श्रीपाल ने घुटने टेक कर मुनिश्री को नमस्कार किया। मुनिवर का मुख मण्डल-प्रसन्नता से ओतप्रोत हुआ और आशीर्वाद की मुद्रा में उनका हाथ उठ गया।

प्रेयसी ने पलकें मूंद कर 'नमोऽस्तु' उच्चारण किया, इसी समय मुनिश्री ने उल्टी दिशा में देखा और आशीर्वाद मुद्रा में हाथ आधा ही उठा रह गया।

प्रेयसी ने अत्यधिक संयम से काम लिया। किन्तु पलकों की सीमा तोड़कर नेत्रों से आँसू बाहर निकल ही पड़े। पं. भगवानदास ने जयघोष करवाया : बोलो, बोलो, श्रेयस्सागर मुनि की...जय...बोलते हुए प्रेयसी की हिचकियाँ बँध गईं और मानो सामने किसी को न देखते हों, मुनिश्री अपने सिर के बालों को अपने ही हाथों से खींच-खींच कर प्रेयसी के हाथ के कटोरे की ओर फेंकने लगे।

भगवानदास ने पुनः पहला गीता गाना शुरू किया : आजनो ल्हावो लीजिए रे...(आज के इस असीम आनंद की अनुभूति करो)।

सुहाग

'वनिता-वृद्धाश्रम' बोर्ड पढ़ कर वह ठिठका।

एकाएक उसके मस्तिष्क में एक विचार आया। मैना के लिए इससे अच्छा स्थान भाग्य से ही मिले! उसका शेष जीवन ईश्वर भजन करते-करते ऐसी रमणीय भूमि पर ही व्यतीत हो जावे तो कितना अच्छा हो! यहां कोई झंझट नहीं, कोई जवाबदेही नहीं...स्थान वास्तव में बहुत ही रमणीक था। रास्ते के छोर पर गंगा बह रही थी, तथा उसके ठीक सामने ही आश्रम था। हरिद्वार में आश्रमों की भला कहां कमी है? पर यह आश्रम अपनी ही तरह का उसे लगा। इस आश्रम की वृद्धाओं की सार-संभाल भली प्रकार की जाती थी। कहा जाता है कि आश्रम के संस्थापक स्वामी सर्वेश्वरानंद को इनके पूर्वाश्रम की माताश्री ने स्वप्न में आकर इस आश्रम की स्थापना हेतु प्रेरित किया था। देश-विदेश में स्वामी जी धर्म प्रचार हेतु देशाटन करते रहते थे, अपने संकल्प को यदि किसी को कहते तो, उसे पूरा करने में भला क्या कष्ट होता! स्वामीजी ने माताजी के स्वप्न की चर्चा अपने लंदन के एक शिष्य के सम्मुख प्रकट की। कुछ ही दिनों में आश्रम के लिए आवश्यक अर्थ (धन) एकत्रित कर लिया गया। तत्पश्चात् स्वामी जी ने देश की महिला प्रधानमंत्री द्वारा इस आश्रम का शिलान्यास विधिवत् करवाया। इस बात को आज बीस-बाईस वर्ष बीत गए।

उड़ती नजर से उसने मैना को देखा। क्या मैना मान जाएगी? यदि

मैना मान जाए तो उसके सिर से जवाबदेही का भारी बोझ हल्का हो जाए। तदुपरांत, वह स्वयम् भी आश्रम में कुछ देने को लालायित था। अपनी चचेरी बहन को वे पंगु, लूले-लंगड़े पशुओं के धर्मार्थ पशुशाला में पशु की तरह धकेल कैसे सकते थे? यह आश्रम मामूली नहीं था। यह एक भव्य होटल सा था, जिसमें थ्री स्टार होटल की सभी सुख-सुविधा उपलब्ध थी। स्वामी जी की पूर्वाश्रम की माताश्री ने अपने प्रतापी पुत्र के सपने में आकर भले घरों की वृद्धाएं, जो जीवन के अंतिम क्षण गंगा किनारे व्यतीत करने की इच्छुक हों, के लिए ही यह पुण्यार्थ व परमार्थ का काम करवाया था...

आश्रम की स्थापना के बारे में प्रचलित विभिन्न दंतकथाओं की एक छोटी सी पुस्तक आश्रम की सीमा में लगे एक काउंटर पर बेची जा रही थी। मात्र एक रुपए में बेचे जाने वाले इस गुटके को लेकर वह गुटके के पृष्ठ पलटने लगा। मैना ने उत्सुकता से पूछा, "क्या इसमें तुम्हें कोई विशेष रस आता है, भाई।" वह दंतकथाओं के रस में डूब गया था। स्वामीजी जैसे धर्मपुरुष से उन का नाता न होता तो वह उन वार्ताओं को मनगढ़ंत ही मान लेता। "तुझे भी सुन कर बहुत रस आएगा", कहते हुए उसने अपना चश्मा ठीक किया, "इस स्थान पर स्वामी जी की पूर्वाश्रम की माता जी ने आराधना की है। यह तथ्य स्वामी जी को उनकी माता श्री ने सपने में बताया और यहीं पर वृद्धाओं के लिए एक आश्रम बनाने को आदेशित किया।"

"मुझे यह सब कपोल कल्पित, गप्प-सा लगता है।" मैना के मुंह से अनायास बात फूट पड़ी। कहने के पश्चात् अपनी बात पर पछतावा भी हुआ, "भाई, यह दुनिया बड़ी अजब है! हम अपनी छोटी नजर से इसको नापना चाहते हैं, यह ठीक नहीं।"

भाई-बहन यात्रा करने आए थे। वैसे तो दोनों चाचा-ताऊ के बहन भाई थे, पर यह संबंध तो वे स्वयम् ही भूल चुके थे। गोविंदपुरा गांव में जाकर यदि इस बारे में जानकारी की जावे तो शायद ही कोई इन्हें

चाचा-ताऊ के भाई-बहन बताता। वैसे सारा गांव इन वृद्धों का सम्मान करता था। किंतु मैना ने सारा जीवन मायके में ही क्यों बिताया, इस रहस्य को शायद ही कोई जानता हो! वह स्वयम् भी जिसके सहारे यह जीवन बिता रही थी—वह अंबालाल इस बात से अनभिज्ञ था, तब दूसरा भला कौन इस रहस्य को जान पाता।

अंबालाल की घर में जब तक चलती रही, तब तक मैना का जीवन निर्बाध रूप से चलता रहा। मैना को सगी बहन के समान ही मान-सम्मान दिया। अंबालाल के चाचा ने मैना को अपना पुत्र मान कर ही पालन-पोषण किया था। मैना की शादी करने की उनकी बहुत इच्छा थी। पर शायद वे अपनी लालसा पूरी करने की उम्र लेकर नहीं आए थे। और मां तो उसे दूध पीती ही छोड़ कर सदा के लिए चली गई थी। अतः जब से मैना ने होश संभाला वह अंबालाल को ही अपना सगा भाई मानकर रही। काका-काकी का दुलार भी कम नहीं था। काका-काकी ने पुरानी परंपराओं का भली प्रकार पालन करते हुए अनाथ भतीजी को पुत्र का स्नेह देकर पाला-पोसा, बड़ा किया।

मैना और अंबालाल के तन दो थे पर मन एक ही था। घर में मैना के आदेशों का अक्षरशः पालन होता था। अंबालाल की पत्नी की क्या मजाल कि वह मैना की बात टाले!

परंतु सब दिन एक से नहीं होते हैं अंबालाल के मझले लड़के की बहू जरा जबानदराजी औरत थी। एक दिन वह बातों ही बातों में मैना से उलझ गई। इस घटना के बाद अंबालाल का मन खट्टा हो गया। समय को देख वह उस समय मन मसोस कर रह गया। पर मन-ही-मन उसने इस बात की गांठ बांध ली थी—मैना के लिए अब इस घर में रहना संभव नहीं है...मुझे इस उम्र में उसके सफेद बालों में मिट्टी नहीं डलवानी है...।

उसे इन राक्षसियों के हाथों में सौंप कर यदि मैं सदा के लिए चला

गया तो मेरी अगले जन्म में दुर्गति होगी...इसके बजाए यदि मैना को गंगाजी में धक्का देकर बहा दिया जावे तो भी अच्छा।

अंबालाल के मन में उथल-पुथल मच रही थी। पर अपनी मनोव्यथा को मैना को बता देने का भी वह साहस नहीं जुटा पा रहा था, किंतु गोविंदपुरा से जब ये गंगास्नान को चलने लगे तो ननद-भौजी को परस्पर गले लिपटते देख कर अंबालाल के मुंह से सहज ही ये शब्द निकल पड़े, "बहन, अपना आखरी जुहार (राम-राम) कर लो, कौन जाने गंगास्नान करे कुशल लौटेंगे भी...!"

उस दृश्य को अंबालाल आज भी नहीं भूल पा रहा था। ननद भाभी दोनों की आंखों में सावन-भादों उमड़ रहा था। अंबालाल की पत्नी ने ननद के पांव में पड़ कर कहा था, "बहन! आप तो स्वयं ही हमारे घर की गंगा मैया हैं। गंगा मैया आपको कुशल रखें। आप सकुशल वापस आएं। मन छोटा मत करो, छोटों की बातों का क्या बुरा मानना, किसी नादान ने यदि कोई अपशब्द कहे भी हैं तो आप उदारता से उनको मन से निकाल देना। तुम तो साक्षात् मीरा की मूर्ति हो..." उपर्युक्त शब्द अंबालाल को आज भी अक्षरशः याद हैं।

उसने मैना की ओर देखा कि वह उसके मनोभावों को न जान पाए। जहां तक संभव हो वह मैना को यहीं छोड़ कर जाने का प्रबल इच्छुक था। पर आयु बढ़ने के साथ-साथ उसका मनोबल बराबर घटता जा रहा था। वैसे उसे इस बात पर दृढ़ विश्वास था कि जब वह नहीं रहेगा तब भी गोविंदपुरा का नादान बच्चा तक भी मैना को अपमानित नहीं कर सकता। फिर भी मझली बहू का विगत का दुर्व्यवहार वह भूलना चाहते हुए भी नहीं भुला पा रहा था। अंबालाल को वह बार-बार याद आ रहा थी। वह इस बात पर सतत विचार कर रहा था कि भविष्य में ऐसे व्यवहार की पुनरावृत्ति होने की अपेक्षा तो गंगा किनारे जीवन व्यतीत करना कोई बुरा नहीं है? इसके लिए ही वह पच्चीस

हजार की थैली अपने साथ लाया था। इस कारण से हरिद्वार में पांव रखने के साथ ही साथ इस प्रकार के बोर्ड पर उसकी निगाहें लगी थीं। अंततः जिस स्थान की उसे तलाश थी, वह उसे मिल ही गया था–

"मैना, तू यहीं...।" इसके आगे उसका गला रुंध गया। वह सोचता था–काश, यहां की व्यवस्था आदि देखने के बाद स्वयं मैना ही यहां रहने की मंशा प्रकट करे। "मैं कह रहा था, क्या तुझे यह आश्रम पसंद है?" अंबालाल ने अपने शब्द तोलते हुए कहा।

मैना यह सब कैसे नहीं समझती? अपने चाचा के बेटे भाई अंबालाल की मनोव्यथा वह उसी दिन समझ गई थी। पर वह यह सोचती रही थी कि उसके जाने के बाद उसके भाई का कौन ध्यान रखेगा। भाभी के आंख मूंद लेने पर भाई का कौन रहेगा? मैना ने हंस कर कहा, "क्या हम दोनों यहां वास्तव में साथ रह सकते हैं?" अपनी मनोव्यथा व्यक्त करते हुए उसने बात को आगे बढ़ाते हुए कहा, "तुम्हें जैसे मेरी चिंता है, वैसे ही मुझे भी तुम्हारी चिंता..."

अभी वाक्य पूरा भी नहीं हुआ था कि आश्रम के विशाल प्रागंण में लाल रंग की एक अत्यंत आकर्षक मर्सिडीज आकर रुकी। चौकीदार हतप्रभ रह गए। आश्रम में स्वामी सर्वेश्वरानंद जी पधारे थे। अंबालाल स्वामी जी के दर्शनार्थ व्यग्र हो रहा था। स्वामीजी ने गाड़ी में से अपनी गर्दन बाहर निकाली, और मैना को सामने देख क्षणभर को वे आश्चर्यचकित रह गए। एक हल्की मुस्कराहट, ऐसा लगता था मानो चिरपरिचित पहचान गुफ्तगू कर रही हो...और तत्पश्चात् मैना वनिता वृद्धा आश्रम में ही ठहर गई।

अंबालाल को इस बारे में कोई विशेष आग्रह भी नहीं करना पड़ा था। उसने पच्चीस हजार रुपया स्वामी जी के चरणों में रखा, उस समय स्वामी जी मैना की आंखों में देखकर मंद-मंद मुस्करा रहे थे। मैना को यह मन नहीं भाया अतः वह बोली, "इनकी क्या जरूरत है, भाई!

स्वामी जी को रुपया भेंट करने वालों की क्या कोई कमी है?" स्वामीजी ने चेहरे पर कृत्रिम गंभीरता लेते हुए कहा, "बीती रात को हमको सपने में एक चेहरा दिखाई दिया...पता नहीं इतनी उम्र में यह औरत का चेहरा क्यों दिखाई दिया! गुत्थी सुलझा नहीं पा रहा था। फिर सवेरे आश्रम की मुलाकात पर चला आया, और देखा, जो रात में मेरे सपने में आई थी, वही औरत साक्षात..."

अम्बालाल भाव-विभोर होकर साष्टांग दंडवत् की मुद्रा में लंबा हो गया। मैना ने मुंह तक आए शब्द को बरबस दोहराया, "बस, अभी भी वैसे के वैसे ही गप्पीदास रहे हो न।" और उसे वर्षों पहले की वह पूनम की रात याद आ गई।

"मैना, यदि तूने यही वादा नहीं निभानेवाला सिलसिला जारी रखा तो याद रखना, एक दिन तेरा यह सुखलाल बाबा बन जावेगा...।" उस समय मैना ने उसकी धमकी को हंस कर टाल दिया था। किंतु इतने वर्षों पश्चात उसे अपना सुखलाल तनिक भिन्न रूप में मिल गया था, इस प्रसन्नता को वह अब किसके सम्मुख व्यक्त करे? अलबत्ता, देखने में विगत चार दशकों में सिमटी दुर्बलता का आभास स्पष्ट दृष्टिगत हो रहा था...किंतु उसे अपना खोया हुआ सौभाग्य अवश्य प्राप्त हो चुका था।

बुआ

बुआ जब तक रही उसने पिता के समान सदैव हमारी देखभाल की, क्योंकि वर्षों पूर्व केन्सर रोग के कारण अन्तिम साँस लेते हुए पिताजी ने हमारी माताजी का हाथ उसके हाथ में सौंपते हुए कहा था : अब तक तुम दोनों के बीच ननद-भाभी का रिश्ता है किन्तु अब तुम्हें अत्यन्त सावधानी से पिता के कर्त्तव्य का पालन करना होगा। इसका, इसके लड़कों का...

पिताश्री अपना वाक्य पूरा नहीं कर सके। ठीक जिंदगी की तरह अपनी आयु का वे अन्तिम वाक्य भी पूरा नहीं कर सके। किन्तु बुआ ने हमें कभी भी पिता का साया उठ जाने का अहसास नहीं होने दिया। गतमाह में जब उन्होंने भी आँख मूंद ली तो हमें यह अहसास हुआ कि इस संसार में पिता भी कोई चीज होती है। माता जी ने नौ-नौ आँसू बहाते हुए कहा : प्रकाश, वास्तविक वैधव्य तो मेरे अब ही प्रारंभ हुआ है। तुम सब जब नन्हे बालक थे और पिताश्री इस संसार से चले गए, तब मैं अपने आप को इतनी असहाय नहीं मानती थी जैसा कि मुझे आज अनुभव हो रहा है।

माँ की बात झूठी नहीं थी। बुआ को सदा के लिए गए एक माह भी नहीं हुआ होगा कि ऐसा अकेलापन, सूनापन लगा कि वास्तव में हम असहाय से हो गए हैं। उनके आशीर्वाद से घर में सब कुछ है। अब तक हम तीनों ही भाईयों को नौकरियाँ मिल चुकी थीं। बहिनों की शादियों की नेग की रस्में अदा हो चुकी थीं। उनके घरों में भानजे

किलकारियाँ कर रहे थे। हम तीनों भाइयों की भी शादियाँ हो चुकी थीं और हमने सोसाइटी में फ्लैट भी ले लिए थे। पुरानी हवेली को मौका मिलते ही बेच कर बाहर खुले विस्तार में खुली हवा व प्रकाश में मकान का प्लान चल ही रहा था कि पीले पत्ते की भाँति बुआ इस असार संसार से सदैव के लिए चली गई।

अभी कल तक माँ में असीम जोश था। किन्तु बुआ की अरथी उठते ही वह बूढ़ी दिखाई देने लगी और गत एक डेढ़ माह से वह मृत सी हो गई।

'मैं कहती हूँ कि मुझे अब बुढ़ापे ने घेर लिया है। बुआ सदैव ढाल बन कर मेरी रक्षा करती रही...अब तो मैं भी उनके पीछे-पीछे...'

'माँ बार-बार आँसू बहाकर बुआ को याद करती रही। पड़ोसियों ने तेरह दिन बाद जब माँ को शोक समाप्त करने को कहा तो वह आपे से बाहर हो गई : 'सवा महीने पहले ऐसी बात कोई मुँह से नहीं निकाले! तुम्हारे लिए तो वह मात्र बुआ ही थी, किन्तु मेरे लिए तो...'

आगे माँ कुछ भी नहीं बोल सकी, किन्तु गली मोहल्ले वाले सब माँ के मन की व्यथा को समझते थे, जानते थे।

बुआ ने हमारे लिए तथा हमारे घर के लिए क्या नहीं किया था?

आज बुआ की गैरहाजिरी में मैं इस प्रश्न से काँप उठता हूँ, और मुझे न जाने कुछ का कुछ होने लगता है...वैसे यह जानना उचित होगा कि बुआ पिताजी की सगी बहिन कब थी? वैसे यदि भाट से वंशावली सुनी जाए तो सम्भवतः सात पीढ़ी में भाग्य से ही कोई सम्बन्ध मिल सके! बुआ के नजदीक के परिवारजनों ने तो उसके पिता के समय से ही उससे रिश्ता तोड़ लिया था। मेरे पिता ने उसे धर्मबहिन बना लिया, क्योंकि उनके अपनी कोई बहिन नहीं थी, और बुआ का कोई भाई नहीं

था और बुआ ने फिर कोई शादी भी नहीं की...अपने पिता की मृत्यु के बाद वे हमारी ही हवेली में रहने लगी थी... बस यही बहुत दूर का हल्का सा सम्बन्ध! चवन्नी की राखी भर का रिश्ता। परंतु कितना प्रगाढ़!

पिता जी कहा करते थे : बुआ पूर्वजन्म में मेरी माँ के उदर से जन्मी सगी बहिन ही होगी। नहीं तो इतनी प्रगाढ़ भावनाएँ भला कैसे पैदा हों?' बुआ उनकी रोगीक्षीण काया को टुकर-टुकर देखती रहती। उनके सूखे ओठों पर हल्की कँपकपी सदैव फैली रहती। पर इस कँपकपी को, छिपे मर्म को मैं कभी नहीं जान पाया। बुआ के नेत्रों में भरी काली निराशा छाई देख मुझे कुछ का कुछ होने लगता। किन्तु छोटे मुँह से कैसी बड़ी बात भला मैं कहता?

पिता जी के विवाह के समय हमारे घर की परिस्थिति इतनी अच्छी नहीं थी। बुआ कहती थी कि – मेरी माँ बड़ी सगुणी है। इसने घर की दहलीज लाँघ कर जैसे अन्दर पाँव रखा कि एक चमत्कार हुआ...! उसी दिन से रोजगार में बरकत होने लगी। 'भाई' की ग्रहदशा में रातों रात सुधार होने लगा। शादी पहले उसे बीस हजार का कर्जा देना था। पर धंधा ऐसा चला कि दीवाली आते-आते सारा कर्जा चुकाने के पश्चात् भी दस बीस हजार की बचत हो गई।

इनकी मृत्यु की विगत रात तक घर की तिजोरी की कुंजी बुआ के ही हाथ में थी। पिताजी भी उसे सदैव 'वित्तमंत्री' के नाम से ही सम्बोधित करके बुलाते थे। तो वह हँस कर यह कहा करती कि तुम अपने 'ग्रहमंत्री' को समझ लो, यदि 'वित्त मंत्रालय' संभालने की तैयारी हो तो मैं इसी समय तुरंत उन्हें तिजोरी की चाबियाँ सौंपने को तैयार हूँ... ।'

मुझे यह भली तरह से याद है कि इतना कहने के बाद उनकी आँखों में भीनापन आ जाता था। पिताजी यह देख मौन हो जाते और

इधर-उधर की बातें करके बात का विषय बदलने की कोशिश करते। माँ को 'भाई-बहन' का यह मीठास भरा झगड़ा अच्छा नहीं लगता, अतः वे कहती : 'जब तक बुआ जीवित हैं वित्त मंत्री वही रहेगी तो पता लग जायेगा...। सब दिन एक से नहीं रहते हैं। किसको पता है कि घर में रहने वाले किस व्यक्ति के भाग्य से हम सुख चैन से रह रहे हैं...!

'भाभी, भाग्यशाली तो तुम ही हो।' कहते हुए बुआ का मुँह गुलाब सा खिल उठता, 'तुमने जिस दिन से मेरे भाई के आँगन में कदम रखा है, तब से ही यह आँगन नंदनवन बन गया है। लोग कहते थे कि जेठा शामल का दरवाजा सदैव के लिए बंद हो जायेगा। पर आज उस घर के बदले तीन-तीन घर हो गए...दुनिया चाहे जो भी कहे अन्ततः यह सब तुम्हारे ही तो कारण है।' यह सब कहते हुए उसकी आँखें सावन भादों सी बरसने लगती। माँ यह देख उसका मुँह अपनी गोदी में लेकर बड़ी देर तक सहलाया करती। उसके रुदन में वास्तविक वात्सल्य बराबर बहता रहता। माँ भी बुआ को रोते देख सिसकियाँ भरने लगती।

'बहिन, यह सब आपके आशीर्वाद का फल है।' कहते हुए वह बुआ को शांत करने के लिए हिचकियाँ लेने लगती और उन्हें शांत रखने का प्रयास करती। दो प्रौढ़ाओं का यह पारस्परिक स्नेह देख मुझे अतीव शांति मिलती। परंतु मन के किसी एक कोने की गहराई में एक सन्देह भी जाग उठता था कि जिस दिन भी यह जोड़ी टूटेगी, खण्डित होगी उस दिन शेष रहनेवालों की क्या स्थिति होगी! सम्भव है वह रो-रो कर ही मर जायेगी...।

आज मुझे अपना यह संदेह सच होते दिखाई दे रहा था। मैं देखता हूं कि माँ सुबह से शाम तक चुपचाप मौन बैठी रहती है। पूरी रात कमरे में करवटें बदलती रहती है। तीन-तीन बहुएँ घर में हैं। पर कोई तनिक भी बुआ की जगह नहीं ले सकी! बुआ कहाँ और वे कहाँ।

माँ के जीवन की कल्पना बुआ के बिना कैसे हो! क्योंकि जब माँ ने घर में पैर रखा तो बुआ को सास मानो तो वह सास थी और ननद मानो तो वह ननद थी : ससुराल में स्त्री केवल एक ही तो थी...और पिता जी तो मानो कोई अमरत्व के संदेश को सदैव दोहराते थे : बुआ हमारे घर का प्राणी ही है। जिस दिन बुआ नहीं रहेगी उस दिन यह घर नहीं रहेगा, वह श्मशान बन जाएगा।

प्रकृति के सामने भला किसकी चल सकी है? पिता जी कमजोर होने लगे और अहमदाबाद के डॉक्टरों ने केन्सर का निदान किया, तब बुआ की मनोव्यथा मैंने बहुत ही समीप से देखी। यदि उनका वश चलता तो वे पिता जी के लिए अपने प्राण भी दे देने में नहीं हिचकती।

पर पिताजी की मृत्यु निकट दिख पड़ी तो बुआ यकायक बदल गई। उनके चेहरे पर आने वाले उत्तरदायित्व की चुनौती को स्वीकार कर लेने के लिए दृढ़ता की लकीरें उभर आई। अब उनकी आँखों में आँसुओं के लिए कोई जगह नहीं थी। अब उनमें स्त्रीत्व भाव मिट कर पुरुषत्व भाव आ गया था।... एक भरे-पूरे परिवार को टूटने से बचाना था...

बुआ ने यह कार्य बहुत ही भली प्रकार से निर्वहन किया, निभाया।

हम छह भाई बहिनों को छाती से लगाकर बड़ा किया। हमारे घर बसाए। माँ इन सब कामों में गौण ही रही। माँ के उत्तरदायित्व के बारे में तो पिताजी ने अपनी मृत्यु पूर्व ही सब कुछ स्पष्ट कर दिया था। समस्या का समाधान पिता जी ने मृत्यु पूर्व ही कर दिया था।

बुआ गई, और विगत वर्षों में जो घटित हुआ, ऐसा लगा मानो सबकुछ अभी ही हुआ हो। समय कितना जल्दी बीत गया है ऐसा महसूस होने लगा –

आज बुआ को परमधाम पहुँचे सवा महीना हो गया था।

हमने उनका शोक उठाने के लिए सवेरे जल्दी से ही सारे काम करने शुरु कर दिए थे। माँ पूरी रात बैठी रही। बिस्तर में बैठे-बैठे और पिताजी को याद करके वह रात भर आँसू बहाती रही। ऐसा करने के बाद भी उसका गला भला कैसे साफ होता। उसका रोना कैसे रुकता। इसलिए हमने उसको कुछ भी नहीं कहा।

बुआ मर्यादा पालती थी। उनके ठाकुर जी के दर्शन हम घरवालों को भी दूर से ही करने होते थे। आजीवन बुआ ने हमसे कुछ छिपाया था तो वह थे उनके मात्र भगवान्...। बुआ मरते वक्त एक मात्र उनकी विरासत 'ठाकुर जी' की हमें बहुत ही सावधानी से सारासम्भाल रखनी थी...हमारा यह प्रयत्न था कि ठाकुर जी को कहीं ऐसा नहीं लगे कि बुआ के मरणोपरान्त जेठा शामल की हवेली में उनका कोई महत्त्व ही नहीं रहा...।

माँ ने स्नान करके ब्रह्म मुहूर्त में बुआ के 'मंदिर' में प्रवेश किया। धूप-दीप करके हाथ में माला लेकर वह ठाकुर जी से चिरौरी कर रही थी, कि यकायक उनकी नजर वहाँ पर रखी पिताजी के एक फोटू पर पड़ी। फोटू ठाकुर जी की बगल में रखी थी। माँ ने फोटू पर जमी मिट्टी की परतों को साफ करने के लिए उसे अपने हाथ में ली तो अचानक वर्षों पहले की फ्रेम का काँच तड़क गया। माँ की आँखें भर आई। दिवंगत पति को इतने बर्षों बाद क्या उनका स्पर्श अच्छा नहीं लगा?

माँ ने दिल को कठोर करके मुझे पुकारा : जरा इधर आ, अपने पिता जी की इस छवि (तस्वीर) को ठीक कर।' और वह सुबकियाँ लेने लगी।

मैं बुआ के पूजागृह की ओर दौड़ पड़ा। पिताजी की छवि का कांच तड़क गया था। फ्रेम की चौखट हटा कर मैंने उसमें से फोटू निकाल ली। मुझे यह जानकर विस्मय हुआ कि बुआ ठाकुर जी की पूजा-अर्चना

के साथ पिता जी की भी पूजा करती रही होगी, इसकी जानकारी वर्षों बाद आज ही हुई...।

पिता जी के वर्षों पुराने चित्र (फोटू) को मैं बहुत ही बारंबार ध्यान से देख रहा था, ठीक उसी समय मेरी नज़र उसके नीचे लाल रंग में लिखे कुछ अस्पष्ट अक्षरों पर जा ठहरी।

लिखा था : अज्ञानी थी, तब तक तुमसे शादी करने की लालसा थी...ज्ञान हुआ, समझ आई तो तुम्हारी शादी करवा तुम्हारे घर की सुरक्षा देखभाल करने की इच्छा हुई...राखी के एक धागे से मैंने आजीवन तुम्हें अपना बनाए रखा इसका मुझे बहुत संतोष है। अन्ततः बहन का स्थान पत्नी की अपेक्षा लेशमात्र भी कम नहीं है... मुझे तुम्हारा सान्निध्य अपेक्षित था। मैंने इसे जिस स्वरूप में भी मुझे यह मिला स्वीकार कर लिया...और मैंने आजीवन तुम्हें इस बात का कोई अहसास तक नहीं होने दिया...।'

मेरा रोम-रोम रोमांचित हो उठा। माँ चुपचाप बुआ के पूजागृह से बाहर निकल गया।

मैं अपने कमरे में बैठा हुआ इस लिखावट को मिटाने की कोशिश कर रहा था तो उसी समय माँ बुआ के पूजा गृह में भाव विभोर होकर आरती गा रही थी : भक्त जनों के संकट, दास जनों के संकट क्षण में दूर करे...जय जगदीश हरे...

कर्णप्रिय घण्टाध्वनि से सारे वातावरण में एक अनोखी चेतना संचरित हो रही थी...अगरबत्ती की मंद सुगंध चारों ओर फैल रही थी। मैं अपने कानों को खोलकर माँ की आवाज में बुआ की चेतना को सुनने का प्रयास कर रहा था... कुछ क्षणों के लिए आवाज का स्तर बदल कर सवा महीने पूर्व के बुआ के स्वर में गुंजरित हो गया।

मैंने अपनी आँखें बंद कर ली। मेरी बंद आँखों के सामने तीन चेहरे स्पष्ट दिखाई दे रहे थे : बीच में पिताजी थे और उनकी अगल-बगल...

...अन्ततः बुआ और माँ के चेहरे एक दूसरे में विलीन हो गए'. ..और!!!

महिषासुर

अत्याचार, कहर और अन्याय।

इस आदमी ने तो हद कर दी। जब तक मतलब रहा, तब तक ठीक रहा; पर जैसे ही स्वार्थ निकला कि अपने असली रूप में आ गया। वही तिरस्कार। वही नेपथ्य में रहते रहते की जातीं पुरानी करतूतें। वैसे पैसे तो सभी कमाते हैं, किंतु इस नेता के लिए तो केवल पैसा ही जीवन का पर्याय बन चुका है। कोई भी काम इसे मुफ़्त में करना नहीं आता है। तबादला करवाना है—दो, दस हज़ार। नौकरी चाहिए तुम्हें? उसके लिए तो कुछ अधिक ही दाम लगेंगे—चपरासी के लिए पचास (हज़ार) हो गए। इसके बाद क्लर्क, पटवारी, ग्राम सेवक या इससे उच्चश्रेणी की नौकरियों के लिए तो पूछिए मत; केवल नीलामी की बोली ही लगानी शेष रह गई है। इतने रुपये एकत्र करके इस आदमी की, न जाने क्या करने की इच्छा है? इसके बाद खाने वाला भी तो कोई नहीं है। पता नहीं क्यों इसकी यह पैसे वाली भूख मिटने का नाम तक नहीं लेती है।

जानते हो इसके पास कितना पैसा होगा? कभी अनुमान लगाया है? ज़िले में कुकुरमुत्ता के समान विकसित हो रहे विद्यालय, इन शालाओं में शुरू होने वाले नए प्रवाह उत्तर, दक्षिण, पूर्व, पश्चिम 'बुनियादी' आश्रम शालाएँ...

गिनती करो तो अनुमान लगे। नेता जी लाख-डेढ़ लाख की रक़म को तो छूते तक नहीं हैं। शिक्षा का बहुत बड़ा व्यापार और बातें करते

हैं– गांधी, पटेल की। इतनी अधिक आमदनी, फिर भी गाड़ी और टेलीफ़ोन का सारा खर्च संस्थाओं पर ही डालते हैं।

मुझ जैसे स्पष्टवादी ने इस बारे में हँसी-हँसी में कभी इशारा भी कर दिया तो कहने लगा – "हमने तो अभी कुछ किया ही नहीं है। कर्नाटक में जाकर देखो तो पता लग जाए। वहाँ तो गली-गली में मेडिकल कॉलेज खुल रहे हैं। इसमें प्रति एडमिशन के सिवाय पिटिशन फ़ीस के नाम पर वसूली जा रही रक़म का कोई हिसाब नहीं। हम लोग उनके मुक़ाबले क्या ले सकते हैं? वहाँ लाख-डेढ़ लाख भला क्या कोई रक़म है? कर्नाटक में इतनी रक़म को तो कुत्ते तक भी नहीं सूँघते हैं। तुमने कभी गुजरात के बाहर पाँव रखा हो तो पता लगे।"

नेता जी यद्यपि पैसा वसूल करने में बहुत एक्सपर्ट हैं, परंतु उन्हें सतत यह पीड़ा सताती रहती है कि आज तक किसी मोटी रक़म पर हाथ नहीं मार सके। उनका लटका मुँह देखकर लगता है कि दुनिया भर की विपत्तियाँ उन पर ही टूट पड़ी हैं। रातों-रात तेल मिल में हिस्सेदारी हो गई। जी. आई. डी. सी. में कारख़ाना शुरू हो गया, देखते ही देखते चार-पाँच पेट्रोल पंप ले लिए। फिर भी नेताजी को संतोष नहीं।

पेट्रोल पंप की कमाई तो अंधी कमाई है। फिर यदि कलेक्टर का सिर पर हाथ हो तो पौ बारह ही मानो। हर दूसरे दिन कैरोसिन के दो ड्रम पेट्रोल या डीजल में मिलाए जाते हैं। देखने वाले केवल दर्शक बनकर देखते रहें। किसका बूता जो चूँ-चपट करे। बेकार की चर्चा से क्या लाभ! तहसीलदार से लेकर मुख्यमंत्री तक जहाँ लिंक हों, वहाँ यदि शिकायतें भी हों तो भला कौन सुनने को बैठा है? नहीं तो नेता जी के पेट्रोल पंप से पेट्रोल का सैंपल ले जाकर यदि जाँच करने पर मिलावट न मिले तो आपका जूता और मेरा सिर।

किंतु सभी को मालूम है कि ऐसा संभव नहीं है। इतने बड़े नेता के पंप पर भला कौन छापा मारने की हिम्मत कर सकता है? मान लो यदि कोई भूल से ऐसा साहस कर भी बैठे तो उसका क्या नतीजा निकलेगा, यह कल्पनातीत है इधर नेता जी ने एक सिनेमा हॉल भी ले लिया। भतीजे को भवन निर्माण का ठेकेदार बना दिया। चुनाव जीते हुए अभी पाँच साल भी नहीं हुए, किंतु बाज़ी इतनी कुशलता से सजाई गई है कि यदि आगामी चुनाव हार भी जाएँ तो कोई फ़र्क़ नहीं पड़ेगा। आजीवन बैठकर भी खाएँ तो भी पूँजी खत्म न होगी।

यदि पीछे खाने वाला भी हो तो उसकी सात पीढ़ी तक खाते रहने पर भी न खूँटे। इस बात की जानकारी ऊपरवालों को न हो, यह भला संभव है? उन्हें इसकी जानकारी है। फिर क्या बछेरा घोड़े के मन को नहीं पहचानता? टोकने का मन तो होता है, पर खुद कितने भले हैं, जो इसको टोकें? करने को तो खुद ने भी क्या कुछ बाक़ी रखा है? यह आदमी इतना भोला कि लोगों की नज़र में चढ़ गया। मूलतः जैसा भी हो, परंतु गंवारू से मतलब गंवारू ही। अभी भी 'छे' के उच्चारण 'सअअ' करता है, इससे ही सब समझ जाओगे।

यद्यपि इसे ऊपर वालों से संबंध बनाए रखने का भी ज्ञान है। अमरूद के सीजन में अमरूद और आम के सीजन में आम—इसके लिए उसे याद दिलाने की भी जरूरत नहीं पड़ती थी। सिर्फ इतना नहीं समय पर तेल के डिब्बे पहुँच जाएँ। हाईकमांड से भी ऊपर होता है उसका रसोईघर। इस आदमी को आप कम मत समझो। यह दुखती रग पर हाथ रखने में पारंगत है। साहब किसी के बहकावे में भले आ जाएँ, पर बहिन जी ऐसा नहीं कर सकती हैं! उन्हें तो यदि कच्ची नींद में भी जगाया जाए तो भी हमारा ही गुणगान करेंगी।

अतः टिकिट भला कौन काट सकता है? जब मुख्यमंत्री ही अपनी जेब में है तो इतनी-सी टिकट नहीं मिलेगी क्या! कौन माई का लाल

उसका विरोध करने की हिम्मत करेगा! यह तो उसकी जेब में ही पड़ा है और टिकिट मिला कि वोट तो दौड़ते हुए आ ही जाएँगे। वोट देने वाले को वोट कहाँ देना, यह भी तो सवाल है।

आदमी नापसंद हो, किंतु यदि मनोवांछित पार्टी का है तो मन चाहे या न चाहे, उसके नाम पर छाप लगानी ही पड़ती है। यदि ऐसा न हो तो नेता जी के मोहल्ले के ही पाँच साल के कामों का लेखा-जोखा करें तो उन्हें मोहल्ले वालों के वोट तक न मिलें; क्योंकि नेता जी का अपना न तो कोई स्टैंडर्ड ही था और न उन्हें बोलना ही आता था। उन्हें छोटे-बड़े का ज्ञान नहीं। प्रबल ग्रह योग से एक बार टिकिट क्या मिल गया कि अपने आपको राजीव गांधी ही मानने लगा। वह यह समझ बैठा कि जब तक वह जीवित है, तब तक उसके सामने कोई दूसरा योग्य उम्मीदवार हो ही नहीं सकता है। रुपए फेंकने के साथ ही मतों का ढेर लग जाएगा। दो-चार कार्यकर्ता यदि दाएँ-बाएँ होंगे तो उसका भी उपचार हो जाएगा। पैसे ढीले किये कि सब ठीक हो जाएगा। समझदार को इशारा काफ़ी, किंतु इस मिलावटी नेता के मस्तिष्क में एक गुप्त योजना बहुत पहले से ही थी।

इस योजना को भला पहले से कैसे बताया जा सकता था? एक बार चुनाव होने दो, फिर कमाल देखना। मतदाता की बात छोड़ो, टिकिट देनेवाले तक दाँतों तले उँगली न दबा लें तो कह देना।

चुनाव आ गए। नेता ने इसके लिए भली प्रकार से घुँघरू बाँध रखे थे। एक दिन वहाँ तो दूसरे दिन यहाँ। पूर्णरूपेण पूर्वाग्रही होकर बैठे दोनों गुटों के प्रमुख नेताओं को मूर्ख बनाने में उसने कोई कमी नहीं रखी थी। दोनों के रसोईघरों को उसने अपने कब्जे में कर लिया था। इतना ही नहीं, पुराने पेंडिंग बिल भी ढूँढ़कर अदा कर दिए थे। भोला-भाला होने पर भी पैसे से सुखी यह गंवारू अपना उल्लू सीधा करने के लिए उनका खेल बिगाड़ रहा था, पर दोनों में से किसी को

भी यह मालूम नहीं था।

उम्मीदवारों की सूची जब बनाई गई तो एकमात्र उसके ही नाम पर सब एकमत थे।

"मैं पहले ही नहीं कहता था? टिकिट तो मुझे पहले से मिल गया था। सी. एम. तो मेरी जेब में रहता है, फिर टिकिट की क्या चिंता?" "यार! तुम बहुत गुरु हो! अंतिम समय तक सी.एम. और प्रदेश प्रमुख—दोनों को उल्लू बनाए रखा। दोनों इसी ख़्याल में रहे कि यह तो अपना ही आदमी है।"

सारी सूची में जब उसका ही नाम कॉमन रहा तो पत्रकार उसके प्रति सहज रूप से आकर्षित हुए।

"साले ये सब मूर्ख हैं, झगडालू हैं।" नेता ने डींग हाँकते हुए कहा, "इस तरह एक दिन पार्टी का विस्तार हो जाएगा।"

पत्रकारों ने कलम उठाई तो नेता जी हक्के-बक्के रह गए। ऐसी गड़बड़ दुबारा न हो। इसलिए कहा, "तुम प्रतिमाह की आख़िरी तारीख़ को जो अब तक लेते रहे हो, लेते रहना। ऐसे वक्तव्य छापो जो हमारे लिए हितकर हों। ऊपर वालों को लगे कि नेताजी पूर्ण रूपेण समर्पित भाव से सेवा में लग गए हैं।"

"फोटो सहित वक्तव्य छपेंगे! बोलो और क्या?"

"और कुछ नहीं।" कहते हुए नेता ने तुरंत टेलीफोन लगाकर चारों प्रमुख पत्रकारों को दस डिब्बे तेल भेजने के लिए भंडार मैनेजर को कहा।

दूसरे दिन का अखबार नेता जी की प्रशंसा से भरा था। जिस नेता जी ने कभी सपने में भी दलितों को याद नहीं किया, उन्हीं नेता जी को दलितों का तारणहार बताया गया। लुके-छिपे अल्पसंख्यकों को निकालने

की ही नहीं अपितु ढूँढ़-ढूँढ़कर करके पेट्रोल छिड़ककर जला डालने की 'सीख' देने वाले रोकड़िया हनुमान को महान धर्म निरपेक्ष बताकर तारीफ़ की गई थी।

नेता का ठहाका लगाकर हँसते हुए एक फोटो भी अंतिम पृष्ठ पर छापा गया था।

इसके बावजूद विपक्षी खेमों में नेता जी को टिकिट मिलने की सूचना मिलते ही नव उत्साह का संचार हुआ।

"इतने भ्रष्टाचारी को क्या वोट मिलेंगे? मतदाता इतने मूर्ख नहीं कि ऐसे भ्रष्ट नेता को अपना अमूल्य वोट देकर आगामी पाँच साल का जोखिम उठाएँ। इसके सामने तो यदि आदमी की बजाय किसी पुतले को भी खड़ा कर दिया जाए तो वह जीत जाएगा। देखना, नेता जी आनंदातिरेक में हैं पर इनकी जमानत तक ज़ब्त हो जाएगी।"

जितने मुँह उतनी ही बातें हो रही थीं। सभी इस समय मानो मदहोश थे, इसे हराना जैसे बाएं हाथ का खेल था। राजनीति में दिलचस्पी रखने वालों में अभी से शर्तें लगनी शुरू हो गई थीं। इस समय इसकी जीत असंभव है। फिर भी बिरादरी के मुखिया जैसे लोगों को मन ही मन दहशत भी रहा करती थी – उन्हें तो किसी भी तरह उसे हराना था। बोले – "भाई, हमें तो इसके हारने की आशंका है, अतः इसके नाम का डटकर विरोध करना है। यह तो राजनीति है। वैसे यह आदमी भले ही मूर्ख लगता हो, पर है अष्टघष्ट सर्वगुण संपन्न। देखे, जैसे-तैसे जोड़-तोड़ करके दोनों पक्षों को खुश करके टिकिट ले ही आया है। इसलिए शायद जीत भी जाए। आप क्या सोचते हैं?"

"इसके कुकर्मों को देखते हुए तो इसकी ज़मानत तक ज़ब्त हो जानी चाहिए। पर यह तो कलयुग है। ऐसे आदमी ही मौक़े का फ़ायदा उठा लेते हैं। यदि ऐसा नहीं है तो पिछली बार भी इसका कितना

विरोध हुआ था। इसके गाँव की पंचायत तक ने इसका विरोध किया था। झूठे बिल बनाकर सहकारी समिति को इसने बरबाद कर दिया था। सारा मामला अख़बारों तक में प्रकाशित हुआ था। फिर भी पार्टी ने टिकिट दिया और मतदाता ने अपना मत देकर विजयी बनाया, क्या यह सही नहीं है?''

''इस बार भी इतिहास की पुनरावृत्ति होना संभव है। तुम्हारा क्या मत है?''

दुःखी अगुआ ने अपने मन की बात कही, ''देखना, इस बार नामांकन के पर्चे भरे जाने के अंतिम समय तक कोई भी प्रतिद्वंद्वी नहीं होगा और यह बिना प्रतिद्वंद्वी के जीतेगा।''

''तब तो ग़ज़ब हो जाएगा!'' विवेकशील आदमी विचार मग्न हो गए।

''आदमी को मात दी जा सकती है, पर यह तो अन्याय का पैसा खा-खाकर भैंसा बन गया है। भैंसे को भला कैसे मात दी जाए? देखने में तो भोला-भाला गंवारू प्रतीत होता है, किंतु यह है बड़ा ही दुष्ट। मौक़ा मिल जाए तो प्रमुख को ही चकमा दे दे। मुख्यमंत्री तो पहले से ही इसकी जेब में है। जाति भाई जो हैं। मूल बात यह है कि आदमी दो नंबरी है। इसके सारे ही धंधे दो नंबर के हैं। अंधी कमाई। इसको परवाह भी क्या है! किसी भी बड़े नेता की बेटी या बहू के लिए लाख-डेढ़ लाख का सेट लेकर पहुँच जाए तो फिर टिकिट कैसे दूसरे को मिले?''

''आप सच कहते हैं।''

''अभी तो देखते जाओ। इसका दाँव सही बैठ गया तो एक दिन यह आपका मंत्री बनकर लाल बत्तियों वाली कॉन्टेसा लेकर घूमता फिरेगा।''

“क्या बात करते हो?”

अनुभवी बूढ़े की भविष्यवाणी सबके कलेजे में बैठ गई। सब मन-ही-मन दुःखी हुए, “इस राक्षस को तो यहीं समाप्त कर दिया जाए। यदि अब इसे ज़्यादा लिफ़्ट दी गई तो यह सातवें आसमान पर पहुँच जाएगा। ऊपरवालों को भला क्या कहना! पुरानी कहावत है कि राजा, बाजा और बंदर की गति विचित्र ही होती है। अभी जाकर पार्टी कोष में पच्चीस-तीस लाख का चंदा दे दे तो कल ही कैबिनेट मंत्री बन जाए।

इस प्रकार पार्टी फंड में दिया गया चंदा इनके लिए एक प्रकार से इन्वेस्टमेंट है। एक बार मंत्री बन जाने पर इसको कौन पूछने वाला होगा? फिर तो मनमाने ढंग से वह लूट खसोट चलाता रहेगा उन्हीं ग़रीब पद दलितों व अल्पसंख्यकों के नाम पर।

जिसने भूदान में दी गई भूमि को ही बेच दिया हो, वह क्या कुछ नहीं कर सकता है! चारों ओर उसके नाम की तूती बोलती थी, धाक थी। अच्छे-अच्छे महारथी को हवा तक नहीं लगी। अंततः टिकिट तो ‘नेता’ ही ले आया। अब तो मात्र समय का सवाल है। नेता का नाम आगामी मंत्री परिषद के नामों में भी होगा।”

“हो भी क्यों नहीं। यदि आप में उसे रोकने की ताकत नहीं होगी तो यह मंत्री क्या प्रधानमंत्री बन जाए। यह तो पोपा बाई का राज है। भारतीय प्रजातंत्र में कब क्या नया चमत्कार हो जाए, यह क्या कोई कह सकता है?”

“और यदि किसी को आगे बढ़ने से रोकना हो तो उसे घर में ही पछाड़ दिया जाए। एक बार यदि घर में ही छूट गया तो फिर शेर बनकर दहाड़ेगा।”

सभी इस मुद्दे पर सहमत थे। परंतु उत्साह-ही-उत्साह के नशे में चूर सरल विजय देख रहे उम्मीदवारों की संख्या इतनी अधिक हो गई कि उम्मीदवारों की सूची देखकर पाँवों के नीचे से धरती ही खिसक गई। राजकीय दलों के छोटे-बड़े उम्मीदवार तो होंगे ही किंतु यहाँ तो निर्दलीयों का ढेर लगा था।

मानो यह भी कम हो, गांव की एक बदनाम औरत ने भी अपनी उम्मीदवारी का दावा पेश किया था।

इसका अभिप्राय क्या हो सकता है? इस पर चर्चा प्रारंभ हुई।

''इस सूची में अपने 'नेता' से टक्कर ले सकने वाले कितने लोग हैं?''

''मैं ही बता दूं? कहीं सुनते ही हार्ट अटैक न हो जाए!''

''हार्ट अटैक आए अपने नेता को? मुआ, जब तक जीवित रहेगा, इसी प्रकार हाथ धोकर पीछे पड़ा रहेगा।''

''तब सुन लो। जो इसके साथ चुनाव लड़ने के लिए खड़े हो गए हैं उनमें से एक भी उसके सामने टिकने वाला नहीं।''

अभी वह बात मुँह में थी कि गोपाल नाई दौड़ता, तेजी से हाँफता हुआ आया और चबूतरे के पास आकर खड़ा हो गया, ''मुखिया साहिब, ग़ज़ब हो गया!'' वह बहुत घबराया हुआ था और साँस लेने में भी उसे कठिनाई हो रही थी। फिर भी वह हाँफता हुआ बोला, 'नेता जी ने रातों-रात ही खेल खेल लिया है। सभी उम्मीदवारों ने पर्चे वापिस लेने के अंतिम दिन ढाई से तीन बजे के बीच कलेक्टर के दफ़्तर में जाकर अपना-अपना फॉर्म वापिस ले लिया है। अब मैदान में रतनी अकेली ही रह गई है, बाक़ी सब तो बिक गए हैं। केवल एक रतनी के सिवाय।''

"क्यों? क्या उसे पैसा अच्छा नहीं लगता?" आगंतुक ने उसे कान में कहा, "उसे तो नेता जी का बट निकालना है। बदला लेना है।"

बात कुछ ऐसी थी। रतनी का पिता नेता के यहाँ खेतिहर मज़दूर ही था। रतनी को शायद अपनी माँ का चेहरा तक याद नहीं होगा। लोग कहते हैं कि रतनी की माँ प्रसूति होते ही मर गई, परंतु बालिका का बाल तक बाँका न हुआ। पिता के प्यार में बेटी पहाड़ी बाँस की तरह बढ़ने लगी। नेता ने उसके भोलेपन और मुग्धता का नाजायज़ फ़ायदा उठाया। वह युवावस्था की दहलीज़ पर पाँव रखती इससे पहले ही उसे..."मुखिया साहब...।" गोपाल चौंकता–हाँफता हुआ बोला, "रतनी अब जान पर उतारू हो गयी है। अब जब वह बदनाम हो चुकी है तब फिर उसके भोलेपन का फ़ायदा उठाकर जिसने उसे कहीं का न छोड़ा, बदनाम कर दिया, तो उसकी इज़्ज़त को क्यों न मटियामेट किया जाए? इससे कम-से-कम कोई दूसरी रतनी तो फँसने से बच सकेगी।"

मुखिया ने अपना फ़ैसला सुना दिया, "हमने अपनी समस्या का समाधान कर लिया है। एक बार पूरी तस्वीर साफ़ हो जाने दी जाए। सबको पैसा लेकर बैठा देगा, पर यह दुर्गा देवी किसी तरह प्रलोभन में नहीं फँसने वाली है। अतः हमारी प्रत्याशी रतनी।"

"रतनी!" सभी आश्चर्यचकित होकर मुखिया के उत्तर की प्रतीक्षा करने लगे।

"रतनी हमारी प्रत्याशी! सब मटियामेट हो जाएगा। बदनाम औरत को कौन वोट देगा, मुखिया बाबू?"

"कौन क्या! मैं और तुम।" उनके उत्तर में पूरी दृढ़ता थी। मुखिया ने स्पष्ट शब्दों और बुलंद आवाज़ में कहा, "जबसे उसमें अन्याय को विरोध करने की भावना जागृत हुई है, तभी से यह रतनी अंबा माँ दुर्गा बन गयी है। अब महिषासुर के त्रासों से, जुल्मों से माँ

दुर्गा ही मुक्ति दिलवा सकती है। भाइयो, जाओ और उसकी मदद करो, जीत आपकी है, इस बात में कोई शंका, संदेह मत करो। बोलो अंबा...।" गोपाल नाई ने 'जय' शब्द कहा और इसके साथ ही एक गगन भेदी सामूहिक स्वर गूँजा, "माता की जय...।" और तत्पश्चात् सभी कार्यकर्ता उसी क्षण से मुखिया के आदेशानुसार रतनी के प्रचार में जुट गए।

यत्र नार्यस्तु

अचानक आँख बन्द हो गई और मैं सीधा चालीस साल पीछे हरिद्वार जा पहुँचा। मेरी नजर के सामने मनोहर सृष्टि खड़ी हो गई। सप्तसरोवर की गंगा सद्यःस्नाता गिरिकन्या जैसी दिख रही थी। शाम ढल गई और पानी में ढलते सूरज ने अपनी आख़िरी किरणें डालीं। साध्वी शीलप्रज्ञा के गेरुए रंग के वस्त्रों के साथ गंगा का निर्मल जल जैसे स्पर्धा कर रहा हो ऐसा हृदयंगम दृश्य बन गया। 'आपने गंगा को भी हरा दिया। आई मीन यू कोन्कर्ड दी ग्रेट गेंजीस!' मैंने उसे उत्साहित करते हुए कहा, 'देखा नहीं, एकाध घण्टा ही यहाँ-कहाँ घूमकर उसे गेरूए रंग में रंग दिया!'

साध्वी की आँखें चौंक उठीं। 'मुझे ऐसा सुन्दर वर्णन सुनना बहुत अच्छा लगता है। फिर से कहिए तो!' उसने अचानक मेरा हाथ थाम लिया। 'सच कहूँ? ऐसे कोमल मुलायम शब्द हमारी दुनिया में तो दीया लेकर ढूँढ़ने से भी नहीं मिलेंगे। आपने मुझे गंगा की उपमा दी। शुक्रिया।'

मैंने उसे बुरा न लगे ऐसे धीरे से उसका हाथ छुड़ाकर नेपकीन से नाक पोंछी। 'मुझे फूलों से एलर्जी है।' मैं बेवजह हँस दिया और फिर कहा, 'लेकिन सिर्फ़ फूलों की! इन्सान तो मुझे बहुत पसन्द है।' उसने तिरछी नज़रों से मेरी ओर छिपकर देखा।

'जिस दिन पीछा छुड़ाना होगा उस दिन सिर्फ़ इतना कहना ही

काफी होगा। कह देने का – 'तुम थोड़ी इन्सान हो! तुम तो फूल हो!' उसने मुझे बकायला पीठ पर मारते हुए वाक्य पूरा किया – 'और तुम्हें तो पता ही है, मुझे शुरू से ही फूलों से एलर्जी है! सॉरी, हाँ!'

'साध्वी हैं आप। फूल नहीं, बाग हैं। नन्दनवन हैं इस पृथ्वी-लोक का। आपको मैं पूज्य मानता हूँ। सचमुच!'

'पूज्य तो सवामीजी हैं न? पूज्य ही नहीं, परम पूज्य – धर्मधुरंधर एक हजार आठ! फिर मैं पूज्य बनकर क्या करूँगी? डॉक्टर, मुझे आपके दंभ के फूल नहीं चाहिए।' उसके स्वर में मुस्कुराहट आई। 'अब तक ऐसे ही बासी फूलों के ढग तले तो दबती आ रही हूँ। मुझे इस गंगा के तीर पर तो अपना हृदय ज्यों-का-त्यों होने की प्रतीति होने दीजिए। कब तक ठगती रहूँगी अपनी आत्मा को? पापनाशिनी देवनदी के तीर पर आकर तो गन्दगी धोने दीजिए।' उसके आक्रोश के आगे मैं टिक न सका।

... शोर बढ़ गया था। मैं अजनबी की तरह चारों ओर नज़र घुमा रहा हूँ। अब उसकी बेटी के आने की देर है! सभी दो दिन से शव को संभालकर बैठे हुए हैं। उसे चाहे पसन्द न था; लेकिन अपने स्वभावानुसार मैंने तो दुश्मनों को भी बता दिया है। पुरानी डायरियाँ टटोलकर 'जाह्नवी उपवन' के अधिष्ठाता स्वामी विश्वानन्द सरस्वती को भी फेक्स कर दिया है। सुना है कि स्वामी पिछले कई सालों से अपने अमेरिका के आश्रम में स्थायी हो गए हैं। उनके हरिद्वार के आश्रम की ओर से अमरिका जानकारी भेजी जाये तो ठीक है; वरना मुझे या शालू को उससे क्या फ़र्क पड़नेवाला है? किसी के संसार छोड़ देने से रिश्ता थोड़े ही छूटता है! शायद रिश्ता छूट जाए तब भी ऋणानुबन्ध तो वही रहेगा। उसकी सन्जीदगी के दौरान कभी नहीं पढ़ी गई निजी डायरी के पन्नों पर स्वामी के भिन्न-भिन्न रूप देखे जाते हैं। सिर्फ़ नफ़रत करके शीलू रुकती नहीं है। कभी-कभार उनकी अद्वितीय विद्वता के प्रति गहरा आदर भी प्रकट करती है। कहीं उनकी देह की भी महिमा गाई गई है।

उन्हें 'वृकोदर' कहकर भूखड़, पेटू जानवर से उनकी तुलना भी हुई है। तो फिर 'लंगूर' कहकर हँसी भी उड़ाई गई है। चरित्र–निर्माण का अश्वमेध लेकर बैठे संन्यासी को कामावेग जग उठता तब वे कुत्ते से भी ज्यादा आकुल-व्याकुल बन बैठते! एक पूर्वाश्रम की साध्वी की यह डायरी साधुओं के समाज के मिलन के वक़्त ही प्रकाशित की जाय तो? जो लोग भेड़-बकरियों की तरह आश्रम, मठ और मन्दिरों के पीछे चक्कर काटने में ही ज़िन्दगी के अनमोल वर्ष गँवा देते हैं, उन्हें कम से कम सिक्के के दूसरे पहलू का तो पता चले!

शव की ट्रीटमेन्ट के लिए तजज्ञों की राय लिये जाने पर भी वह सड़ना शुरू हो गया था। मुँह और नाक में रूई और गाँज़ पीस डाल देने पर भी गन्दा स्राव तो चालू ही है। फूलों के ढग के नीचे पेट की कुरूपता तो ढँकी जा सकती है, लेकिन चेहरे का क्या करें? सप्रमाण, सुरेख चेहरा आरंभ के कुछ घण्टों में बेहद लाल हो गया। गाल पर गुलाब खिल उठे हों ऐसे वह मृत्यु के बाद भी हँस रही हो ऐसा लगता था। लेकिन बाद के घण्टों ने उस गुलाबी पर्त पर डार्क ब्राउन कलर डाल दिया था। जो चेहरा मृत्यु के बाद भी प्यारा-सा लग रहा था वह धीरे-धीरे डरावना बन गया। अब तो खुद मुझे भी उसकी ओर देखने की इच्छा नहीं हो रही थी...

'स्वीटू दीदी आ गई। ज़रा जगह कीजिए। उसे मम्मी के दर्शन कर लेने दीजिए। उत्साही पड़ौसी ने समूह के बीच रास्ता करते हुए स्वीटू के आगमन की खबर सबको सुनाई। मैं खड़ा होकर वहाँ गया तो वह अपने काफ़िले के साथ बंगले के पोर्च में दिखी। मैं थोड़ा हतप्रभ हो गया। स्वीटू ने अपने साथ आने वाले मेहमानों के बारे में तो कुछ बताया ही न था। तीन साल के विदेश निवास के दौरान वह काफ़ी बदल चुकी थी। बदलाव की भी दिक़्कत न होती, मगर इस लड़की ने अपने नए रूप का ज़रा-सा भी पता नहीं चलने दिया। यह बात ही ज्यादा महत्वपूर्ण थी। अपनी माँ की मृत्यु पर कम-से-कम तीन-चार बार

फोन पर बातचीत हो चुकी थी। 'हाय डै...ड!' उसने लाक्षणिक शैली में स्माइल दिया। अपने साथ आए हुए युवा संन्यासियों की पहचान देते हुए उसने कहा, 'मम की हयाती में इन दोस्तों की पहचान देना ज्यादा अच्छा लगता!... ये हैं केलिफोर्निया में सीनियर स्वामी के रूप में प्रसिद्ध बड़े स्वामी के पट्टशिष्य-त्रिलोक स्वामी।' थोड़ी मीठी घबराहट के साथ दूसरे संन्यासी की पहचान देते हुए वह बोली, 'और इनका नाम निर्भय स्वामी है।' फिर जैसे कोई ग़लती कर दी हो; जल्दी से बोल उठी, 'बाय दि वे, मम की बोड़ी कहाँ रखी है? ये साधु महात्मा लोग ज़रा उनके मोक्ष के लिए प्रार्थना करेंगे। सद्‌गत आत्मा को शुभेच्छाएँ भेजेंगे। स्वामी त्रिलोक और स्वामी निर्भय दोनों हमारे विश्वशान्ति आश्रम के सीनियर एक्ज़िक्यूटिव्स हैं। बड़े स्वामी तो पिछले पाँच-छः साल से वेजिटेटिव एक्ज़िस्टन्स प्राप्त किए हुए हैं। योग शक्ति के प्रभाव से अपनी साँसें जारी रखे हुए हैं – उस भीष्म पितामह की तरह!'

दोनों युवा संन्यासियों को मैंने मौन नमस्कार किए। स्वीटू को उससे सन्तुष्टि नहीं ही मिली होगी। लेकिन घर में दो दिन से जिसके शव को संभालकर बैठा हुआ हूँ उसकी मौत की मर्यादा तो रखनी ही पड़ती। भावुक होकर मैं भी अमेरिकन स्वामियों के स्वागत में भाषण देने बैठ जाऊँ, यह अच्छा तो नहीं ही दिखता।

मैंने इशारे से पड़ोसियों से स्वीटू को अन्दर ले जाने के लिए कहा। मुझे भी उसके साथ जुड़ना चाहिए था। दिल नहीं माना इस लिए पेसेज की दीवार के सहारे बाहर ही खड़ा रहा। बुके के साथ दोनों स्वामी आगे बढ़े। स्वीटू अभी भी वहीं खड़ी थी।

'यू मस्ट अकम्पनी अस!' स्वीटू ने ज़रा ऊँची और उलाहनाभरी आवाज़ में कहा। 'डै...ड़! डोण्ट बी नर्वस।' उसने मेरी ओर सरककर स्मितभरे विवेक के साथ मुझे उन संन्यासियों के पीछे चलने पर मजबूर कर दिया। मैं गुप-चुप उनके पीछे चला। सबसे पहले दोनों संन्यासियों के बुके रखे गए। अन्त में स्वीटू ने अपना बुके रखा। निर्भय स्वामी ने

फोटो खींची। शीलू की देह में इकट्ठी हुई गैस अचानक ही विस्फोट के साथ निकली। कमरे में दुर्गंध छा गई। सभी ने हाथ-रूमाल निकालकर नाक पर रख दिए। मैं बुत की तरह खड़ा रहा। मुझे सप्तसरोवर वाला दृश्य याद आ गया... 'टेक कैर'–स्वीटू ने अपने पर्स में से नया हाथ-रूमाल निकालकर मुझे दिया। 'बॉड़ी आखिर बॉडी है। वह कोई मोम नहीं।' अपने आध्यात्मिक ज्ञान का प्रदर्शन करते हुए स्वीटू मुस्कुरा रही थी। मुझे तो ठीक है, आसपास समूह में एकत्रित अड़तालीस घण्टे से पहरा देते पड़ोसियों और हमें दिलासा देने के लिए एक दिन छुट्टी लेकर शीलू को आख़िरी विदा देने हाज़िर शुभेच्छकों को स्वीटू का व्यवहार पसन्द न आये, यह स्वाभाविक है। उन्होंने तो सोच लिया था कि लड़की टूट जाएगी! आखिर शीलू उसकी माँ थी। मौत के बाद रिश्ता टूट थोड़े ही जाता है! देह थी तो उसे जन्म दे पाई थी। मुझे कुछ क्षण के लिए उसकी बड़ी-बड़ी फिलोसॉफी अर्थहीन लगने लगी। घटना की गंभीरता बनाए रखने के लिए चाहे मैंने कुछ न कहा, लेकिन दुःख तो बहुत हुआ। लोगों के सामने शर्मीन्दगी न उठानी पड़े इसलिए आँखें झुका लीं। पलकों की सीमा लाँघकर आँसू छलक पड़े। फिर से पुरानी स्मृतियाँ उभर आई...

कुटी काफ़ी नज़दीक आ गई है। ज्यादा से ज्यादा आधा फर्लांग...करीबन पाँच मिनट के बाद अलग हो जाना पड़ेगा। 'हमारी जमानत के बारे में आप काफ़ी भ्रम में लगते हैं।' वह मेरे अज्ञान पर हँस रही थी। 'आप संन्यासी को यदि इन्सान मानना ही न चाहते हों, तो मुझे कुछ नहीं कहना है।' – उसने बात को खत्म करते हुए स्पष्टता भी की, 'आप सोच रहे होंगे कि शीलप्रज्ञा कुछ ज्यादा ही निखालिस साध्वी हैं। देश-विदेश में घूमती रहती हैं, इसलिए उनके ख्यालों में आधुनिकता आ गई है। यह तो आप डॉक्टर भी हैं, इसलिए मैं थोड़ा खुल सकी। दूसरे भाविकों से ऐसी चर्चा करने लगूँ तो आश्रम में से मुझे रातों रात निकाल दिया जाए! या फिर दूसरी सुबह 'साध्वी के समाधि-मरण'

का बुलेटिन दिखाया जाय। फिर उसके सम्मान में विशेष प्रार्थना आयोजित की जाए। विदेशवासी भाविकों से दान की अपील भी की जाए। साध्वीजी की देहरी के लिए ऊँची बोलियाँ लगाई जाय।

मेरे लिए उसकी वेदना असह्य थी। आखिर मैंने अपने मन में दबी बात बाहर निकाल ही दी। आखिर इन्सान सहेगा भी कितना?

'इतना दुःख सहने का कोई कारण? जो बात अन्तरात्मा के लिए अरूचिकर हो उसे त्वरित छोड़ देना चाहिए।'

मुझे लगा, मैं कुछ ज़्यादा ही बोल गया था। उसकी प्रतिक्रिया सुनने के लिए कुटी के प्रवेशद्वार के पास खड़े रहने की शक्ति मुझमें नहीं बची। मैं जल्दी से सीढ़ियाँ चढ़ गया।

'चलो फिर, कल मिलते हैं।' उसकी आवाज़ में मिलने की उत्कंठा दिखाई दे रही थी। मैंने कुछ राहत महसूस की। और कुछ नहीं तो उसे मेरी राय से बुरा तो नहीं लगा है। इतना तो तय हुआ।

...दूसरे दिन सुबह की प्रार्थना के समय अकस्मात् दृष्टि मिलती है। प्रार्थना के दौरान भी दृष्टि का संयम न बना रहे यह तो कैसी बात! स्वामीजी तो गहरी योगसमाधि में चले गए थे। इसलिए उनकी नज़रों से बचा जा सकता था। लेकिन उन चेलकों की चंचल नज़रें तो चारों ओर घूम रही हैं। ज़रूर किसी को तो पता चल ही जाएगा। शायद उलहाना भी मिले। आश्रम के कठोर नियमों का ब्रिटेन के संविधान की तरह अलिखित रूप से अमलीकरण होता रहा है। आखिरी सत्ता चाहे स्वामीजी के पास हो; लेकिन ऐसी छोटी-मोटी शिकायतों का तो उनसे पहले ही निपटारा हो जाता है। ऐसे में कुटी का किराया भी ले लिया जाएगा। साथ में, आँखें दिखाकर दण्ड की बड़ी रकम भी ले ली जाएगी। दलीलबाज़ी की हिम्मत ही नहीं बच सकती। सीधी मार पड़ेगी। सबके सामने बेइज्जती होती रोकने के लिए वह 'गुनहग़ार' सिर झुकाकर अपने सामान के साथ चले जाने में ही श्रेय समझेगा। मुझे

अखबार के दैनिक भविष्य में पढ़ी हुई भविष्यवाणी याद आ जाती है। सारा दिन मैं भय से काँपता रहता हूँ। कुटी के बाहर सिर भी नहीं निकालता। जब भोजन के लिए नहीं गया तब वहाँ से 'लंगर' के लिए बुलाया गया : 'भोजन नहीं करना है क्या? व्रत, उपवास हो तो फलाहार का भी प्रबन्ध है...'

मैंने बताया : 'आज खाना नहीं खाऊँगा। सेहत ठीक नहीं हैं।' औषधालय के आदमी ने तुरन्त ही चूर्ण हाज़िर कर दिये। आश्रम का अपना औषधालय था। जैसा दर्द वैसी दवाई। हाँ, देसी और आयुर्वेदिक।

ठीक चार बजे कुटी के दरवाज़े पर दस्तक हुई। घबराहट के साथ उठकर दरवाज़ा खोलता हूँ तो...

'अरे, आप? यहाँ?'

'क्यों? साध्वी होने से इन्सान नहीं रह गई मैं? आप बीमार हों और आपको देखने भी न आऊँ, इतनी कठोर लगती हूँ मैं आपको?' मेरे चेहरे पर मक्खियाँ उड़ रही थीं और वो मेरा कंधा झकझोर कर पूछ रही थी, 'कहिए तो! ऐसी सीरीयस बीमारी लागू हो गई है कि मुँह तक न खुले? चलिए, एकाध घण्टा गंगातट पर घूम आएँ। यहाँ तो दो ही औषधियाँ हैं : एक तो गंगाजल और दूसरी यहाँ की शुद्व प्राणवायु से भरी हवा। बल्कि हवा ही सबसे ज्यादा प्रभावशाली दवाई है।' पहले तो मैं हँस दिया; फिर उसकी भरी हुई आँखें देखकर मुझे भी रोना आ गया... ज़रूर कुछ अनहोनी होगी, यह आशंका मेरे अस्तित्व के कण-कण में फैल गई।

'मुझे बहुत डर लग रहा है, स्वामिनी!' मैंने दबे हुए स्वर में दबी हुई बात हिम्मत, करके कह डाली : 'शायद मेरे कारण आपको तकलीफ उठानी पड़े। मुझे तो लगता है, जैसे सारी आँखें हम पर पहरा दे रही हों!'

वे निश्चिन्त होकर हँस दीं : ज्यादा से ज्यादा निकाल देंगे, यही न? उसने युक्तिपूर्ण ढंग से प्रश्न किया : 'आपका तो घर होगा न कहीं?'

'है न! बड़ा सा बंगला है – बड़ौदा में।'

'बस फिर! वहीं आ जाऊँगी। बंगले के बरामदे में पूर्णकुटी बनाकर रह लूँगी।' – उसने मेरा हाथ थामते हुए कहा, 'हाँ, आपकी फैमिली को दिक्कत न हो तो...'

मेरा पूरा शरीर काँप उठा।

फैमिली में सिर्फ एक बूढ़ी माँ है। बहनें ससुराल चली गई हैं। पिता करीबन पाँच साल पहले चल बसे। भाई तो है नहीं। मैं हँस दिया, यूं तो मैं भी साधू ही माना जा सकता हूँ। दिनभर अस्पताल में होता हूँ। रात को देर-सबेर आकर माँ से मिलकर सो जाता हूँ। बाई रखी हुई है। माँ का ख्याल रखती है; वक्त पर दवाइयाँ देती है। मेरे लिए सब एक-सा है। ज्यादातर बाहर खा लेता हूँ। इन महात्माओं की तरह नहीं कि सब कुछ अप-टू-डेट चाहिए और कोई कमी तो चल भी नहीं सकती! जिन्दगी अच्छाइयों और बुराइयों का कलात्मक मण्डप है, स्वामिनी...एण्ड आई एन्जॉय इट! बड़ौदा में डॉक्टर हूँ और यहाँ... हँसकर उसे चूर्ण की डिबिया दिखाता हूँ।

'यहाँ तो बड़े-बड़े डॉक्टर भी पेशण्ट बन जाते हैं। लगता है, आपने अभी तक हमारी जमात को पहचाना नहीं है, साहब!'

उसका चेहरा शिवालिक-पहाड़ियों पर खिल उठनेवाली बनराई जैसा शातादाई लग रहा था। मैं उसे स्तब्ध होकर देखता रह गया।

'माँ को कोई बहू नहीं चाहिए' – उसने अकल्प्य प्रहार किया : 'नौकरानी पर वे सास का अधिकार थोड़े ही जता सकती हैं? ताने कसती होने पर भी बहू तो बहू ही होती है।'

मैं क्या जवाब देता उसे?

स्वीटू ने अपना सूटकेस मँगवाकर उसमें से पूजा की सामग्री निकाली। युवा-संन्यासी उसे विधिवत् मार्गदर्शन दे रहे थे। समूह को थोड़ी देर बाहर जाने के लिए कहा गया। मुझे खंभे की तरह खड़ा देखकर छोटे संन्यासी ने कहा, 'प्ली...ज़ टेक योर सीट। सर, आप तो डैडी हैं।' स्वीटू ने भी आग्रह रखा, 'डैड, इस तरह हतप्रभ हो जाने से कैसे चलेगा? आई नो व्हॉट मम वॉज टू यू। आपको उसके बिना अच्छा न लगे, यह में समझती हूँ। लेकिन यह तो कुदरत का अचल कानून है। जिसने जन्म लिया वह तो जाएगा ही। इतना तो अच्छा हुआ न कि, आपकी नज़रों के सामने ही बिना किसी तरह की विशेष यातना के ही उसने आँखें मूँद लीं। यदि आप आगे हुए होते तो? तब उसे कितने ही प्रोब्लेम्स फेस करने पड़ते, केन यू इमेजीन? औरत आख़िर औरत होती है।'

बिल्कुल अपनी माँ के ही शब्द! हालाँकि अमेरिकन प्रभाव से युक्त गन्दी-गुजराती में। मैं पालतू पोमेरियन की तरह उसके करीब बैठ गया। क्षणभर के लिए वह स्वीटू से उसकी मम्मी बन गई। वही रुआब, वही शैली! खुद जो मानती है वही ठीक! गलती भी की हो तो उसका पछतावा नहीं; बल्कि उसे भी अवसर की चुनरी-पहनाकर 'नियति की इच्छा' मान लेने की तैयारी! मेरी बात तो उसने कभी रखी ही नहीं न! मनमानी ही करती रही है...मेडिकल में मिला एड्मिशन रद्द करवाकर दौड़ पड़ी स्टेट्स की यूनिवर्सिटी में पढ़ने। उसने क्या पढ़ा यह तो वही बता सकती है। मुझे तो इतना पता है कि, उसके कम्प्यूटर इंजीनियरिंग के कोर्स के पीछे मेरा बैंक बैलेंस खत्म होने को आया है।

'तुम कब तक यूं कूदती रहोगी, मुझे बताओगी भी!' वातानुकूलित खण्ड में फूलों के ढेर तले दबी हुई शीलू अपनी लाड़ली को उलाहना देने को जैसे व्याकुल हो रही हो...स्वीटू थोड़ी उसकी सलाह माननेवाली थी? मैंने तब भी कहा था, देखो चाहे कुछ भी कहो, वह है तो लड़की।

ज़्यादा सर चढ़ाना ठीक नहीं। कल पराये घर जाएगी और ठीक से एडजस्ट नहीं कर पाई, तो इज्जत तो हमारी ही जाएगी!

जैसे अपनी गलती कुबूल कर रही हो वैसे बर्फ़ की सील पर लेटे हुए बेटी को टकटकी लगाकर देख रही थी, 'डैड की एक भी बात हमने नहीं मानी है। लेकिन अब तो सुधरना चाहिए कि नहीं? आज-कल करते बत्तीस साल हो गए हैं तुम्हें... यूं ही ज़िन्दगी की बेल मुरझा जाएगी। फिर पछताने की बारी आयेगी। तुम्हें सही वक्त पर कहीं सेट हो जाना चाहिए, बेटा! ईट ईज हाई टाईम...'

उसे चाहे कितनी ही सीख दोगी फिर भी पत्थर पर पानी! बेवजह कलेजा क्यों जला रही हो? आत्मा बंधी रह जाएगी, तो वापस जड़मूरत की तरह उसकी कोख से जन्म लेना पड़ेगा...

मेरे मन में संवाद चलते रहते हैं। स्वामी निर्भय स्वीटू की सहायता कर रहे हैं – उसके सामान में से जल्दी से तसवीरें निकालते हैं। त्रिलोक स्वामी कर्मकाण्ड के ज्ञाता लग रहे हैं। वे आँखें बन्द कर किसी का आह्वान कर रहे हैं। निर्भय स्वामी को मारनेवाली की सद्गति से ज्यादा स्वीटू की सहायता करने में रुचि है। एकदम पी.ए. की तरह पेश आ रहे हैं। स्वीटू भी अधिकार से उन्हीं को हुक्म करती है। कुछ ही देर में सूटकेस में सँभालकर रखी हुई बड़ी छवि बाहर निकालकर उसे डेड बॉडी के करीब छोटी-सी चौकी पर रख देती है। छवि देखकर मैं चौंक उठता हूँ। उन तीनों में से किसी को भी पता न चले ऐसे स्वस्थ होने की कोशिश करता हूँ। मन ही मन मुझे शीलू से मज़ाक करने का ख्याल आता है : 'देखा? आखरी वक्त में बिदा देने आ ही गए!' मैं तो उन शब्दों को अपने मन में ही बोल रहा था। ठीक उसी कथन का पुरस्कार कर रही हो ऐसे स्वीटू अपनी जननी को संबोधित कर उठी, 'मोम, स्वामीजी तुम्हें लेने आये हैं। फ़िक्र मत करना। कठिन राह पर वे तुम्हारे साथ ही रहेंगे। तुम्हें अक्षरधाम पहुँचाकर ही लौटेंगे।'

त्रिलोक स्वामी ने उससे संकल्प करवाया जल से हाथ धुलवाकर पुष्प, दुर्वा और अष्टगंध से पहले स्वामी की छवि का पूजन किया। फिर श्लोकोच्चारण कर दिवंगत आत्मा को उन्हें सौंप दिया। बाद में वही कर्मकाण्ड उन्होंने मुझसे करवाया।

विधि खत्म होने पर तीनों राहत महसूस करने लगे। सत्रह घण्टे का लगातार सफ़र मुंबई से बड़ौदा आ रही डोमेस्टिक फ्लाइट का कनेक्शन। एयरपोर्ट से टैक्सी प्रवास। मांजलपुर में हमारी दिव्यलोक सोसाइटी में घुसते ही मसानिये के रूप में उभरता समूह... जैसे सारी थकान एक साथ चली गई। गंभीर दिखते त्रिलोक स्वामी ने विधि समेटते हुए मीठा मज़ाक भी कर लिया। सोत्साह स्वीटू को मदद कर रहे जूनियर को उन्होंने तिरछी नज़रों से पूछ ही लिया : 'स्वामी, आपको-संकल्प नहीं लेना क्या?'

स्वीटू हँस पड़ी। निर्भय स्वामी ने शर्मिंदगी महसूस करते हुए सिर झुका लिया बाहर भीड़ बढ़ गई थी। पाँच मिनट के स्थान पर इन परदेसी कबूतरों ने पूरा आधा घण्टा बिगाड़ा था। सोसाइटी वाले ऊब जाय यह स्वाभाविक था।

थककर किसी ने कहा, 'चलिए, अब कितनी देर है? दो-दो से पूरी सोसाइटी खड़ी की खड़ी है। अब जल्दी कीजिए। लड़की आ गई। अब किसका इन्तज़ार है? एम्ब्यूलेन्स कब की आ चुकी है।'

किसी की भी इजाजत का इन्तज़ार किए बिना ही मसानिये अन्दर चले आये। स्थिति की गंभीरता को देखकर स्वीटू और उसके संन्यासी साथी भी आगा-पीछा हो लिए। पशाभाई ने तो मुझसे कहा भी : 'साहेब हो, लेकिन व्यवहार में कुछ पता नहीं चलता। आखिर मैंने ही शुरूआत की। चालीस साल तक उसने मेरा बोझ उठाया था। यहाँ सिर्फ़ चार मिनट की बात थी। मेरी आँखें छलछला आईं। मैं अपने भीतर की पीड़ा किसे कहता? कभी तो उस छवि को लात मारकर बाहर फेंक देने का

जुनून भी हो आता। मुश्किल से खुद पर काबू रख पाया। जो बात चालीस-चालीस साल तक छिपाकर रखी थी उसे आखरी क्षणों में खोल देने से क्या फायदा? ऊपर से ये लोग ही मरनेवाली की निन्दा करेंगे। खुद उसकी अपनी औलाद को उससे घृणा हो जाएगी!

मैंने उस स्मरण को निकाल बाहर किया। स्वीटू ने अपनी जनेता को कंधा दिया। पड़ोसी भी एक के बाद एक शामिल होते गए। मेरी सेवा में हमेशा रहने वाला और मरने वाली की अंतिम क्षण तक, उसके मुँह से निकली हर इच्छा पूरी करने वाला नौकर दोहनी लेकर आगे हो लिया। जब सभी 'राम नाम सत्य है' कह रहे थे तब वह एक ही लड़का राम का नाम भूलकर 'भाईईईई...' के नाम का क्रन्दन कर हा था। स्वीटू को पक्का विश्वास था कि उसकी माँ अपने आध्यात्मिक गुरु की उँगली पकड़कर जा रही है। इसलिए गुरु की आज्ञानुसार यह मौत नहीं, मोक्ष का उत्सव था। वह चेहरे पर हास्य लाने की कोशिश कर रही थी और जोर से 'जय गुरुदेव! जय गुरुदेव!' बोल रही थी। निर्भय स्वामी गुरु की छवि – लेकर उसके पीछे चल रहे थे।

पूरा समूह मृतदेह को घेर कर खड़ा हो गया। सीट पर मैं, स्वीटू और उसके संन्यासी साथी बैठ गए। नौकर आगे वाले हिस्से में ड्राइवर के साथ बैठा था। पड़ोसी अपने अपने वाहन लेकर श्मशान की ओर निकल पड़े। अब तक निन्दारस का आनन्द ले रही स्त्रियों की आँखें रो रही थीं। शीलू ने अवतार धारण कर किसी से ऊँची आवाज़ में बात ही कहाँ की थी।

कुछ ही मिनट के बाद देह-इलेक्ट्रिक श्मशान की भट्ठी में विलीन हो जाएगी और शीलू नाम की एक हस्ती सदा के लिए खो जाएगी। मेरा गला भर आया। कुछ क्षण छाती में गंगा बह निकली : 'इस शरीर को आप पूज्य मानकर प्रणाम करते हैं तब मुझे बड़ी ग्लानि महसूस होती है।' उसने मेरी छाती पर सर रखकर अपनी कहानी सुनाई तब

क्षणभर के लिए मुझे समग्र मानवजाति पर घृणा हो गई थी। मैंने उसके होंठ दबाने की कोशिश की थी : बेवजह किसी के पाप क्यों याद किये जायें? दुनिया में चर्चा करने जैसा और भी बहुत कुछ है...

लेकिन उसने मेरी राय मानी न थी। उसने एक से बढ़कर एक सवाल पूछे थे। उसने आवेश में आकर पूछ लिया : 'आप तो डॉक्टर हैं। मेरी नब्ज देखकर कह सकेंगे कि अब तक मैंने स्थितिवश कितने एबोर्शन करवाये होंगे?'

उसका सवाल मुझे भाले की तरह चुभा था।

'कोई बदनसीब माँ अपनी अनौरस औलाद को आश्रम की सीढ़ियों पर छोड़कर चली गई; स्वामी को उसकी कितनी बड़ी पब्लिसिटी मिली! लाखों रुपयों के दान मिले। फिर वही बच्ची बड़ी हुई तो उन्होंने उसका ज़ोर से –' उसने वाक्य अधूरा रखकर भयानक वास्तव की बात कह दी। 'अब तक मुझे चार बार...' वह रो पड़ी थी। मेरी छाती को भेदनेवाले गर्म आँसू गिराकर उसने कहा था : 'डॉक्टर, हम साथ नहीं रह सकते? मैं आपकी बूढ़ी माँ की हर बात मानूँगी। उनकी, बहू और बेटी-दोनों की इच्छा पूरी होगी और आपको कत्लखाने से गाय छुड़ाने का पुण्य मिलेगा।'

... शीलू बहू बनकर आई थी और आज माँ बनकर जा रही है। चालीस सालों के दौरान उसने कभी ऊंची आवाज में बात नहीं की। कभी किसी ने उसके कुल या मूल की पृच्छा भी नहीं की। व्यवहार से उसे तरह-तरह के प्रमाण जरूर मिलते रहे हैं। खुद हमारी जाति ने उसे 'समाज माता' का अवॉर्ड दिया था।

'बहू तो मेरी सोना है सोना।' माँ कहतीं – 'पिछले जन्म में कोई ऋषि कन्या होगी। बचा रह गया ऋण चुकाने आई है।'

तो पड़ोस के सुमंतभाई हमेशा कहते : 'खानदानी किसे कहते हैं

यह देखना हो तो जाकर मिलिए डॉक्टर की वाईफ से। क्या इन्सान है। साक्षात् जोगमाया है। डॉक्टर पर तो जैसे शिवजी प्रसन्न हुए हैं। यात्रा पर गये और पूरी जिन्दगी लेकर आये। अरे भाई, इसका नाम ही ऋणानुबंध है।'

माँ हमेशा कहती : इसमें गलत क्या किया मेरे बच्चे ने? अर्जुन पाताललोक जाकर ब्याह नहीं आया था? और कृष्ण भगवान भी कहाँ कम थे? जहाँ भी जाते वहाँ कुछ नया करते।

शववाहिनी में लेटी हुई शीलू अपने दुःख-दर्दों को समेटकर सदा के लिए मुझसे नाता तोड़ रही है। उसके साथ ही, उसकी गुप्त शिकायतें भी हमेशा के लिए सो गई हैं। अभी तो वह शान्त हो गई है। लेकिन हम दोनों चालीस साल पहले जब साथ जीने और मरने का संकल्प करके हरिद्वार से रात सिर पर लेकर भागे थे उस समय की उसकी पीड़ा मुझे आराम से बैठने भी देगी क्या?

'किसी औरत पर कितनी हद तक अत्याचार हो सकता है? क्या आप सोच सकते हैं?' मेरे चुप रहने पर उसने मेरे कंधे पकड़कर मुझे सांगोपांग झकझोर डाला था – 'आप पुरुष हैं न! और फिर हिन्दू भी हैं। शिवभक्त होने का दावा करते हैं। सुबह चार बजे उठकर गंगाजी में डूबकी लगाते हैं। जिस आदमी की आप भगवान मानकर पूजा करते हैं, वह आपके स्वामीजी पिछले डेढ़ दशक से मेरी देह गींजता है – लगभग रोज़ ही...' वह सिसकियाँ लेने लगी थी। 'आखिर एबोर्शन अभी पिछले माह ही करवाया है। तुम पुरुष लोग इतनी हद तक क्रूर भी हो सकते हो? मेरी माँ को भी ऐसे ही किसी पुरुष ने फँसाया होगा न? उसके पाप की उत्पत्ति को गेरुए रंग में रंगकर आपका स्वामी...' उसका गला भर आया था। शायद कुछ वक्त के लिए वह बेहोशी में चली गई थी। मैं विवश होकर आँखें दबा रहा था।

शववाहिनी निकलती है। निर्भय स्वामी अनायास पास में खड़ी

स्वीटू को छेड़ बैठता है। मैं दूसरी ओर देख लेता हूँ। मन ही मन असह्य विवशता का अनुभव करता हूँ। उसने दुबारा छेड़ा : बहुत चतुराई से। स्वीटू ने इस तरह जवाब दिया कि किसी को पता भी न चले। तीसरी पीढ़ी में आकर भी औरत तो औरत ही रहती है, डॉक्टर!' – किसने कहा यह? आवाज़ तो वही थी... वह भ्रम था? या फिर शालू की पीड़ा का प्रतिबिम्ब?

बलिदान

“भा...भी! आप यहां?”

उसके मुंह से अनायास एक चीख निकल पड़ी।

वह दोनों हाथों से अपना सिर पकड़ कर बैठ गया। उसके सिर में घन के प्रहार हो रहे हों ऐसे ठहर-ठहर कर उस दस बरस पहले की घटना की प्रतिध्वनि गूंज रही थी : “आप मुझे फना हो जाने दीजिये, लुट जाने दीजिये, जाने दीजिए, पढ़ियार! आप दोनों भाइयों की जिंदगी और वीणा के शील की रक्षा करने के लिए मुझे जाने दीजिये! मुझे क्षमा करें!” बेहोश पति के सामने किया गया वह अंतिम आक्रंद उसे इतने बरसों में भी अभी वैसा-का-वैसा याद आ रहा है : “भाभी!” उससे आगे कुछ भी नहीं बोला जा सका।

वह दोनों घुटनों के बीच सिर छिपा कर रो पड़ा। उससे ऊपर देखा नहीं जा रहा था। उसकी यह अवदशा देखकर वह दलाल दुविधा में पड़ गया : “अबे, भाभीवाले! यहां मौज मनाने को आया है कि मातम करने? सा...ला...भड़वा...!” कह कर एक गंदी गाली देकर, उसने उसे कॉलर खींचकर खड़ा किया।

“ऐसा मत करो, कासम!” शरीफ की तेजस्वी आवाज गूंज उठी : “तुम्हें दलाली मिल गई है न? तुम्हारा काम खत्म हो गया...बाजार में चले जाओ!”

होंठ पीसता और गुस्से से रोम-रोम से सुलग उठा कासम पैर पछाड़ता-पछाड़ता सीढ़ियां उतर गया और जोश में टकराकर दरवाजा बंद कर गया।

प्रेम से उसके सिर पर हाथ फिरा कर उसने पूछा : "जिलुभाई, घर पर सब कुशलपूर्वक तो हैं न?"

जिलुभाई की जीभ सिल गई थी। उसने बालक की तरह रोते-रोते शरीफा के पैर पकड़ लिये। दोनों पैरों पर अपना ललाट रगड़ते हुए वह पूछ रहा था : "भाभी...! आपकी यह दशा? मुझे क्षमा करें भाभी...!" उसकी आंखों का जल शरीफा के कोमल चरण पखालता रहा...।

उष्ण निश्वास छोड़कर शरीफा ने उसे नीचे झुककर उठा लिया। थोड़ी देर जिलुभाई की आंखों में आंख डाल कर देखा। फिर दोनों जने एक-दूसरे की आंखों के आंसुओं में धुंधले बन चुके अतीत में खो गये। दूर, ठीक दस-दस बरस दूर फैली सीमा तक!

झालावाड़ का वह खानदानी घर। वह रुतबा, वह इज्जत-आबरू, वे जलसे! और वह रूप! जोरूभा को उसके मित्र कहते : "यार, तुम्हारी तो सचमुच इंद्र को भी ईर्ष्या होती होगी!"

जोरूभा शर्मिंदा हो जाता। उसे पता था कि यार दोस्तों को उनकी भाई खूब पसंद आ चुकी थी। चंद्रिका नाम देने वाले ने यों ही नहीं दिया था। चंद्र की रूपहली सुंदरता भरपूर भरी हुई थी उस सलोनी नार के यौवन में...!

"आपके भाई मजे में तो हैं न?" जैसे स्वयं सिसकियां बोल रही हों ऐसी गद्‌गद आवाज में वह बोली। फिर लज्जित होती हुई नीचे देखने लगी।

जिलुभाई से कोई उत्तर नहीं दिया जा सका। उसकी आंखों में बंधे हुए आंसुओं के थर और गाढ़े हो गये। हारे हुए योद्धा की तरह

वह अपनी ही हयाती पर अफसोस करता रहा।

यों तो उसको दोष भी कैसे दिया जाय? मेले में जाने की उसने ही कोई हठ नहीं की थी। वीणा और चंद्रिका भाभी दोनों ननद-भाभी पंद्रह दिन पहले से 'तरणेतर तरणेतर' की रट लगा रही थी। आखिर बरस में एक ही बार तो लगता था यह जवानी का जमघट, पूरी झालावाड़ उमड़ती थी उस मेले में। दुनिया भर की खूबसूरती इकट्ठी हो जाती भगवान त्रिनेत्रेश्वर के दरबार में...पांचाल प्रदेश की पौराणिक गाथाएं भाभी, देवर और ननद को समान रूप से रोमांचित करती रहीं थीं...

"ऐसे दुःकाल के बरस में तरणेतर भ्रमण का क्या शौक, बेटी?" वयोवृद्ध मनजीबापू ने तो समय देखकर उसी वक्त टोक भी दिया था।

परंतु होनी हुए बिना थोड़े ही रहती है? जिलुभाई की अश्रुभीनी आंखों के आगे वह दृश्य जीवित हो गया। हठ करके वीणा कपड़े पहनकर तैयार हो गई थी। उसे तो गहने भी पहनने थे। मनजीबापू के भय से गहने नहीं पहने थे। उलटे चंद्रिकाभाभी ने पहने हुए गहने ससुर की गोद में रखते हुए कहा था : "ध्यान रखना बापू!! और हमारी चिंता न करना! हो सकेगा उतना जल्दी ही लौट आयेंगे!" और बूढ़े बापू ने नयी नवेली बहू का मन रखने के लिए आशीर्वाद भी दिये थे : भोला नाथ बैठा है, सबकी चिंता करने वाला! खुश रहो।"

"ओह, भाभी!" मन-ही-मन जिलुभाई बड़बड़ाया : "आप बापू को दिये हुए वचन भी नहीं निभा सकीं? प्रभु...प्रभु! उनकी दुआ भी काम न आयी..."

उसे याद है : निकलते समय पड़ोस में रहनेवाले जोईता लुहार को छींक आ गई थी। मनजीबापू ने सब को सावधान भी कर दिया था : "कह रहा हूं, थोड़ी देर ठहर जाओ! इस मनहूस लुहार ने फट-से छींक दिया। सुना नहीं तुम लोगों ने?" परंतु मेले के लिए उमंगित नौजवान

लोग ऐसे कोई लुहार की छींक से विश्राम करने ठहरेंगे भला?

जोरूमा अपनी जीप ठेठ आंगन में ले आये थे। वीणा उल्लसित होकर सबसे पहले जीप में बैठ गई थी। जिलुभाई को भी मेले में तो जाना था। मात्र मनजीबापू के भय के कारण उससे कहा नहीं जा रहा था। भाभी ने उसे भी प्यार से साथ में ले लिया। जीप फाटक के बाहर निकली तब तक मनजीबापू सीख-सिफारिश करते रहे : "बहूजी, कह रहा हूं, पूरा घर परिवार साथ लेकर निकली हैं, परंतु जरा संभाले रहना! यह तो अकालग्रस्त प्रदेश है। मेले में तो सारी ही बलाएं एकत्र होती हैं...। और जैसे किसी अनहोनी का पूर्वाभास हो गया हो, वे खूंटी पे टंगी माला फेरने लगे थे... उस समय तो बापू की बात सब ने हंसकर टाल दी, परंतु दिन भर रंग रंगीला मेला देखकर लौटते समय बीहड़ रास्ता खाऊं-खाऊं करता सामने आया तो सब के ही प्राण हवा में लटक गये। जोरूभा फुल स्पीड में जीप भगा रहे थे। रात पड़ गई थी। रास्ता सुनसान, निर्जन था। कौन जाने क्यों भाभी के मन की अकुलाहट का पार नहीं था...।

"हम लोगों ने गलत रास्ता तो नहीं पकड़ लिया है?" भाभी ने अपनी शंका जतलायी उससे पहले तो गलियारा रोककर मदहोश बने चार डफेर जीप के सामने दीवार बनकर खड़े हो गये थे।

"कौन है?" उनमें से एक सख्तीभरी हुंकार के साथ स्टीयरिंग पर हाथ रखकर बोला था : "माल रख दो, दरबार! और चुपचाप चलते बनो अपने नसीब को कोसते हुए!"

दूसरे ने जीप के पिछले भाग में बत्ती का प्रकाश फेंका और वह किलकारी कर उठा : "माल तो आगे नहीं, पीछे है!" जानबूझ कर महिलाओं को जोरूभा ने जीप की पिछवाड़े की सीट पर बिठाया था।

भाभी और वीणा खरगोशों की तरह कांप रही थीं। ननद-भाभी दोनों रूप के अंबार। दोनों जाने उभरते यौवन के अक्षय पात्र!

जोरूभा समय को पहचान कर गिड़गिड़ाने लगे : "क्यों परेशान कर रहे हो भैया! हम तो मेला देखने आये थे कोई सेठ-साहूकार नहीं हैं हम, रामपुर के गरासिया हैं। जाने दीजिये न, यार!"

"हाथ आया शिकार जाने दें?" उस टोली के सरदार ने जोरूभा की मासूमियत पर हंसकर कहा : "जाने भी देंगे, पर एक शर्त पर! कहो, मंजूर है?"

"मैं आपके आगे झोली फैला रहा हूं। कृपा करके हमें जाने दीजिये।" चंद्रिका भाभी ने आंसू-भरी चिरौरी करते हुए कहा था, "जरा हमारी इज्जत का तो ख्याल करो...! खानदानी राजपूत घराने की हम जवान ननद-भाभी जो हैं।"

पत्थर पिघले तो शायद पिघल जाय। पापी थोड़े ही पिघलते हैं? उस शैतान लुटेरे ने बेशर्मी से उसका हाथ पकड़कर कहा था : "सुंदरी! इन सबको जीवित जाने देना चाहती है तो उतर जाओ नीचे! या फिर अपनी इस कुंवारी ननद को ही उतार दो!"

जोरूभा की आंखों में आग भभक उठी थी। वे प्राणों की बाजी लगाकर लड़ लेते, परंतु भाभी ने ही उन्हें रोका था, "आप को मेरी सौगंध है, बापू! जरा समय को परखना तो सीखें! ये चार जने हैं। आप अकेले हैं, क्या अर्थ है इनके साथ मुठभेड़ करने का? और देखें तो सही, इनके पास तो... ।"

हाँ, उनके पास बंदूके थीं। गिनती के क्षणों में तो जोरूभा की छाती छलनी हो गई होती। भाभी की बात ठीक थी।

"परंतु, परंतु..." जोरूभा तुतलाये। डफरे ने जोर से एक चपत फटकारी । फिर अपनी अंतिम शर्त रखते हुए बोला : "दरबार! हमारे और बहुत काम हैं! इन दो में से हमें कौन-सी आइटम सौंप रहे हैं, बोलो? आप दरबार हैं, इसलिए निश्चित करना आप पर छोड़ रहे हैं।

हमें भी आप का मान तो रखना पड़ता है न?"

– वह उनके सीने पर बंदूक की नोक रखकर हंस रहा था, ठीक किसी हिंदी फिल्म के खलनायक की तरह।

जोरूभा पर तो जैसे बिजली गिर पड़ी। "मैं दस गिनता हूं, तब तक आप तय कर दें। और सुन लें, थोड़ा भी आगे-पीछे हुए, तो आपकी नजर के सामने इन दोनों ननद-भौजाई की इज्जत लूट लेंगे – बारी-बारी से, और एक गिन कर इस दुनाली में जितनी हैं उतनी गोलियां इस बच्चे और आपके कलेजे में पिरोदेंगे। समझ गये न?"

फिर उसने गिनती प्रारंभ की थी : एक...दो...तीन...चार...पांच...

और अचानक चंद्रिका ने जोरूभा के पैर पकड़ लिये थे, "मुझे क्षमा करें! आप के और मेरे दाना-पानी आज पूरे हो गये हैं...अपनी नन्हीं ननद की शील-रक्षा के लिए मुझे फना हो जाने दीजिये, बापू!"

जोरूभा का सांस घुटने लग गया था। वह पैरों पड़ रही विवाहिता पर ढेर होकर गिर पड़े थे।

"मैं तुम्हें कैसे जाने दूं चंद्री! तुम्हें इन कलमुंहों के हवाले करने की अपेक्षा तो मैं मरना पसंद करूं... आखिर अग्नि-देवता की साक्षी में तुम्हें ब्याह कर लाया हूं–चाहे कैसा भी मोल चुकाना पड़े, तुम्हारी रक्षा करना मेरा धर्म है...और तो क्या, मुझे ये लोग मार देंगे यही न? – तुम्हारे बिना तो जीवन का अर्थ ही क्या रह जायगा मेरे लिए?" उस क्रूर लुटेरे ने उन्हें धक्का मारकर गिरा दिया था, और वे होश खो बैठे थे।

फिर चंद्रिका भाभी ने लाशें गिरती रोकने के लिए अपना सर्वस्व होम दिया था। वह सरदार 'दस' बोल पड़े उसके पहले तो उसने अपना निर्णय प्रकट कर दिया था : "मैं आपके साथ चल रही हूं। मेरे बेहोश पति, मेरी इस मासूम ननद और मेरे इन लाड़ले देवर को ठेठ रामपुर के सिवाने तक पहुंचा आइये...।"

– उन हरामखोरों ने भाभी को अपने काबू में कर लिया था। भाभी ने आंसूभरी आंखों से अपने महकते संसार को विदा दे दी थी, " जिलुभाई, कभी याद आ जाऊं, भूले-चुके तो रोना नहीं! यों समझ लेना कि भाभी को मार्ग में सांप काट गया था...और वीणा-मेरी प्यारी ननदी – तुम घर पहुंच कर सब को मेरी ओर से हाथ जोड़कर राम-राम कह देना...बुरा मत मानना बहन, हमारे खानदानी कुटुंब की आबरू के लिए मैं आप सब का त्याग कर रही हूं... चलो, जैसी माताजी की मरजी! और जैसा मेरा भाग्य!"

एक पूरा चित्रपट जिलुभाई की आंखों के सामने से गुजर गया। दस-दस बरस बीत गये उस बात को। जोरूभा तो उस क्षण बेहोश हो गये, जो फिर सही अर्थ में तो आज तक होश में आये ही नहीं। सूनी नजर से उजड़ गये उस जीवन-बाग की महकती खुशबू सूंघते हुए फिर रहे हैं और आधी रात को आकाश से गिरता कोई तारा देखकर अचानक किलकार उठते हैं : "जिलू, देख...देख, देख तेरी भाभी तो आकाश की अप्सरा बन गई है। देखा क्या?"

उन्हें दुनिया की कोई दवा होश में नहीं ला सकती।

...और वीणा बहन कैसी हैं? उन्हें खानदानी घर तो मिला है न?"

"मिला है, भाभी!" जिलुभाई ने शरीफा का हाथ चूम लिया। और आगे कुछ बोले उससे पहले तो कासम दूसरे ग्राहक को लेकर आ पहुंचता था, "चलो, जल्दी करो!" कहता हुआ वह कड़कती आवाज में शरीफा के सामने देखकर बोला, " ये भी धंधा करने का कोई तरीका है?"

चुपचाप खड़ी होकर शरीफा ने नये ग्राहक का सत्कार किया और जिलुभाई को प्रेमभरी नजर से विवशतापूर्ण विदा देते हुए बोली : "कलकत्ते में कितने दिन रुकेंगे?"

“एकाध सप्ताह तो रुकूंगा ही!”

“अवश्य आना...! मुझे पेट भर कर बातें करनी है...”

जिलुभाई भारी पैरों से निकला। जाते-जाते विश्वास छोड़ता गया, “आऊंगा भाभी! जरूर आऊंगा...!”

दुआ

जमीन किसी प्रेम दीवानी नारी के हृदय जैसी नरम पड़ गई थी। पैर रखने से पहले ही विचार करना पड़ता है : न हो कहीं धंसी रह गयी तो?

रेशम को लगा : तब तो मुसीबत हो जायेगी। यहां तो आवाज भी किसे लगाई जाय? और आता-जाता कोई देख लेगा तो संदेह करेगा : क्या कमाई करने के लिए ऐसी भीगी मौसम में बाहर निकली है बाई जी!

रेशम ने कपड़ों को ऊंचा उठाया। संभल-संभल कर डग भरने लगी। जमीन आरपार फूट चुकी थी। जहां थोड़ी कठोर लग रही थी, वहीं साथ ही फिसल पड़ने का भय लग रहा था। चारों और डबरे भर गये थे। रास्ता टूट गया था। जरा-सी भी नजर चूकी नहीं कि धम-से पानी के भंवर में! अभी पिछले सप्ताह ही बंध रही तालाब की पाल (किनारा) बरसात के साथ बह गई थी।

रेशम ने तालाब की ओर देखा : इस पिछले बुधवार को तो एक बूंद भी पानी नहीं था और इस तरह रातोंरात यह दरिया कहां से भर गया! — उसका तालाब में डुबकी लगाकर तरमतर हो जाने का मन हो आया, परंतु अगले ही क्षण छाती में एक भारी विश्वास भर गया और वह चुपचाप आगे बढ़ी।

तालाब के सामने वाले किनारे पर जुम्मन शाह पीर की दरगाह की

हरी ध्वजा दिखाई दे रही थी। वृक्षों के बीच गड़ चुकी वह दरगाह पूरे प्रदेश में प्रसिद्ध थी।

पीर बाबा का जबरदस्त सत था। खरे मन से आंचल फैलाकर मांगनेवाले की मनोकामना पूरी होती थी। मांगने वाला मांगते समय झिझक जाय; बाकी पीर बाबा देते हुए झिझकने वाले नहीं थे।

रेशम को जल्दी लगी हुई थी। उसे कुछ ऐसा मांगना था, जिसे इन पीर बाबा को भी देते हुए दो बार विचार करना पड़े। परंतु रेशमा से अब अधिक ठहरा नहीं जा रहा था, पीर बाबा उसकी मांग कबूल नहीं करेंगे तो उनका भी सत तो परख लिया जायगा न?

रेशम भले ही इसका ढिंढ़ोरा न पीटे, बाकी अपने आप को तो पीर बाबा के खोखले प्रभाव के संबंध में अवगत करा सकेगी न? और एक खुदा का बंदा (औलिया) उसके जैसी कच्ची उम्र की छोरी के आगे शर्मिंदा हो गया, बस यही बहुत है! उसके सत की कसौटी हो चुकी गई समझें!

रेशम के जबरदस्त शौर्य चढ़ा हुआ था। आखिर लहू तो ठाकुर का न!

रणचंडी की तरह मरने-मारने को उतारू होती वह पीर बाबा की दरगाह की ओर आगे बढ़ रही थी।

पिछले सप्ताह के दौरान आकाश जी खोल कर बरसता था। भयानक अकाल के जबड़े में पहुंचे उस गांव पर ही जैसे मेघ राजा ने अपनी कृपा बरसा दी हो। वैसे अभी मुल्क पूरा-का-पूरा सूखा पड़ा है और यहां तो तालाब टूटने को हो रहा है, इस पहले आगमन के साथ ही।

रेशम फिसलते-फिसलते मुश्किल से बची। "तुम्हारा सत्यानाश हो!" उसने बरसात को शाप दिया।

पिछले सप्ताह तो इस तालाब की पाल के ऊपर कम से कम एक हजार लोग काम पर लगे हुए थे। धुआंधार काम चलता था। पहले सड़क बनी, फिर नाले बने और अंत में सरकार ने इस तालाब का काम प्रारंभ किया था। जीपों की धूल उड़ती। बड़े-बड़े अधिकारी दौड़-धूप करने में जुट जाते। आखिर में जो छाछ की प्याऊ शुरू हुई तब तो राज्य के मंत्री आये, मंत्री आने से पूरे गांव में घर-घर में विवाह होने जैसी खुशी छा रही थी।

यह कलमुंहा मेह कहां से आ गया कि आते ही पूरे गांव की जीविका ही इस तालाब की नयी बंधी हुई पाल की तरह बलात् खींच ले गया अपने साथ!

रेशम को जबरदस्त गुस्सा आ रहा था।

उस सांझ को आकाश में बादल घिर आये और पूर्व दिशा का पावन चलने लगा। तभी उसे वहम तो हो गया था : अब यह थोड़े दिन? बरसात हुई नहीं कि –

– और पठान को भी चिंता तो हो ही गई थी। बरसात हुई नहीं कि तुरंत ही ये राहतकार्य बंद और अपनी यह रासलीला भी बंद! पठान ने उदास चेहरे से कहा था : "रेशम, अब कहां मिलेंगे? ये राहत कार्य तो आज-कल में ही बंद हुए ही समझो...फिर तो..." और वह व्यथित जीव आकाश की ओर विवश दृष्टि से ताकते हुए बोला था : "मुझे लगता है – अब हम कभी नहीं मिल सकेंगे!"

पठान का भय झूठा नहीं था। ठाकुरों का गांव और वह भी फिर तहसील के एकदम किनारे आया गांव : पठान लाख चाहता हो तो भी यहां वह बेचारा आये भी तो किस बहाने? और न हो, कदाचित् कोई कारण निकल ही आये – परंतु इससे मतलब थोड़े ही सिद्ध होने वाला था? रेशम उससे मिलने के लिए थोड़े ही पंचायत की चौपाल में आ सकती थी?

दोनों जने समाधान-विहीन घबराहट महसूस कर रहे थे।

पठान के चेहरे पर दुहरे अकाल से ग्रस्त आदमी के चेहरे जैसी खिन्नता छाई हुई थी।

जीवन में कभी भी अनुभव में नहीं आई अकुलाहट उसे उस शाम महसूस हो रही थी। उसकी आकुलता का पार नहीं था। मुश्किल से दो बरस हुए, कितनी-कितनी सिफारिशें लगवाने के बाद उसे यह दो पैसे सुख से मिल जाये ऐसी नौकरी मिली थी। घर में विधवा मां और छोटी उम्र की तीन बहनें आशाभरी नजर से पठान की तनख्वाह की बाट जोहती रहती थीं।

पठान तहसीलदार के ऑफिस का कर्मचारी था। गरीब घर की अल्लाबेली ने पीड़ा (आर्ति) सुनी कि तभी पूरे प्रदेश पर दुश्काल की दाह फैल गई...थरथराती आवाज में मां पूछती : "बेटा, अकाल में कहीं तुम्हारी नौकरी तो..."

हंसकर पठान उसे धीरज बंधाता : "एकदम पागल है! उलटे अकाल में तो बिना नौकरीवाले को नौकरी मिलती है...तू देखना अम्मा, हजारों गरीब-गुरबों को सरकार के राहत कार्यों के नाम पर रोजी मिलेगी। तू नाहक ही चिंता कर रही है!"

और थोड़े ही दिनों के पश्चात् अपनी भविष्यवाणी सच्ची होती दिखी तो विधवा माता को रोब से उसने कहा था : "अम्मीजान, तुम्हारा हुसैन कल से रंगपुर के राहतकामों की देखरेख संभालेगा! तुम्हारे हुसैन के हाथ नीचे हजारों मेहनतकश मजदूर अपनी रोजी कमाने लगेंगे! दुआ कर!"

"दुआ! मेरे हुसैन खां बेटे को खुदाताला होशियार रखे! मेरे बेटे के हाथों दीन-दुखी जीवों के लिए, अबोल जानवरों के लिए खैरात करवाये!" कहती हुई उसकी मां ने उसकी बलायें ले-लेकर पठान को

उसकी नई ड्यूटी पर रवाना किया था।

उसके पश्चात् एक दिन तेज धूप की दोपहर को सिर पर मिट्टी की तगारियां ढोती रेशम चक्कर खाकर धरती पर गिर पड़ी तब पठान अपना हाजिरी रजिस्टर पड़ा छोड़कर दौड़ गया था उसके पास। रेशम को पानी भी अपने हाथ से पठान ने ही बूंद-बूंद करके पिलाया था। दूसरे मजदूरों को काम पर चलते रहने की सूचना देकर रेशम को उसने दिन भर दरगाह की गहरी छाया में आराम करने की छूट दे दी थी। अंत में दिन ढलने पर रेशम को आराम हुआ तब चेहरे पर आर्द्रता लाकर पठान ने उससे कहा था : "पीर बाबा से कब से प्रार्थना कर रहा हूं। आखिर उनने दुआ की है!"

"रेशम की आंखों में रेशमी मुस्कान फैल रही थी। करूणा मृदुल हंसी के साथ उसने कहा था : "साहब आपने इतनी चिंता नहीं की होती तो आज मैं मर ही गई होती...तीखी धूप में मेरे प्राण ही निकल गये होते...।"

रेशम को पता है : उन दिनों वह रजस्वला थी। ठीक सबेरे से चक्कर आ रहे थे, तो भी हाजिरी लग जाय उस लालच से वह तालाब तक बरबस आ गई थी।

पठान ने उसे दो-तीन दिन आराम करने की सलाह दी थी। उसने कहा था : "रेशम, तुम निश्चिंत रहना। तुम्हारी हाजिरी लग जायेगी। और सुन, दवा-दारू करवाना!" बीस रुपयों का नोट पैंट की जेब से निकालकर देते हुए उसने कहा था : "ये पैसे तुम्हारी तनख्वाह में से नहीं काटूंगा, समझी?"

उस शाम को रेशम अपने घर की ओर जा रही थी, तब उसके दिलोदिमाग की दरगाह में एक नया औलिया धूनी जगाकर बैठ गया था। एक पल को भी उसकी याद नहीं हटती थी। उसके उपकार का भार भी जैसे कैसा हल्का फूल! और उसकी वाणी? वाणी नहीं, साक्षात्

ही जैसे धूपबत्ती का धूप! रेशम को उसके बाद की तीन रात तक नींद ही नहीं आई।

फिर तो पठान उसका पीर और वह पठान की –

"रेशम, तुम्हें रेशमा कहूं तो अच्छा लगेगा न?"

"जो कहना हो वह कहो न!" रेशम थोड़ा-थोड़ा हंसी थी। फिर फड़कते होठों के बीच जो बैन दब गये थे वे ये थे – "स्त्री के तो उसका आदमी ही उसका धरम!"

पठान रंग में आ गया था। साहस करके पूछ बैठा था – "मेरी साथ निक्का पढ़ेगी?"

और दुगने जोर के साथ रेशम टहूकी थी : "निक्का-मक्का सब कबूल!" और फिर शरमा कर दौड़ती हुई जा पहुंची थी अपने काम पर।

पठान ने खुदाताला का शुक्र अदा करते हुए कहा था : "परवरदिगार! तेरी रहम बेशुमार है...दुआ कर, दुआ कर!"

दरगाह का फाटक आ गया। रेशम ने देखा : वीरान जंगल में एक पीर बाबा के अलावा चिड़िया भी नहीं दिख रही थी। सबेरे-शाम कोई मौलवी अगरबत्ती कर जाता, इतना भर। कौन खाली था पीर बाबा की चाकरी करने के लिए! लोग तो सब स्वार्थ के सगे। अभी उर्स आयेगा तब जैसे चींटियों का बिल छलक उठेगा। इतने लोग उमड़ेंगे कि दरगाह में पांव रखने की जगह नहीं बचेगी। और दिनों में तो पीर बाबा बेचारे अकेले-अकेले हवा खाते रहते हैं इस तालाब के सुनसान किनारे पर।

यद्यपि इस वर्ष सप्ताह-भर पहले पीर बाबा की सार-संभाल जरूर ली जाती रही। खरे दिल से ली जाती रही। पठान को पीर का पक्का भरोसा था। वह नित्य पीर बाबा की मजार पर फूल चढ़ाता। घंटों बंदगी गुजारता। फिर आंखें खोलकर दोनों हाथों से दुआ मांगता : "बाबा, रहम कर, रहम कर! रेशम के साथ मुहब्बत हो गई है! तेरे

बिना मेरा और कोई मददगार भी कौन हो सकता है? ये पाक मुहब्बत है, बाबा! तूने तो अपनी नजरों से देखी है...”

पठान की आंखें भीग जातीं। रेशम से यह सहा नहीं जाता तब वह भी चुपके-चुपके रो लेती। बरसात हुई कि अगले ही दिन से राहतकार्य बंद कर दिये गये थे।

पठान कोई भी बहाना बनाकर गांव में अवश्य आयेगा, इस आशा के साथ रेशम कान लगाकर दिन भर बैठी रहती। अभी जीप आयेगी, और फाटक पर खड़ी रहेगी। पठान जीप में से उतरकर अमरसिंह ठाकुर का घर पूछता-पूछता मुहल्ले के किनारे उस विहत देवी के मंदिर के समीप आकर खड़ा हो जाएगा, और मैं दौड़ती हुई अपने कमरे के बाहर पहुंच जाऊंगी। उसका चमचमाते चेहरे से स्वागत करूंगी; चारपाई बिछाकर बैठाऊंगी। फिर अपनी मां से कहूंगी : साहब आए हैं। तहसील से पधारे हैं! मां उनके लिए चाय चढ़ाने को कहेगी और मैं उमंग के साथ कड़क मसालेदार चाय बनाकर...

परंतु ऐसा कुछ भी नहीं घटा। सप्ताह बीत गया किंतु गांव में एक भी जीप नजर नहीं आई।

रेशम की अकुलाहट का पार नहीं था : क्या कभी भी नहीं आयेंगे? इतना-इतना सद्भाव, इतना-गहरा प्रेम...! वह सारा घुल गया इस पहली बरसात के साथ ही? उस तालाब की पाल की तरह यह भी धंस गया सारा-का-सारा – ‘भड़ाभड़’ आवाज के साथ?

– रेशम का मन मानने को तैयार नहीं था।

ऐसा तो हो ही नहीं सकता; यों कोई घोर कलियुग तो अभी तक आ नहीं पहुंचा है!

फाटक खोलकर वह भीतर घुसी। पूरी दरगाह महक-महक उठती थी। किसने किया होगा धूप इस ठीक दोपहर की बेला में?

रेशम ने कौतूहल से मजार की जाली में भांक कर देखा : भीतर तो कुछ भी नहीं था। पीर बाबा भी दोपहर की नींद का आनंद ले रहे थे। सब-कुछ शांत था – एक इसके मन के सिवा!

उसने पीर बाबा को हाथ जोड़े।

उसे याद आया : पिछले तीन-तीन महीनों लगातार पठान ने पीर बाबा की बंदगी गुजारी थी। दिन में पांच वक्त नमाज अदा की थी। और हरेक बार मात्र एक ही दुआ मांगी थी – मेरी रेशम मुझे मिला दो, पीर बाबा। मुझे कुछ भी नहीं चाहिए!

रेशम को कितना-कुछ याद आ गया था!

दिल को मजबूत करके वह निकली तब मनपूर्वक संकल्प करके निकली थी : आज तो इस पार अथवा उस पार...बस, आज तो पीर बाबा के आगे आंचल फैलाकर कह देना है – बाबा, इस बरस तो बरसा, परंतु अगले बरस जरूर अकाल पटकना : एक तुम्हारी इस रेशम के लिए – इस गरीब बेटी के लिए! दुश्काल नहीं पड़ेगा तो वह कभी वापस नहीं आ सकेगा...बाबा, इतनी अरज कबूल करोगे न?

कौन जाने वह सब कैसे विस्मरण हो गया। पीर को सत की शूली पर चढ़ाने आई हुई रेशम के पैर ढीले पड़ गये। पता नहीं, उसका क्रोध कहां गायब हो गया...! और आंख मींच कर वह बोल उठी : "सब का भला करना, बाबा! बरसो-बरस ऐसा मेह बरसाना...लोगों के घरों में कोठियों में नहीं समा सके इतना अनाज पकाना... ।" और पलक खोलते-खोलते हल्का विश्वास छोड़कर उसने कहा : "मेरा तो जो होना होगा वह होगा, परंतु गांव पूरे का भला करना!"

और फिर भीतर के किसी गुप्त उत्साह के साथ अपने घर की ओर वापस मुड़ी कि अचानक उसे पश्चिम दिशा से आती हुई जीप की रेत के टीलों से उठती घर् घर् घर्र आवाज सुनाई पड़ी। हर्ष-विह्वल हरिनी की तरह रेशम गांव की चौपाल की ओर दौड़ पड़ी।

डला

अधखुली खिड़की से झांककर उसने बाहर की दुनिया को उड़ती नजर से देखा उस समय एक बजने में दस मिनट बाकी थे। पूरा गांव गहरी नींद में सो रहा था जबकि उस की आंखें पलक तक नहीं झपक पा रहीं थी। डला की लाल-सुर्ख हुई दृष्टि अंधेरे में देर से उगे चंद्रमा के प्रकाश से शीतल हो, न हो कि इतने में आप्तजन की मृत्यु पर आक्रंद कर रही शोकाकुल कुलवधू-सी 'मेवाड़ की रानी' प्रांतिज स्टेशन पर रूकी और देखते-देखते रवाना हो गई।

डला को उसकी जीजी ने सख्त हिदायत दे रखी थी : जब तक हम वापस नहीं आएं तब तक, यदि तूने दरवाजे की चौखट भी लांघी तो तुझे रामापीर की सौगंध है! अकेली रामापीर की सौगंध दिलाई होती तो डला उसे कुछ नहीं मानती। उसकी जीजी को डला के लक्षणों का पता न हो, ऐसा थोड़े ही हो सकता है? उसके रोम-रोम को वह जान चुकी थी। इसीलिए तो जाते-जाते डला को उसने उसके इकलौते, लाड़ले छोटे भाई की भी सौगंध दिलवा दी थी। और बाद में रोती-रोती कहती गई थी : मुआ वह तो नाम कटवा कर चला गया, पर उसने जो भी किया सो किया आखिर वह लड़का है। उसकी काली करतूतों से उतनी बदनामी नहीं होगी...! परंतु बेटा, भूल से भी तूने यदि उसके जैसे काले कारनामों वाली राह पर कदम भी बढ़ाया तो मुझे और तुम्हारे पिता को गाड़ी के नीचे कटकर ही मरना पड़ेगा!

डला को 'मेवाड़ की रानी' के घुंघरू दूर-दूर तक जाकर शांत होते

सुनाई पड़े। जीजी के हृदय की व्यथा याद आते ही वह ढीली पड़ गई थी। ऐसे बच्चे भला किस काम के जिनके कि कारण मां-बाप को गाड़ी के नीचे कट कर मरना पड़े! उसे मन-ही-मन बड़ी ग्लानि हुई राणा ने कोई अच्छा तो किया ही नहीं। उसके कारण बेचारे मां-बाप को कितना सहन करना पड़ता है...!

दो दिन पहले वाला वह दृश्य उसकी आंखों के सामने सजीव हो उठा जब पुलिस की जीप से आये उस जमादार ने उसकी जीजी की चुटिया पकड़कर उसे खींचते हुए घर में से निकाला था। यदि नुक्कड़ की दुकानवाले बाबूभाई ने तुरंत बीच-बचाव कर रास्ता न निकाला होता तो आज उसकी जीजी बेचारी जेल की सीखचों के पीछे होती। राणा यह सब कहां देखने आनेवाला था?

उसे राणा के कृत्य पर नफरत हों आई। जवानी के जोश ही जोश में वह घर को तो समूचा भूल ही गया था। उसे मां-बाप की अथवा विवाह योग्य बहन की जैसे चिंता ही नही थीं – चिंता होती तो ऐसा कदम उठाता ही नहीं न! डला उदास हो गई। उसने खिड़की में से नजर हटा ली। घड़ी भर के लिए उसने अपने भीतर की ओर झांका। इस पूरी रामकहानी के मूल में तो वह खुद ही थी न! अकेले राणा को दोष देने से छूटा थोड़े ही जा सकता था?

सूने-सूने घर में देर आधी रात के समय डला के हृदय में जैसे बवंडर जाग उठा था।

***

राणा ने जिस दिन से पल्लाचर के मुखिया खोडा शामल के ट्रेक्टर पर ड्राइवर के रूप में काम करना प्रारंभ किया उसी दिन से डला का मन मुखिया के एकमात्र पुत्र भोगीलाल के इर्दगिर्द मंडराने लगा है। उसने भोगीलाल से कभी कहा नहीं, और न ही भोगीलाल ने उसके साथ ऐसी कोई बात की तो भी दोनों एक-दूसरे को इस सीमा तक चाहते हैं कि बस, मत पूछो बात!

सही पूछें तो भोगीलाल ने अपने ट्रेक्टर का स्टीयरिंग जिस दिन राणा के हाथ में सौंपा, उस दिन से ही सारे खानदान की मानों अढैया ही बैठ गई थी...।

अन्यथा कहां डला और कहां भोगीलाल! और इससे भी आगे बढ़कर कहना हो, तो मुखिया की चुलबुली बिटिया रमीला कहां और डला का रोकड़िया हनुमान-सा भाई राणा कहां!

डला को लगा – इसे ही कहते हैं किस्मत का खेल! पहले-पहले कौन किसके प्रेम में पड़ा, इसका इन चार जनों में से किसी को भी पता नहीं था। बल्कि पूरे प्रदेश में किसी को सपने में भी ख्याल नहीं था कि रमीला जैसी सुशील और खानदानी घराने की लड़की एक दिन सबको सोते हुए छोड़कर तीन कौड़ी के ड्राइवर के पीछे पागल होकर अपनी सात पीढ़ी की आबरू मिट्टी में मिला देगी...! कुछ भी हो फिर भी वह चौताले के चौधरी खोड़ा शामल की बेटी तो थी!

यों तो राणा भी कहां गोलों की औलाद था? जरा परिस्थिति विषम थी इतना ही, अन्यथा वह भी अपने चौताले के एक गण-मान्य परिवार की संतान था। और डला तो...डला घड़ी भर के लिए 'भीतर' उतर गई। आदमी जब अपने ही भीतर धंस जाता है तब उसे अपनी असली गहराई का आभास होता है। डला को घड़ी भर पहले भोगीलाल की तुलना में अपने बारे में जिस क्षोभ की अनुभूति हुई थी, वह उसी तरह पलभर में विलीन हो गई जैसे सीलनभरा वस्त्र अंगीठी पर रखते ही सूख जाता है। उसके पिता के पास दहेज के लिए कदाचित् पैसे कम पड़ सकते हैं; किंतु उस कमी को पूरी कर सकने वाला अथाह रूप उसके पास है, उसका क्या कहा जाय?

उसके रूप की चर्चा चारों ओर फैल रही थी। रूप का ख्याल आते ही उसका रोम-रोम प्रदीप्त हो उठा। एक भोगीलाल के अलावा किसी को भी उसने अपने पास तक नही फटकने दिया था। और भोगीलाल

पर भी कोई उसके महल-महलात अथवा ठाठ-बाट देखकर वह मोहित नहीं हुई थी। उसे अंतर की गहराई से वह आदमी कुछ चाहने योग्य लगा था।

अन्यथा-अन्यथा डला उसका नाम जो था! कोई उसकी ओर आंख उठा कर तो देखे!

उसने फिर एक बार अधखुली खिड़की के बाहर दृष्टिपात किया। घनघोर काला आसमान टूटने को हो रहा था। चंद्रमा का प्रकाश बादलों की ओट में आ चुका था। उसे समझ में नहीं आ रहा था कि ऐसी भीनी-भीनी रात में दुर्भाग्य का निरा भोगीलाल उससे मिलने के लिए दौड़ा आने के बदले निरा बावला होकर रात के समय भागे हुए उन प्रेम-पंछियों के खून का प्यासा होकर, क्यों बन-बन भटक रहा है! मुआ यों ही जंगल-जंगल, बीहड़ों की खाक छानते हुए दिन रात भटकता फिरेगा, तो भी वे दोनों जने उसके हाथ थोड़े ही आने वाले हैं! उनने जिस घड़ी पूरी तरह घर-बार छोड़कर, बल्कि आबरू को चौबाटे पर रखकर भागने का निर्णय लिया होगा, उस वक्त भोगीलाल की टांगों में कितना जोर है इस बात का अनुमान भी लगाया तो होगा ही न! ऐसा भी हो सकता है कि रमीला को उसके भाई के 'लफड़े' का अहसास हो गया हो। डला को कंपकंपी छूट गई।

इतना-इतना गुप्त रखने की चेष्टा की तो भी –

उसे अकस्मात् वह कहावत याद हो आई : पाप तो कितना ही ढकने पर ढका नहीं जा सकता। किसी-न-किसी दिन वह छप्पर चढ़कर –

आसमान में एक जबरदस्त कड़ाके की आवाज हुई! डला हिल उठी। "ओ मां...रे!" उसके मुंह से चीख निकल पड़ी। उसको सूना-सूना एकांत जैसे काट खाने को दौड़ रहा था।

कहां के कहां भटक रहे होंगे मुए बदनसीब जीव!

फिर से वह राणा और रमीला की चिंता में डूब गई।

भय था तो उसे इतना ही : सिरफिरा भोगीलाल बेचारों को गोली से न उड़ा दे, तो ठीक!

यद्यपि राणा को सामने छाती ठोंक कर ललकारने का तो स्वयं भगवान का भी सामर्थ्य नहीं था। मारना हो तो उसे छलपूर्वक पीठ पीछे वार करके ही मारना पड़े।

डला के लिए तो राणा और भोगीलाल बायीं-दायीं आंखों सरीखे थे। एक के भी चोट लगना उसके लिए सत्य नहीं था। एक ओर सगा मां-जाया भाई था; दूसरी ओर...! डला सरमा गई। इतने घने एकांत में भी वह नीचे देखने लगी थी। अभी तक उन संबंधों को कहां कोई नाम रखा गया था! यद्यपि मन के मार्केट यार्ड में नोट किये गये सौदे का खुले बाजार में ढोल बजाने की आवश्यकता नहीं रहती।

पल्लाचार के मुखिया के लिए पूरा मुद्दा प्रतिष्ठा का प्रश्न बना हुआ था! उसकी मूल छाप तो थी औलिया आदमी के सदृश। परंतु ऐसा जानने के बाद भला बिरादरी वाले विघ्न संतोषी लोग चैन से बैठने देते हैं? भोगीलाल भी इतना जुनून में आ गया था, तो वह भी इन सबके भड़काने से। पिछले सप्ताह से वह चैन से बैठा ही नहीं था। स्पेशल जीप करके वह निकला है, तो निकल ही पड़ा है!

जाकर के भी कहां जायेंगे? जमीन में तो नहीं ही समायेंगे न! पाताल फोड़कर भी उन्हें पकड़े बिना नहीं छोड़ने वाला...! उसने उस दिन से कमर कस ली सो कस ही ली है! कौन जाने उसके सिर पर ऐसा भूत कैसे सवार हो गया था...।

– 'अब तो उस कलमुंहे को मुझे अच्छी तरह पाठ पढ़ा देना है। या तो वह नहीं या फिर मैं नहीं! इस पार अथवा उस पार...! अधिक

से अधिक उम्रकैद ही होगी। अरे, फांसी के फंदे लटकना पड़े तो भी क्या हुआ? आबरू तो वैसे भी चली ही गई है! और समाज के बीच शर्मिंदा होकर जीने की अपेक्षा बहादुरी से मौत को गले लगाना क्या बुरा है?

डला और उसके भोगीलाल के बीच तो योजनों का अंतराल पड़ गया था। परंतु उसकी अफवाहें तो सदैव उसके कानों में पहुंच रही थीं। किसी के बीच का रास्ता बताने की भी बात पहुंची है : इस सारे बखेड़े को तो मारो गोली और राणा की उस लाल-सुर्ख चुलबुली बहन को उठा लाओ!

बात सुनी, तब डला की रगों में लहू उछल रहा था। किंतु उस भोगीलाल ने तो, कहते हैं, ऐसी राय देनेवाले को बायें हाथ का चांटा जड़ दिया था!

"ऐसी बला को घर में डालकर मुझे चौधरी खोडा शामल की आबरू नीलाम नहीं करवानी है। समझे?"

बात सच्ची है अथवा झूठी, इसकी कोई ठोस जानकारी नहीं मिली तब तक डला कुछ भी मानने को तैयार नहीं थी। परंतु मुखिया के बेटे ने यदि रोष में आकर ऐसा कुछ अंडबंड बका हो तो डला के लिए वह सहन करना दुष्कर तो था ही!

वह खोडा शामल का बेटा होगा, तो वह स्वयं भी किसी साधारण कोख से तो पैदा नहीं ही हुई थी...!

भोगीलाल मिले तब कोई बात है!

डला ने मन-ही-मन गांठ बांध ली थी। अब तो वह लाख लल्लोचप्पो करे तो भी उसकी ओर वह देखने की नहीं! उसे गरज न हो, तो अपन को भी सामने जाकर उसके आगे औंधे पड़ने की क्या जरूरत है?

यद्यपि अंतर की गहराई में उसे भरोसा था, भोगीलाल इधर-उधर खाली बकबक करता है इतना ही, बाकी एक बार मेरी आंख से आंख मिली नहीं कि गोबर के लोंदे की तरह ढीला हो जायेगा, इसमें मीन-मेख नहीं। डला को मात्र उस पल की ही प्रतीक्षा थी।

इसीलिए तो कल उसने दुपहरी में लुक-छिपाकर घर के पिछवाड़े की दीवार की खिड़की पर खड़ी-खड़ी ही उस पल्लाचार वाले पशा रात को आवाज देकर निकट बुलाया था। रात थोड़ी देर के लिए मन-ही-मन झिझका तो अवश्य, किंतु डला जैसी कोई रूप सुंदरी बुलाती हो तो किसकी ताकत है कि उसकी अवगणना कर सके? डला ने दबी हुई आवाज में उससे कहा था, ''भोगीलाल को देखो तो कहना कि डला याद कर रही है!''

''भोगीलाल तो क्रोधाविष्ट होकर तुम्हारे भाई को ढूंढ़ने के लिए निकला है न? तुम्हें पता नहीं?'' चाहे कुछ भी हो आदमी अपनी असलियत जतलाये बिना रह सकता है?

डला ने भी उसे उसी प्रकार का चटका लगाया, ''अकेले मेरे भाई को ही? अपनी बहन को नहीं?''

रात बर्फ जैसा ठंडा हो गया था। बोला, ''आपकी बात भी मिथ्या तो नहीं है, है न!'' फिर धीरे-से पूरी तरह खिलते हुए पूछने लगा, ''कितने बजे आने का बोल दूं?''

''कहना न, पूरी रात पड़ी है, फिर घर में हूं भी अकेली...''

रात उत्साहित हो उठा। यह दुश्मन की बेटी अपनी ओर से भोगीलाल को संदेश भेज रही है। कैसा समय आया है...। रात मन-ही-मन बड़बड़ाया भी, या तो आज आधी रात को दूसरा जोड़ा भी 'मेवाड़ की रानी' में बैठकर फुर्र...और यों हिसाब बराबर!'

जाते-जाते उसने खुश होकर कहा था, ''जरूर भेज दूंगा! चाहे

जहां से ढूंढ़ कर भी! अरे, तुम्हारे लिए उसके खेत का चक्कर लगाना पड़ेगा तो भी लगा लूंगा, और क्या!"

जीजी ने जाते-जाते सख्त सौगंध दिलाई थी परंतु डला से नहीं रहा गया और वह...

परंतु उसने घर की देहली तो नहीं ही लांघी थी न! शाब्दिक अर्थ में तो उसने जीजी की दिलाई हुई सौगंध की पालना की ही थी। हाईकोर्ट में हलफनामा बनवाने गये उसके दुःखी मां-बाप वापस लौट आयें तो भी कल शाम तक बस से आयेंगे। उससे पहले अभागा भोगीलाल आकर मिल ले, तो उसे दो शब्द सुनाने में बुरा ही क्या था? कदाचित् पूरा प्रश्न ही हल हो जाय, ऐसा भी संभव है!

उसने तो मन-ही-मन तय कर डाला था। भोगीलाल के अलावा किसी के सामने आज तक उसने पलकें उठाकर नजर तक नहीं की थी। अब लुटने के बाद भय कैसा।

कह दूंगी : बदला ही लेना है न? चल, मैं पहल करके तुम्हारे पनसाल में घड़ा और हंडा उतार दूं, तो बात पूरी हो जायगी! व्यर्थ ही अपने जी को इतना आकुल-व्याकुल क्यों कर रहा है? अब इन दोनों जनों को अपने तरीके से जीने दे; और हम दोनों...

डला की उत्सुकता-भरी आंखों में कितनी-कितनी मधुर कल्पनाओं के मेघ धनुष रचे जा रहे थे!

यदि वह बहुत ऊंचा-नीचा हुआ, तो स्पष्ट शब्दों में सुना डालने की भी डला की तैयारी थी : लाख रुपयों का ट्रेक्टर उसके हवाले कर दिया था उस समय क्यों नहीं विचार किया था? पूरे गांव की छोरियां गौरी-व्रत के बहाने प्रांतिज के टॉकीज में पिक्चर देखने आती हैं – यह तुमसे छिपा है? और रमली तो हर तीसरे दिन उसकी बगल में बैठकर भाखरिया के बाजार से गुजरती थी। आगे होकर सुविधा दे दी, और

अब शोर मचाते हो, इस का कोई अर्थ है क्या?

डला को भरोसा था, भोगीलाल की इतना सुनते तो बोलती बंद हो जाएगी।

और फिर धीरे से डला उसके बाएं पार्श्व में ऐसी झीनी चिकोटी काटेगी कि वह देखता ही रह जाएगा! उसे झूठ और सच साफ-साफ नहीं दिखा दे, तो वह डली कैसी? फिल्मवाली नायिका ने उस रूड़ा सुधार को उलटे हाथ की थप्पड़ मार कर क्या कहा था।

क्या कहा था?

– रूड़ा जी, मेरे आने से तुम्हारी पनसाल को छूत लगती हो तो तुम ले आना अपने लिए ईडर के राजा की राजकुमारी! मुझे कोई तुम्हारी जागीर-जायदाद नहीं चाहिए...मैं तो अपने पीहर में बैठी-बैठी जिंदगी बिता दूंगी तो भी मुझे कोई ताना देनेवाला नहीं। परंतु तुम्हारी आबरू तो आज की तारीख में सरे बाजार लुट रही है...।

डला ने पूरा-का-पूरा डायलोग दीवार के सामने बोल-बोलकर कंठस्थ कर डाला था। कहीं अचानक भोगीलाल लुके-छुपे आ पहुंचे, और उसे उल्टी-सीधी छेड़छाड़ करके भाग छुटने की जल्दी हो तो कहने योग्य शब्द कहे बिना ही नहीं रह जाएं, इसी अंदाज से तो!

डला ने देखा : घड़ी में डेढ़ को टकोरा लगने की तैयारी थी। अब वह शायद ही आये। आया होता तो साढ़े बारह-एक के आसपास आ गया होता। वह निराश होकर आड़ी करवट हुई। उसकी अधुखुली खिड़की से सनसनाता हुआ पवन उसे जला रहा था। उसकी आंखें अंगारों की तरह तप रही थीं।

हृदय घुट-घुटकर आंखों के द्वारा चूने लगा था, परंतु उसकी आंख न लगी तो नहीं ही लगी।

अचानक ही घर की पिछली दीवार पर कुछ खड़खड़ाहट हुई और वह हक्की-बक्की होकर बैठ गई। वह चोर कदमों उसी खिड़की की ओर बढ़ी।

'डलू...'!

आवाज की मिठास पहचानने में उसे देर नहीं लगी।

"अरे..." वह बावली होकर दौड़ पड़ी।

परंतु उसके बाद क्या हुआ, इसकी उसे कोई जानकारी नहीं।

हां, उसे इतना पता अवश्य है कि सूरज चढ़ गया था और वह होश में आई, तब उसके अंग-अंग में भयंकर जलन हो उठी थी। उसे चक्कर आने लगे थे। आंखों के सामने लाल-पीले गोले बन रहे थे। एक नहीं, सात-सात चेहरे उसकी आंखों के सामने धुंधले-धुंधले से नजर आ रहे थे। उन सातों ही विकराल चेहरों के बीच धूर्ततापूर्वक हंसता हुआ भोगीलाल का चेहरा देखकर वह मन-ही-मन जल उठी : 'कलमुंहे, मैंने तुम्हें ऐसा तो नहीं समझा था!" उसने दुःखकातर स्वर में पूछ ही डाला : "यह भी कोई ढंग है बैर वसूल करने का? धिक्कार है!" और उसने गहरा विश्वास लिया। थोड़ी देर के लिए उसके मन में आया : खूंटी पर गलफांस लगाकर लटक जाऊं या फिर...

या...फिर रेलवे की पटरी पर सो जाऊं? हाय हाय रे! डला ने तो एक तुम्हारे अलावा किसी के साथ कभी...और तू ही ऐसा पापी निकला? उसे कुछ भी नहीं सूझ रहा था। विश्वासघात का आघात उसे इतनी गहराई में कचोट रहा था कि वह पागल होने की सी हालत में पड़ी-पड़ी विलखती रही। सात-सात हवसखोरों की भूख उसके रोम-रोम को दग्ध कर रही थी...।

देर तक ज्यों-की-त्यों पड़ी रहने के पश्चात् अचानक गली में कोलाहल सुनाई पड़ने लगा तो वह बड़ी मुश्किल से खड़ी हुई। अधखुली

खिड़की के पास जाकर तनिक कान लगाकर खड़ी रही, जहां उसने सुना : "बेचारा चाहे जैसा हो तो भी खानदानी घर का तो पक्का ही है न! सप्ताह भर से पूरी लगन और एकाग्रता के साथ अपनी बहन को ढूंढ़ने के लिए दौड़धूप कर रहा था। रांड भूतनी ने आखिर सगे भाई के प्राण ले लिये, और क्या?"

वह हिल उठी।

बाहर जा सकने जैसी उसकी हालत ही कहां रह गई थी? वह भीतर-ही-भीतर घुमड़ती रही।

आखिर शाम की बस में उसकी जीजी और उसका बाप वापस लौटे, तो सही हकीकत की जानकारी मिली।

"पाप का घड़ा फूटे बगैर रह सकता है?" उसकी जीजी उत्साहित होकर कह रही थी : "मेरे लाड़ले बेटे के खून का प्यासा होकर दौड़ रहा था – उसका बदला मिले बिना रहता? मुए ने खुद ही जहर पीकर...।"

आगे कुछ सुन सकने की तो डला में हिम्मत ही कहां बची थी?

"धत् बुद्धू!" उसके हृदय में टीस-सी उठी :

"ऐसा भी कोई पछतावा करता है!"

और फिर न जाने अचानक उसमें कहां से इतना जोर जाग गया कि वह मुट्ठियां बांधकर दौड़ पड़ी...उस रेल की पटरी को ओर...।

उस समय लौटती बार वाली 'मेवाड़ की रानी' का सिग्नल गिर गया था।

सम्प्राप्ति

एकाध घंटे के ध्यान पर्व की समाप्ति पर वह पूछ रही थी : 'कैसा लगा? कुछ अनुभूति हुई?' बाकी लोगों ने सिर हिला कर 'हाँ' कहा पर अजित सिंह सिर्फ मुसकुराये।

ब्रह्मलोक के दिव्य परिसर में पीपल के नीचे बैठ कर अमृत वेला में मधुर संगीत की सूरावली के संग परम चेतना से संबंध जोड़ने का सौभाग्य पुण्यशाली आत्माओं को ही मिलेगा। दुनियावी जीव इधर-उधर भटक कर महंगा मनुष्यावतार खत्म कर देंगे पर गलती से ऐसी जागती जगह की ओर मुड़ कर नहीं देखेंगे। चाहे दिन में इस दफ़ा इस आश्रम के दरवाजे के सामने से क्यों न गुजरते हों – भूल से भी, अंदर आना तो दूर की बात, झांक कर देखने भर की कोशिश नहीं करेंगे। कीड़ों की तरह जन्मान्तरों से रेंगते चले आ रहे हैं और आने वाले कई जन्मों तक उनका यही क्रम चलता रहेगा। दिव्यता से कोसों दूर भागते फिरते ऐसे ही दुर्भाग्य ग्रसित प्राणियों की दशा अजित सिंह राणावत भी भोगते रहते। पर उस दिन उन पर अचानक फरिश्तों की दुआएं उतर आईं। वे आश्रम के खिलाफ़ हित शत्रुओं द्वारा चलाई जा रही मन गढ़न्त मुहिम से उकता कर स्वयं ही तलाशी लेने आ गए। शायद उनके पूर्व पुण्य उदित हो गए! आश्रम के वायु मण्डल में पांव धरते ही उनको कुछ अलग-सा अनुभव हुआ। उनके जहन में प्रणव की गूंज प्लावित हो गई फूलों की खुशबू अंग-अंग से फूट पड़ी। आश्रम की अधिष्ठात्री स्वामिनी निहारिका तक पहुंचते पहुंचते वे आश्रम के रंग में इस कद्र

भीग चुके थे कि उसे देखते ही दण्डवत् मुद्रा में लम्बे हो गए। स्वयं इतने बड़े सरकारी अफसर थे, वह बात ही भूल गई।

'ऐसा नहीं करते। आप तो साहेब लोग हैं। मुझसे उम्र में भी बड़े हैं – शायद डबल!'

उसने दो कदम पीछे हट कर प्यार से पूछा था : कुशल तो हैं? आप के आने से आश्रम को गरिमा प्राप्त हुई है।

अजित सिंह लज्जित होकर सुनते रहे थे। एक-एक शब्द नाभि-कमल की महक से सराबोर था। क्या सोच कर आए थे और क्या हो गए थे। मन ही मन कड़ी उलझन महसूस कर रहे थे : इसी को चमत्कार कहते होंगे। चलो, एक तपस्विनी के दर्शन तो हुए! ईश्वर की कृपा ही समझनी चाहिए। या फिर कुण्डली देखकर पण्डित जी कहते थे न – ऐसा ही कोई खास किस्म का राजयोग। 'विपरीत राजयोग!' पहुंचे थे तलाशी लेने और चरणों में लौट गए!

'मुझे क्षमा कीजिए।' उन्होंने पश्चात्ताप करते हुए कहा था : 'मैं इन्कम टैक्स कमिश्नर हूं। आप के आश्रम की तलाशी लेने के इरादे से निकला था। यहां आकर न जाने क्या हो गया मुझे!' वे अफसोस व्यक्त करने के लिए उचित शब्द नहीं ढूंढ़ पा रहे थे।

'तो फिर शुरू कीजिए न अपना काम। यहां तो सब ईश्वर के नाम पर है। चाहे जितना टैक्स लगा दीजिए। यहां किसे फ़िक्र है? भरेगा भरने वाला।'

साध्वी निहारिका ठहाका लगा कर हँस पड़ी थीं : 'मैंने कुछ उल्टा ही समझ लिया। यहां तो लोग टैक्स देने आया करते हैं सो भी बिन बुलाए! साहेब लोग तो खास!'

अजित सिंह ने कहा : 'यह मैं नहीं मानूंगा। बुलावा आ जाता है – भीतर की गहराइयों से। अन्यथा पांव इस दरवाजे को पार ही न कर

सकते। देखिए तो – मैं कहां आने वाला था? कुछ संजोग ही ऐसा रचाया ऊपर वाले ने। आना ही पड़ा! और अब यह नौबत आ गई है कि जाने को जी नहीं करता। मेरा बस चले तो बस, यहीं बस जाऊं!'

'आपका स्वागत है। कुटिया चुन लीजिए! शहर के इन्कम टैक्स कमिश्नर हमारे मेहमान बनेंगे तो प्रसन्नता ही होगी। फिर तो मजबूरन लोगों को टैक्स चुकाने यहीं पर आना पड़ेगा! क्यू में खड़े रहेंगे बड़े-बड़े सेठ साहूकार!'

अजित सिंह ने हाथ जोड़ दिये। 'ऐसी क्यू से भगवान बचाए।' थोड़ी झिझक के साथ उन्होंने मन की बात बता दी : 'अब तो जी करता है, सब छोड़ छाड़ कर खुद मैं क्यू में खड़ा रह जाऊं। कभी तो कृपा बरसेगी!'

'कृपा तो हरदम बरसती रही है। आप यहां पधारे यही कोई कम कृपा हुई क्या?'

साध्वी ने सेवक को आवाज़ लगाई : जरा कमिश्नर साहब के लिए जलपान का प्रबन्ध करो। शीघ्र! बड़े लोगों के पास समय बहुत कम होता है!

'आप कृपा करें तो रात यहीं गुजारना चाहूंगा। अकेला रहता हूं। कोठी में नजरबंद रहने के बजाय आश्रम की कुटी में रह लूंगा। हो सकता है रात ही रात में कुछ प्राप्त हो जाय।' उन्होंने बड़े विनम्र भाव से कहा : 'आप को कोई तकलीफ लेने की आवश्यकता नहीं पड़ेगी। यह छोटा सा मोबाइल सब काम निपटा देगा। एक रात ही तो गुजारनी है। कपड़े मंगवा लेता हूं। ब्रश की जगह दातुन कर लूंगा। वैसे बैक ग्राउन्ड तो मेरा अरण्य ही है। बांसवाड़ा के जंगलों के बीच बड़ा हुआ हूं। ओरिजिनल वनवासी हूं।

साध्वी मुसकुराती रही। उन्हें जितना कहना था कहने दिया।

पहली ही मुलाकात में पूरी राम कहानी सुना बैठे। चाय की चुस्की के साथ शुरू हुई दास्तान खत्म होते-होते सिसकियों में भीग गई।

'कोई बात नहीं।' उसने मोहक स्मित बिखेरते हुए कहा : 'जिन पर पहाड़ टूट पड़े वही इस संसार में नाम कर गए हैं। दुःख मनुष्य को इस क़दर मांजता है कि फिर उसमें और देवता में फर्क नहीं रह जाता।'

अजित सिंह ने कभी दिवंगत राजपूतनी को नहीं बताई थी ऐसी बातें साध्वी निहारिका के सामने उंडेल दीं। किस तरह राजनीति के शिकार हुए, इतने दक्ष अधिकारी होने के बावजूद उन्हें टाल कर कैसे मुंह लगे चापलूस सहकर्मियों के अधीन नौकरी करनी पड़ी और आखिरकार पांच साल में किस तरह दूध का दूध और पानी का पानी हो गया। कोई तो है देखने वाला – उसके राज में देर होगी, अंधेर नहीं है।

'अब थोड़ा भोजन कर लीजिए।'

साध्वी ने उन्हें परोक्ष ढंग से समय का अंदाज दिला दिया। लज्जित होकर उन्होंने घड़ी की ओर देखा और मुंह लटका कर बोले : जाने क्या हो गया है मुझे। आठ बज गए और पता ही न चला। आपको भी मेरे कारण कितना कष्ट उठाना पड़ा!

कोठी का नौकर बैग देकर चला गया। अजित सिंह ने कहा : पूरे पखवाड़े की तैयारी करके आया है। साहब जितने दिन दूर रहें, उसे तो मज़ा ही मज़ा। मिनिवैकेशन ही समझ लो। आज़ाद पंछी की तरह... भोजन सादा ही था पर कितना स्वादिष्ट। अजित सिंह को राजपूतनी याद आ गई।

'सुदामा के तांदुल और विदुर जी की सब्जी के विषय में सुना होगा। आज साध्वी के आश्रम की खिचड़ी खा कर वही तसल्ली हुई होगी – हुई ना?'

रात भर जंजाल चलता रहा। सपने में पूरा संसार बसता रहा और उजड़ता रहा। सुबह सेवक कुटिया के दरवाजे की घंटी बजाने लगा तब एकाएक पहाड़ की चोटी से फिसल पड़े। अभी-अभी तो वह नाराज़ होकर चल पड़ी थी। बहुत हो गया। ऐसे गंदे और घिनौने इल्ज़ाम सहने की मेरी तैयारी नहीं। बड़े कमिश्नर होंगे तो मुझे क्या? आगे भी मरद जात को थप्पड़ मार चुकी हूं। तुम कोई पहले मरद तो थे नहीं। मरद होती क्या चीज़ है एक खूबसूरत औरत के लिए? जूती-तीन टके की।

वह मुंह बनाए बैठा था कि दस्तक सुनाई दी। 'ईश्वर, तेरी माया का पार नहीं...' वे बड़बड़ाते हुए दाईं हथेली देखते-देखते दरवाजे की ओर बढ़े। 'स्वामिनी बुला रही हैं। अमृत वेला के ध्यान में बैठना हो तो चलिए।' सेवक कह रहा था : 'यहीं बाहर पीपल के नीचे बैठी हैं।'

वह संदेश दे कर चला गया।

अजित सिंह जल्दी में थे। आ़खिर आश्रम में आए किस लिए थे? मन की शांति की खोज में तो मारे-मारे फिरते रहे। अचानक संचित कर्म जाग उठे। टहलने निकले थे। गाड़ी भी कोठी पर छोड़ दी थी। काफ़ी अर्से से आश्रम के विरूद्ध बेनामी सम्पत्ति जमा करने के मुद्दे पर कोई ऊटपटांग शिकायतें कर रहा था। नए नए-नाम से रजिस्टर्ड डाक आती रहती थी। स्वामिनी के चरित्र पर भी शंकाए उठाई जा रही थीं। शुरू-शुरू में तो अजित सिंह ऐसे लिफाफे पूरे पढ़े बिना ही कूड़े की टोकरी में डालते रहे पर स्वयं राज्यपाल के कार्यालय से 'उचित कार्रवाई' हेतु वही कूड़ा कर्कट चपरासी हाथों हाथ ले कर पहुंचा तब उनके लिए और कोई उपाय ही नहीं रहा। संध्याटन के लिए शहर में बहुत सारे विकल्प थे। शायद बुलावा ही आ गया। जैसे आश्रम की ओर मुड़ती सड़क पर साईन बोर्ड देखा, बस कदम उसी दिशा में बढ़ गए। कुल्ला कर के झट-पट भाग ही रहे थे कि साध्वी निहारिका कुटी के दरवाजे पर ही मिल गई।

'नींद का आनंद किरकिरा हो गया है ना?' वह प्राची में चमकते शुक्र तारक सी हंस पड़ी।

'ध्यान का आनंद लेना होगा तो नींद का आनंद त्यागने की तैयारी रखनी पड़ेगी। नींद तो मायावी चीज़ है। ध्यान देवों को भी दुर्लभ सात्त्विक उपक्रम है।' उसने पूछा : 'भला यह तो मैं पूछना ही भूल गई — रात कैसी बीती?'

अजित सिंह ने गहरी सांस में आश्रम की खुशबू समेटते हुए कहा : 'नींद नहीं आई। सिर्फ सपने आए।' मनुष्य पहले सपने संजोता है। फिर उन्हें वास्तव में परिणत करने का उद्यम करता है। आश्रम में आकर सपना देखना अपने आप में सगुन हुआ न? माने आप का भविष्य बहुत उज्ज्वल है।' दोनों आश्रम के पुनीत वन की ओर चलने लगे।

'पहला सपना आया एक कन्या का। अधमुँदी कली-सी लग रही थी वह। कालेज के पहले या दूसरे वर्ष की छात्रा। समझ लीजिए होगी कोई सत्रह-अठारह साल की। पढ़ने में तेज। देखने में पूनों का चांद। हवा की तरह खुशबूदार, तितली-सी चंचल।'

'आप तो मुझे अपना बचपन सुना रहे हैं!'

'लगती तो आप की शक्ल ही थी। आप किसी के स्कूटर पर बैठ कर कहीं —' वे झिझकने लगे।

'कहिए ना, ठीक ही तो कह रहे थे। मैं कालेज में पढ़ाई कर रही थी उन दिनों पड़ोस के एक लड़के से जी लगा बैठी थी। शायद ऐसा ही कुछ कहना चाहते थे न आप? बिल्कुल सही कह रहे थे। मुझे नाम भी याद है उसका। पंकज गोस्वामी।'

वे नख शिख सिहर उठे।

'तो उसका कत्ल हुआ वह भी सही था?'

साध्वी निहारिका हंस पड़ी। इस बार उस हंसी में शुक्र की चमक नहीं थी। उसमें बृहस्पति का गांभीर्य था। 'बस, यहीं पर आपसे गलती हो गई। कत्ल पंकज नामधारी शरीर का हुआ। आत्मा का कत्ल थोड़ा हो सकता है? आपने गीता तो पढ़ी होगी।' साध्वी ने उनकी आंखों में झांक कर पूछा : 'आप को पंकज के कत्ल के साये में मुझे जो थप्पड़ मारा गया वह नहीं दिखा!

वह अपने चेहरे को सहलाने लगी : 'मुझे इतने साल बीत जाने के बाद भी वह दर्द तरो ताज़ा लगता है! वे मेरे पालक पिता थे। बहुत प्यार करते थे मुझे। बड़े-बड़े सपने देखा करते थे। इकलौती बेटी को इंदिरा गांधी बना देना चाहते थे। पंकज जैसे गरीब लड़के के साथ मेरी दोस्ती उन्हें अखरती थी। कालेज के क्रिकेट वीर की दोस्त होने पर मुझे गर्व था। बस, एक बार पापा जी से मन की बात कह दी : आपको कोई एतराज है क्या? पंकज मेरा दोस्त है, इसलिए कभी-कभी उसके स्कूटर पर बैठती हूं!'

– 'आइन्दा ऐसा मत करना!' कहते हुए उन्होंने पूरी ताक़त से थप्पड़ ठोंक दिया था। मैं उनकी लाड़ली बेटी थी। थप्पड़ इतना जोर से लगा था कि मैं बेहोश होकर उन की बाहों में लुढ़क गई थी।

बाद में उन्हें छाती में दर्द शुरू हो गया था। एक ओर उनका इलाज चल रहा था और वहां कालेज के पास वाले बीहड़ में किसी ने पंकज पर गोली चला दी थी। उसी अस्पताल में उसकी गोलियों से छलनी हुई लाश पोस्टमार्टम के लिए लाई गई थी। उसकी विधवा मां बिलख-बिलख कर रो रही थी।' वह मायूस हो गई।

'शायद यह पूरा सिक्वन्स सपने में आया होगा – कुछ धुंधली-सी स्मृति रह गई है।' उन्होंने भूली बिसरी यादें टटोलते हुए कहा : 'थोड़ा थोड़ा वह थप्पड़ भी याद आ रहा है। मेरे भीतर ये आह उठी थी – मां निषाद... पर उस थप्पड़ से कहीं बहुत ज्यादा भयानक दृश्य तो उस

छोकरे की मौत का था। मैं पसीना-पसीना हो गया था। आंख खुल गई थी। मुझे डर लग रहा था – कहीं आश्रम के वृक्षों की आड़ में मुझे निशाना न बना दिया जाय, उस मासूम युवक की तरह। मैंने डर के मारे खिड़कियां बंद कर दी थीं...'

'और मन ही मन मुझे पुकारा भी था। ठीक है ना?'

'आप ने कैसे जान लिया?' अजित सिंह चौंक कर पूछने लगे : 'आप ने स्वयं तो नहीं रचा यह माया जाल? सच बताओ माँ! मैं हैरान हूं।' उनके चेहरे पर हवाइयां ऊड़ने लगीं।

'योगी के लिए यह सब बच्चे का खेल है।' वह ठहाका लगा कर हंस पड़ी। 'मैं कुछ नहीं करती। संभव है मेरे भीतर बैठे हुए योगी ने आपको प्रभावित करने के आशय से कुछ नाटक चेटक किया हो। वरना आप देह दृष्टि से मुझे देखना ही नहीं छोड़ेंगे! स्त्री माया है। उससे मोहित होकर पुरुष को चुनौती दे कर सीधी राह पर लाना योगी का धर्म है।'

ब्रह्मलोक की वीथिकाओं में विश्राम रत पक्षी गण स्वामिनी का पद चाप तो पहचान गए पर साथ में चल रहे पुरुष से वे अपरिचित थे। कुछ गुदगुदाये, कुछ बड़बड़ाये। चहचाहने को मचल उठे पर अमृतवेला के ध्यान में कहीं व्यवधान आ गया तो स्वामिनी बुरा मान जाएंगी – इस डर के मारे सभी चुप रहे।

'दूसरा अध्याय तो और भी करूण था।' अजित सिंह पूछ बैठे : 'आपको उस मनहूस राक्षस के संग रहना पड़ा। उसे यह समझ में नहीं आ पाया कि साक्षात् शक्ति का आंचल थाम रहा हूं मैं।'

'हर पुरुष की यही दशा होती है। वह नारी को महज खिलौना समझ लेता है। जब तक उसका अहं तुष्ट होता रहता है उसे, कोई शिकायत नहीं होती।'

'उस कमीने ने तो आप के पितृतुल्य बुजुर्ग पर उंगली उठाई।'

'पिता को तो मैंने नहीं देखा पर वो पिता से कुछ अधिक ही थे। मुझे पाला-पोसा, प्यार दिया। मेरे लिए तो वो ईश्वर का स्वरूप थे। उस बेचारे में इतनी अक्ल कहां कि उनके निर्दोष वात्सल्य को ठीक से समझ पाता। मेरे डैडी मेरे लिए सिर्फ़ बाप नहीं थे – मैं तो कहीं कूड़े के ढेर में सड़ रही थी। मुझे कौए नोच रहे थे। इसी तरह टहलते-टहलते बड़े सवेरे मेरी चीख सुन कर गोदी में उठा लिया था उन्होंने। तब से उनके साथ ही सोती थी। उसने इसका गलत अर्थ निकाल दिया।' वह ठिठक गई। एक अशोक वृक्ष के सामने इंगित करते हुए बोली :

'उन्हीं की पवित्र स्मृति में लगाया है मैंने। आज तक वह सिल-सिला जारी है। प्रति दिन एकाध घंटा उसकी छाया में सो लेती हूं। थोड़ा बहुत रो भी लेती हूं। कहा न, वो मेरे बाप ही नहीं, मां भी थे। आज भी वो अपनी अमृतमयी वात्सल्य वर्षा करते हैं। मैं जो कुछ भी हूं, उन्हीं की बदौलत हूं।'

वह शांत हो गई। सिर झुकाकर खड़ी रही। अजित सिंह ने वृक्ष रूप में विद्यमान ऋषि को प्रणाम किया।

'एक बार उन्होंने मुझे विचित्र-सी धमकी दे डाली थी।' वह हंस कर कहने लगी : 'उन्हें मेरे चेहरे पर हर पल प्रसन्नता चाहिए थी। कहते – तुम्हें रोते हुए देखा तो गला घोंट दूंगा। फिर चाहे स्वयं खुदकुशी करनी पड़े। मैं तुम्हारे चेहरे पर मायूसी नहीं देख सकता।'

'लेकिन ऐसा मनहूस लड़का भी तो उन्हीं ने खोजा था। है ना?' अजित सिंह अपने स्वप्न जाल की गुत्थियां सुलझाने की कोशिश कर रहे थे : 'आप ने तो...'

'खैर! उसी का नाम है नियति। वो तो मेरे लिए परियों के देश का राजकुमार ढूंढ़ रहे थे। मेरी किस्मत। और क्या!' उसके मासूम चेहरे

से मजबूरी झलक रही थी।

'देखने में खासा लम्बा चौड़ा था। थोड़ा हकलाता था। पापा जी ने समझा : अपनी इस मर्यादा से हरदम लघुता अनुभव करता रहेगा। कभी अविनय करने का साहस नहीं जुटा पाएगा। सवारी का घोड़ा चाहे कितना भी शानदार हो उस पर लगाम होनी चाहिए। और फिर बिरादरी में सर्वगुण संपन्न लड़का ढूंढ़ने पर भी कहां मिलने वाला था? वहां तो बच्चा पेट में होता था तब सौदा हो जाता था। कम इज्जत वालों के बच्चे ही बच जाते। मेरी सगाई भी हो जाती। यह तो पापाजी ने गोद ले लिया, इसी कारण बच गई थी।

'बच कहां पाईं? उल्टी फंस गईं।'

अजित सिंह को अपनी बेटी याद आ गई। राजपूत घराने में पैदा होना ही पाप है। बेचारी मिट्टी का तेल उंडेल कर मर गई। उसकी जलन आज इतने अर्से के बाद भी उन्हें चैन से सोने नहीं देती। राजपूतानी तो...

'हां, इतना अवश्य कह सकते हैं कि उन्हें कविन्याय मिल गया। उस निरीह की जान ले ली थी, फिर भी उनका बाल बांका नहीं हुआ था। जिस लड़के पर और खास तौर से उसके परिवार पर उन्होंने आंखें मूंद कर विश्वास कर लिया था वही उनके दुश्मन सिद्ध हुए। मैं एम. ए. कर चुकी थी। पापाजी भी चाहते थे कि मैं अपना कैरियर बनाऊं। मुझे अच्छे फर्म में सीनियर पोस्ट पर जॉब भी मिल गया था। मैं कुछ सामयिकों के लिए लेख भी भेजने लगी थी...'

वह अतीत की वादियों में भटक-सी गई। 'आपका सुख ससुराल वालों के लिए शर्मनाक बन गया और फिर एक दिन...'

उसने अपने गाल को सहलाए।

'उस अपमान को मैं आज तक नहीं भुल पाई।' वह स्वर बदल कर

कहने लगी : 'पिता और पति में फर्क तो 'इ' कार के स्थान ही का है। दोनों पुरुष हैं, अतः आधिपत्य उनका स्वभाव है। पर पिता के थप्पड़ से बेटी को अपमान नहीं महसूस होता।'

वृक्ष रूप में उसके योगक्षेम की रखवाली करते पिता को उसने पुनः मन ही मन वंदन किया।

'आश्चर्य की बात तो यही है कि आप की पूरी आत्मकथा मैंने सपने ही सपने में पढ़ ली। आखिरी थप्पड़ तो उन सब को आप ने ही मार दिया न? आप देर रात घर से निकल गईं। जाकर डॉ. लीना कोहली के अस्पताल में भर्ती हो गईं...'

'आप को आश्चर्य हुआ होगा – एक मां इतनी क्रूर कैसे हो सकती है? पर मैं उस पराधीनता की कोई निशानी ढोना नहीं चाहती थी। पहले प्यार की कब्र पर गृहस्थी की इमारत खड़ी कर पाऊं उस के पहले अपने ही हाथों ईंट से ईंट बजा दी। दुख तो हुआ, और मुझ से भी बड़ा सदमा पापाजी को पहुंचा। फर्क इतना ही रहा कि वे जिन्दगी की बाज़ी हार गए और मैं जीत गई।'

'पापा जी के अग्नि संस्कार का दृश्य मुझे अब भी दहला रहा है। उनकी आत्मा अपनी लाड़ली की यातना कैसे सह पाती?' अजित सिंह ने साहस बटोरते हुए पूछा : 'मैं कल्पना भी नहीं कर सकता कि ससुराल से भाग कर अबोर्शन कराने वाली युवती कभी पूरे संसार की मां – जबदम्बा बन सकती है! आप सचमुच महान हैं। वे झिझक के साथ हाथ जोडते हुए बोले : 'मां, मुझे अपनी शरण में रखने की कृपा करोगी? दुखी जीव हूं। शांति की खोज में मारा भटक रहा हूं। बुलावा भेजा तो आ गया हूं।' वे अचानक उसके चरणों में गिर पड़े।

पीपल के नीचे आश्रमवासी अमृत वेला के ध्यानपर्व में मग्न थे। ऊँ कार ध्वनि से ब्रह्मलोक का परिसर अनूठी दिव्यता में तैरता-सा लग रहा था। चरणों में लोट रहे शहर के इन्कम टैक्स कमिशनर की भृकुटि

पर उंगली रखते हुए स्वामिनी निहारिका ने मृदु मुस्कान के साथ प्यार से पुचकारते हुए कहा : 'जरा मेरी आंखों में झांक कर देखो तो!'

अजित सिंह ने जैसे ही उसकी दृष्टि से दृष्टि मिलाई, वे असह्य पीड़ा से चीख पड़े। साध्वी ने उन्हें दोनों भुजाओं में समेट कर उठा लिया। काफी देर तक बेहोश रहने के बाद जब आंखें खुलीं तब वे अजित सिंह राणावत नहीं रह गए थे।

'जरूरत तो मुझे भी थी।' हंसते हुए उन्हें गले से लगाते हुए साध्वी निहारिका कह रही थीं : 'अब तुम यहीं रहोगे। प्रकृति चाहे कितनी प्रबल हो, पुरुष के बिना वह पूर्ण नहीं बन सकती। मुझे जिस पुरुष की तलाश थी वह शायद...'

'ध्यानस्थ मुद्रा से बाहर आते काफ़ी मशक्कत पड़ी, शुरू शुरू में थोड़ी कठिनाई महसूस होगी।' वह पूछने लगी : 'कुछ अनुभूति हुई क्या?'

कुछ दिन बाद स्थानिक समाचार पत्र में एक बॉक्स छपा : शहर के इन्कम टेक्स कमिश्नर ब्रह्मलोक के संन्यासी बन गए। गए थे बेनामी संपत्ति पर छापा मारने और बन बैठे बाबा। आइन्दा ब्रह्मलोक की ब्रह्मचारिणी की ओर कोई आंख उठा कर देखे तो सही!

समाचार पढ़ कर दोनों देर तक हंसते रहे। दूसरे दिन रजिस्टर्ड डाक से अपने पद का त्याग पत्र भेजकर अजित सिंह ने आश्रम के मैनेजिंग ट्रस्टी का कार्यभार सम्हाल लिया।

'फिर स्वामी जी का क्या हुआ?'

'वे आश्रम की जिम्मेदारी मेरे नाजुक कंधों पर डालकर अंतर्ध्यान हो गये। मैंने उन्हें ढूंढ़ने की कोशिश भी नहीं की। हो सकता है वे सदेह न भी रहे हों, मैं तो हर पल उन्हें महसूस करती रही हूं। समझ लो वे मुझी में समा गये हैं।'

वे हँस पड़ीं। उनकी आंखों से मोती जैसे आंसू लुढ़क गये। अश्वत्थ के नीचे मंगल ध्यान के लिए आश्रमवासी इकट्ठे हो गये थे। अमृत वेला की दिव्यता में प्रणव मंत्र के आवर्तन ब्रह्मलोक की अलौकिक चेतना से सरोबार कर रहे थे।

स्वामीनी चिदानंदा अपने दर्भासन पर विराजमान हुईं। ध्यान पर्व प्रारंभ हुआ। अजित सिंह को सब कुछ विस्मृत हो गया। आंख खुलते ही उनकी दृष्टि स्वामिनी की दृष्टि से मिली।

वह कराह उठे। बेसुध होकर चरणों में गिर पड़े। 'यह मुझे क्या दे दिया स्वामिनी?' वे बच्चे की तरह रोने लगे।

◆❖❖◆

'मैं-मैं कहां हूं?' तीन घण्टों के पश्चात् उन्हें होश आया तब वे अपने पास खड़े आश्रम वासियों से कह रहे थे : 'मुझे स्वामिनी के पास ले चलो।'

'स्वामिनी ने आपको उत्तराधिकारी नियुक्त किया है।' वरिष्ठ आश्रमवासी मृत्युंजय काबरा कहने लगे : 'प्रातः काल ठीक ब्रह्ममुहूर्त में उन्होंने देह के बंधन त्याग दिये। उन्होंने कहा : अब आप को नये अधिष्ठाता मिल गए हैं। मेरा जीवन कार्य समाप्त हुआ। अब पूरा कार्यभार अजित सिंह वहन करेंगे। मैं उन्हीं के माध्यम से आप का मार्ग दर्शन करती रहूंगी।'

हनुमान

विक्की इंटरनेशनल एयरपोर्ट पर समय से पहले पहुँच जाने का क्षोभ छुपा नहीं पाया। मातुश्री ने यूँ ही जल्दी करा दी थी। दो-एक महीने की लंबी कसरत के बाद मोम का यह पर्याय जीभ पर चढ़ पाया था। बीच में एकाध बार परेशान होकर स्वामीजी से पूछ बैठा था : बड़ा ऑक्वर्ड लगता है। सिर्फ माँ नहीं चलेगा? मीनिंग तो सेम ही रहता है। सिम्पली माँ।

माँ का उच्चारण करते हुए उसका मुँह बड़ा-सा खुल गया था। स्वामीजी जोर-से हँस पड़े थे, जैसे खुद हिमालय हँस रहा हो। देखो हनुमान, मन में जो भी तरंगे उठें, उसके वश में नहीं जाना चाहिए। माँ जरा प्राकृत लगता है। मानुश्री वाली गरिमा उसमें नहीं है। हम माता का सम्मान करने वाली प्रजा हैं, ओ. के.?

– ओ. के., ओ. के.! तर्क करने के लिए विक्की ने क्षमा माँगी थी। अगर दूसरी दुनिया और भारत के बीच कोई फर्क है तो सिर्फ इस कल्चर का। ग्रान्ड ओल्ड सिविलाइजेशन। मीन्स, हमें थोड़ा और ज्यादा सीन्सियर बनना है, ओ. के.?

निकलने से पहले डॉ. आलोक से न मिल पाने का खेद हो रहा था। आखिरकार उसे इंसान तो उन्होंने ही बनाया था। दर्द मिटा दिया था। मातुश्री सारा यश साधुजी की झोली में डाल दें – उससे क्या? सिर्फ आशीर्वाद से – आश्रम के तावीज़ से सुधार नहीं हुआ था। दुआ

तो कबूल हुई थी। लेकिन दवाई ने असर दिखाया था। और ऑफकोर्स, आलोक साहब की बेनमून साइकोथेरापी ने जादू किया था। स्वामीजी खुद डॉक्टर को एक दिन छोड़ कर एक दिन के बाद फोन करते थे। इसका मतलब उन्हें खुद डॉक्टरी इलाज पर भरोसा था। मोम – सॉरी, मातुश्री को उन्होंने जोर देकर कहा था : माला, हनुमान चालीसा, एकादशी, चंद्र कमजोर है... उसे ताकतवर बनाने के लिए मोती – या जो भी कहा हो वह तो करना ही है लेकिन उससे पहले दवाई तो लेनी जरूरी है। इस मामले में कोई ढीलापन नहीं चलेगा। बीच में अगर दवाई छोड़ दी तो बीमारी फिर उलथा मारेगी। तेजाब से छेड़-छाड़ करेंगे तो जलेंगे कि नहीं? दवाई हो या तेजाब, दोनों बराबर।

स्वयं स्वामीजी अटैक के बाद दवाइयों पर ही जीते थे न! सभी को आग्रह कर के मिठाई खिलाते रहते थे लेकिन खुद तो उसकी गंध से भी बचते थे। डॉक्टरों ने नोटिस दे दी थी : मधुमेह है। इस महत्त्वपूर्ण मेहमान की खातिरदारी में जरा भी कमी रही तो यह किसी का भी लिहाज नहीं रखेंगे। सतर्क रहने में ही भलाई है। विक्की को हँसी आ गई : महात्मा जी चौबीस घंटे भगवान के बदले दर्द की माला जपने लग गए हैं।

खुद आलोक साहब अपना कितना खयाल रखते हैं। उनके निरामय स्वास्थ्य का एवं प्रसन्नचित् व्यक्तित्व का रहस्य 'कम खाओ, गम खाओ' में समाहित है। इन दोनों को संभाल लिया तो खुद को संभाल लिया। अन्यथा शरीर स्वयं ही रोगों के सामने लड़ने की ताकत रखता है।

उनकी हर बात विक्की को तथ्यात्मक लगी थी। कोई दंभ नहीं, भाषा का दब-दबा नहीं। सीधी बात। जो भी सच लगता, मुँह पर कह देते। मोम से कह दिया : बहन, आपके नहीं मानने से हकीकत बदल नहीं जाएगी। तुम्हारा विक्की पक्का एडिक्ट बन चुका है। लत में पड़

गया है, ब्राउन शुगर की लत लग गई है उसे। उसे अकेले में प्रेम से पूछना – खुद ही कबूल कर लेगा।

उसी समय उसे डॉक्टर के प्रति सम्मान की भावना बढ़ गई थी। माँ के लिए बेटे की लत – दुखती रग के समान थी – मुट्ठी बंद रहे और जरुरी इलाज हो जाए उसी में भलाई थी। हालाँकि विक्की ने कुछ भी छिपाया नहीं था। पकड़ा गया, उसी दिन उसने मोम और प्रिन्सिपल के सामने एक-एक बात कबूल ली थी। मैडम ने जिस दिन मोम को फोन करके बुलाया था, उसी से अंदाज आ गया था। गुनाह कबूल करने में ही खैरियत थी। सीधा जाकर स्कूल बैग में छुपा कर रखा हुआ डब्बा ले आया था। वह पत्थरनुमा चीज उसे सोने से ज्यादा कीमती लगती थी। डली बताते हुए कहा था : मोम यह तो गॉड सेन्ट गिफ्ट है। उसे जैसे ही लेता हूं, मस्ती में आ जाता हूं। राजाओं का राजा बन जाता हूं। खत्म हो जाती है उस दिन कयामत उतर आती है। नस-नस टूटने लगती है। मौत करीब नज़र आती है। एक-एक मिनिट युग के समान लगते हैं। आंखों के आगे अँधेरा छा जाता है। कानो में शोर मच जाता है। ओह मोम आइ कान्ट फाइनड वर्ड्ज टू डिसक्राइब माय एंजनी। (मैं अपनी पीड़ा को शब्दों में बयान नहीं कर सकता) इतनी पीड़ा तो आप क्या डैडी भी नहीं सह सकते। स्युसाइड कर लें। सच, बिलीव मी, ममा

अंजू बहन के बेर जैसे बड़े-बड़े आँसू बह रहे थे : विक्की, माय सन, उसे प्यार से छाती से चिपका लिया था। ओह गॉड अमी मय दूध का पीने वाला जहर का आदी हो गया था। उनका जी बैठा जा रहा था। अपने लाड़ले का दर्द अमेरिका की भेंट थी। उससे मुक्त होने के लिए कुछ समय के लिए पलायन जरूरी था। पति-पत्नी ने लंबी विचारणा के बाद समयानुसार कार्यक्रम बना लिया। विक्की को इंडिया से लगाव था। अपनी क्लास के दोस्तों से इंडिया के बारे में ज़रा भी उलटा सुनता कि मुक्केबाजी पर उतर आता। चिल्लाकर कहता :

अमेरिका में जन्मा तो क्या हुआ? इन्डिया इज बोथ माय मदरलैंड एंड फादरलैंड! सबूत के रूप में वह गोरे क्लासमेट्स को अपनी चमड़ी दिखाते हुए कहता : सी, इज कलर्ड। मेरा भारत रंगीला है। उसका रंग हमारी चमड़ी पर उतरा है। तुम लोगों की तरह हमारा ब्लड व्हाइट नहीं हो गया। आज के बाद अगर इंडिया के बारे में मज़ाक बनाया तो बाय गॉड, कानून तो बना रहेगा कोर्ट में और तुम लोग सीधे ही पहुँच जाओगे क्राइस्ट के पास।

इंडिया जाने की बात विक्की को जँच गई थी। एक ही फिक्र थी : कौन जाने यह चीज़ वहाँ मिलती होगी कि नहीं? वहाँ गाँव के लोग हुक्का पीते हैं पर उसमें तो सिर्फ तम्बाकू होती है। अफीम के व्यसनी के बारे में सुना था। तब अमेरिका में बैठे हुए अफीम-कसुंबे की तलब हो उठी थी। जैसा देश, वैसा भेष। ऐसी कीक शायद नहीं भी लगे लेकिन चीज़ तो अपने देश की ही है न!

देखो, हम यहाँ आए थे, पैसा कमाने के लिए ही न। नहीं तो यहाँ कि मिट्टी के साथ हमारा स्नान-सूतक (मुंडन-स्नान) का भी संबंध नहीं था। डेड उसे इंडिया आने के लिए तैयार कर रहे थे।

स्नान-सूटक? व्हाट्स इट, डेड? उसे नए शब्द को जानने के लिए रुचि हुई। स्नान इज ओ. के. – बाथ। पर सूटक का मीनिंग? पिताजी ने काफी कोशिश की। किंतु रिच्युअल के अलावा भावार्थ नहीं समझा पाए। वे उलझन में पड़ गए : अपने देश में रिलेटिव की मौत के बाद मुंडन कराने का रिवाज है – टिल टू डे इट एक्जिस्ट्स (आज भी यह रिवाज कायम है) वे हँसे।

– क्लीन शेव : वंडरफुल! मैं क्लीन शेव कराऊंगा उसका फोटो खिचाऊंगा। कैसा लगूँगा?

– कैसा लगेगा, हनुमान जैसा : मॉम हँस-हँस कर दुहरी हो गई थी।

– जब दादी माँ गुजर जाएँ तब कराना न, कोई नहीं रोकेगा।

विक्की को धुन लग गई। पुड़िया लेने के साथ ही वह जुनून में बदल गई। स्कूल बस से बीच रास्ते ही उतर कर वह पार्लर में पहुँच गया था। सिर मुँडवाने के बाद 'जीरो' ग्राउन्ड में पूरे दिन भटकता रहा। उधर ही दुकान रखनेवाले पड़ोसी की नज़र उस पर पड़ी। हाय! कहते हुए, मुस्कुराता हुआ वह उसकी दुकान की ओर मुड़ गया। मुंडन कराने के पीछे बहुत बड़ी पीड़ा-विशेष भावना छिपी हुई है – यह बात बताने की तत्परता हो रही थी। बस, कोई जानने वाला मिले उतनी ही देर थी। पर किसी ने देखा तक नहीं तो परेशान होकर पब की ओर मुड़ गया।

– माय गॉड! डेड यहाँ हैं? अभी तो शाम भी नहीं हुई थी। किसी फ्रेंड के साथ जमे हुए थे। मम्मी के सामने कितनी सूफीयानी बातें करते फिरते हैं।

पिता की नज़र में न पड़ जाए उस तरह छिपकर वह निकल जाना चाहता था, तभी सादे कपड़े पहने हुए एक प्रौढ़वय के सज्जन ने उसका हाथ पकड़ लिया।

– जेन्टलमैन, प्लीज़ लीव मी अलोन। हाउ डेर यू टच मी लाइफ दिस, टें? एट लीस्ट आइ डॉन्ट रिकलेक्ट हेविंग सीन यू, एवर। (सज्जन, मेहरबानी कर के मुझे अकेला छोड़ दें। आपकी मुझे इस तरह से छूने की हिम्मत कैसे हुई? मुझे तो ज़रा भी याद नहीं आ रहा कि मैंने कभी आपको देखा हो।)

उसने चुपचाप आई कार्ड सामने रख दिया : पुलिस! विक्की काँप गया। मुट्ठी बाँधकर भागने की कोशिश की लेकिन पुलिस के फौलादी शिकंजे से उसकी गरदन नहीं बच सकी। ढीला पड़ गया : मुझे जाने दो सर। फिर कभी गलती नहीं करूँगा।

– तुम अभी माइनर हो, दोस्त। वह बोला : बिलकुल तुम्हारी उम्र

की मेरी लड़की है। क्या मालूम, कल उसे भी यह चस्का न लग जाए।

— आज के बाद कभी नहीं छुऊँगा, बस? उसने दयनीय स्वर से कहा : प्लीज यह बात मेरी स्कूल में मत बताना। आइ एम स्केर्ड (मुझे डर लग रहा है) अगर वो लोग जान गए तो मैं न करने का कर बैठूँगा।

उसे रोते देख गुप्तचर ने उसका हाथ छोड़ दिया। तेरे आँसुओं की कद्र करके तुझे जाने देता हूँ। जिंदगी बहुत कीमती चीज़ है। याद रखना : हम ग्राउन्ड जीरो पर मिले थे। यहाँ हमारे तीन हजार भाई-बंधु के अरमान दबे हुए हैं। मेरे लिए तो इस जगह की भी इज्जत करना जरूरी है। जा, तुझे जाने देता हूं। दूसरी बार पकड़े गए तो छोडूंगा नहीं। अपने मां-बाप को तुम प्यार नहीं करते? उन्हें जिस दिन तुम्हारी इस आदत के बारे में पता चलेगा तो वे जीते जी मर जाएंगे। — चल फूट ले यहां से।

अंतिम वाक्य बोलते-बोलते पुलिस वाले के चेहरे पर अपार प्यार उभर आया था। विक्की अभी भी वह भूल नहीं पाया। अपनी उस लत को छोड़ने के लिए उसने बहुत कोशिश की थी। पर वह कभी भी ज्यादा सफल नहीं हुआ था। स्कूल में चौकन्ना रहना पड़ता था। स्मैक का खर्च निकालने के लिए उसने उसी का धंधा शुरू कर दिया था। दसेक ग्राहक मिल गए थे। चारेक तो ऊँचे परिवार के थे। तीन-चार लड़कियां भी थी। विक्की उन सब की जरूरत को समय से पूरी करता था। प्रिंसिपल मैडम की बाज नज़र कब दबोच ले अंदाजा लगा पाना मुश्किल था। क्लास रूम और लॉबी में कैमरा लगे हुए थे। शंका भी हुई तो साढ़े साती बैठ जायेगी।

तुरंत ही मां-बाप को कड़क सूचना दे दी जाती : अपने बच्चे को हमेशा के लिए वापस ले जा सकते हैं। खुद बिगड़े उसमें हमारा कुछ नहीं जाता लेकिन कम से कम दूसरों को न बिगाड़े यह जरूरी है।

विक्की एक-बार उनके हाथों में आते-आते बच गया था। तेज

चालाकी से कमर की बेल्ट के चोर जेब में छिपाई हुई चीज लेवेटरी के कमोड़ में फेंक दी। ग्राहकों के लिए तय किए हुए समय पर लेवेटरी के बेन्टिलेटर पर वह अपना माल रख दिया करता था। और पेमेन्ट वह पहले से ही ले लेता था। ग्राहक उसके साहस पर फिदा थे।

एक बार माल टोइलेट वार्शर के हाथ में आ गया। उसी दिन से मैडम ने वहाँ भी चौकी बैठा दी थी। विक्की को इस बात की भनक भी नहीं थी इसलिए पकड़ा गया। चौकीदार उसे मैडम के पास खींचकर ले गया। तब उसने चाबी वाले पुतले की तरह किसी भी विरोध के बिना अपना गुनाह कबूल कर लिया था।

– विक्की, मैं तुम्हें एक अच्छा लड़का मानती थी।

मैडम सोफिया अपने स्वभाव के विरूद्ध कुछ ज्यादा ही प्यार दिखा रही थीं। पगले, तेरी माँ बेचारी जानेगी तो उसका क्या हाल होगा? मैं तो यह सोचकर ही काँप जाती हूं।

– प्लीज़, मैडम! विक्की ने उनके पैर पकड़ लिए मैं कसम खाता हूं मैडम, उन्हें मत बताना। पता लगते ही ढेर हो जाएंगी। शी इज़ ए हार्ट पेशंट।

थोड़ी देर के लिए प्रिन्सिपल मैडम भी उलझन में पड़ गयी। होंठ दबाते हुए कहने लगी : उन्हें अँधेरे में कैसे रखा जा सकता है। दे मस्ट बी इन्फॉर्मूड।

– मैं खुद ही बताऊँ तो? मैं वचन देता हूं, मेम!

काफी कुछ उलझन के बाद मैडम ने सोचा था वही किया। अभी भी विक्की के साथ तर्क-वितर्क चल रहे थे कि अंजू बहन चैम्बर मे नज़र आईं। मुद्दा-माल सहित रंगेहाथ पकड़े गए विक्की के पराक्रम के बारे में उन्हें तुरंत ही बता दिया गया था। मैडम ने हँस कर कहा : 'गुड़ बॉय – नो डाउट अबाउट इट (अच्छा लड़का है, उसमें कोई शंका नहीं

है।) विक्की का हवाला माँ को सौंपते हुए कहा था : 'बहुत संवेदनशील है तुम्हारा लड़का, आपकी चिंता करता है। उसको थोड़ा संभालना। जरूरी है।'

– ठीक है मैडम, थेंक्स यू फॉर योर कन्सर्न। (आपकी चिंता के लिए शुक्रिया)

– अगर दुबारा गलती करेगा तो एल. सी. ले कर जाना पड़ेगा।

– अंजू बहन की आंखें भर आईं। स्कूल के दरवाजे के बाहर विक्की को प्यार से चूमकर बोली : जो हो गया, उसका अफसोस मत करना। देखा, मैडम को इंडियन के प्रति कितना मान है। हमें उतनी ऊँचाई बनाए रखनी चाहिए। तुने बहुत बड़ी गलती कर दी, विक्की!

अब कभी भी दुबारा नहीं करूंगा। इस कालमुखी आदत ने इज्जत पानी में मिला दी। मां, डैड को मत बताना।

फिर रो दिया था। अंजू बहन ने उसे प्यार से अपनी गोद में सुला लिया था, जैसे दूध पीता बच्चा हो।

अंजू बहन ने विक्की के व्यसन की चर्चा घर में नहीं करने का निर्णय किया था। वे योगा नियमित करती थीं लेकिन फिर भी बी. पी. बढ़ गया था। विक्की के डैड़ी को अगर सारी बात पता लग जाए तो अटैक ही आ जाए। उन्होंने तीन महीने तक नज़र रखी।

जब कोई भी फर्क नज़र नहीं आया तो न चाहते हुए भी वे स्टोर से सीधे ही गौरांज भाई के वर्कशाप पर पहुंच गयीं। खुल कर सब कुछ बता दिया। एक घंटे तक चर्चा चली। किसी भी तरह का सामना किए बिना गौरांज भाई ने सारी दास्तान शांति से सुनी। और अचानक आर्किमीडिज की तरह उछल पड़े : हर प्रश्न उसका हल लेकर ही जन्म लेता है। निराश नहीं होना चाहिए। थोड़े महीनों के लिए बेटे को इंडिया घुमा लाओ। स्वामी जी का हाथ फिरा नहीं कि वह सुधरने लगेगा। एक

पुराने सहपाठी भी हैं डॉ. आलोक : डि-एडिक्शन के क्षेत्र में उनका बड़ा नाम है। फोन कर दूँगा। मुझे लगता है कि अभी बाजी हाथ से फिसली नहीं है।

अंजू बहन की पीठ पर हाथ फिराते हुए कहा : 'बी बोल्ड। मदर केन बीट एन थींज एंड एव्री थींग अगेन्सट हर चाइल्ड। (मां अपने बच्चे के खिलाफ हरेक के खिलाफ और किसी भी चीज़ के साथ लड़ सकती है।) ईश्वर भी मां को मदद करता है। और ऑफकोर्स आइ एम विश यू (मैं तो तुम्हारे साथ हूं।)

विक्की को उन्होंने डाँटा नहीं। उलटे, उसके दोस्त बन कर रहे। वीक एंड पर उसके साथ घुल मिल कर उसे लाड़ोप्यार देते रहे। डिनर से पहले जो ड्रिंक लेते थे वह छोड़ दिया। सी, दिस इज़ हॉरिबल थिंग! इट हेज़ ऑलरेड़ी स्पॉइल्ड माय लीवर। देख, यह बड़ी भयानक चीज़ है उसने मेरे लीवर को खत्म कर दिया है।

विक्की को जीरो ग्राउन्ड के पास वाले पब में गर्ल फ्रैन्ड के साथ कोकटेल का आनंद ले रहे डैड याद आ गए।

– तुम भी डैड से कुछ सीखो। देख वे तीस साल पुरानी आदत छोड़ रहे हैं। अंजू बहन ने उसे इशारे में समझाया। विक्की ने कंधे उचकाकर मर्यादा स्वीकार की और कहा : आई अंडर स्टेन्ड मोम, (मैं समझता हूं, मोम) तुम क्या कहना चाहती हो। पर मुझे कुछ वक्त लगेगा।

कंबूलनामे में निखालसता थी। इस बात पर खुशी न्योछावर करते हुए इंजीनियर पिता ने उसकी पीठ थपथपाते हुए कहा : आइ एम प्राउड ओफ यू, माय सन! (मुझे तुम पर गर्व है, बच्चे)

इंडिया पहुंचने के बाद वह बदल गया। स्वामीजी के प्रति मोम की भक्ति भावना देखकर उसे आश्चर्य होता था। वे क्या कोई चमत्कारी

पुरुष थे? विक्की को अभी कुछ समझ में नहीं आता था। इतना पक्का था कि मोम उन्हें बहुत लाड़ करती थी। स्वामीजी भी उनके पीछे घंटों बिता देते थे। मां ने जब अपने बेटे के व्यसन का जिक्र किया तो उन्होंने विचित्र तरह से उन्हें टोका था विक्की ने वह बात अक्षरशः अपनी डायरी में लिख दी थी : तम्हारे यहां व्यसनी के लिए नैगेटिव खयाल प्रवर्तित है। यहां अपने देवाधिदेव महादेव भाँग पीकर आठों पहर मस्ती में झूमते हैं। धतूरा उनका प्रिय पुष्प है, उन्हें कमल की आसक्ति नहीं है। दादा को सौंदर्य नहीं, नशा चाहिए।

उनके गण भी उन्हीं के जैसे नंगे-धडंग। फिर भी देव लोक में उनके सामने चुँकार करने की किसी की भी हिम्मत नहीं है। उल्टे, सब उनके पैर पकड़ते हुए घूमते हैं।

विक्की उनकी बात ध्यान से सुनता रहता था। एक बार बता रहे थे : सुरा कोई निंदनीय पेय थोड़े न है? 'सुर का मतलब देवता। सुरा देवताओं का पेय है। हमने उसे बेकार ही में बदनाम कर दिया है। हम किसी भी चीज़ को हल्की या त्याज्य समझकर उसका तिरस्कार नहीं करते। हम तो जहर को अमृत में परिवर्तित करने का गुर जाननेवाली प्रजा हैं। जहर मात्र शिव जी ने पिया है? मीरा ने भी पिया है, हंसते-हंसते। क्यों बे, हनुमान दिमाग में बैठी कुछ बात?'

विक्की को हनुमान कहकर बुलाते सुन मां-बेटे को शुरू-शुरू में थोड़ा अजीब लगता था। फिर स्वामीजी ने हनुमान चालीसा की एक-एक चोपाई का डिसेक्शन कर हनुमानजी को ईश्वरीय ऊर्जा के प्रतीक स्वरूप पेश किया था, उनकी विद्वता, विनम्रता और निष्ठा की भर-भर कर तारीफ की तो दोनों की ही उलझन अपने-आप सुलझ गई थी।

उस महान वानर के साथ मेरी तुलना करने से आपको थोड़ा मनोरंजन मिलता हो तो मुझे कोई ऐतराज नहीं है। नहीं तो कहां

हनुमान और कहां मैं? ही वाज ग्रेट। ग्रेटर देन गॉड। (वे तो महान थे, भगवान से भी महान)

अंजू बहन ने उसे बुरा न लगे उस तरह से बात को पलट दिया था : हनुमान जी की मम्मी का नाम अंजनी था। जानते हो न? तेरी मां भी अंजू है। यू आर ऑल्सो अंजनी पुत्र (तुम भी अंजनी पुत्र हो) और जब तू भागता है तो पवन की तरह भागता है। अंजनी पुत्र पवन सुत नामा।

– मम्मी, – नहीं, मातुश्री। विक्की ने अंजू बहन की बात को सुधारा था। स्वामीजी का आदेश है कि मैं आपको मातुश्री कहूँ। वह हंस पड़ा।

आश्रम की वह वी. वी. आई. पी कुटीर इस विदेशी भक्त परिवार के लिए पहले से रिजर्व करवा ली गई थी। कभी-कभी देर रात के समय विक्की सपना देखते-देखते चौंक कर जाग जाता था। मोम का पलंग खाली दिखाई देने पर वह इंटरकोम से सीधे रिसेप्शन काउन्टर पर पूछ-ताछ करता था। रिसेप्शनिस्ट उसे पटाने के नए-नए नुस्खे आजमाता रहता था : 'मातुश्री, पूज्य स्वामीजी के साथ साधना में बैठीं हैं। शी इज रीडिंग हॉली स्क्रीप्चर्स, व्हाय शुड वी डिस्टर्ब हर? (वह पवित्र ग्रंथ का पठन कर रही हैं हमें उन्हें क्यों तंग करना चाहिए?) जब वह बहुत जिद करता था तब रिसेप्शनिस्ट स्वामीजी के शयन खंड में फोन लगा देता था। अंजू बहन मन भर जाए उतना प्यार दिखाती : अकेलापन लगता है, बेटा? चल दस मिनट में आती हूं। स्वामीजी समाधि में बैठे हैं। वे समाधी से जगें उतनी देर है...'

उस दिन ब्रेकफास्ट टेबल पर उसको गुस्सा आ गया था : भगवान की खातिर ब्लफ मत करो स्वामीजी। सच्ची बात कबूल करने की हिम्मत पैदा करो। आइ नो, यू लव माय मदर। और मुझे इस पर कोई एतराज भी नहीं है।

स्वामी जी हतप्रभ रह गए थे। अंजू बहन को काटो तो खून नहीं। थोड़े पल के लिए गजब का सन्नाटा छा गया। थोड़ी शांति हुई तो स्वामीजी ने उसे खुश करने का खेल शुरू किया : ट्रु, वी ऑल लव मन अनदश लव इज गॉड। (सही है, हम एक-दूसरे को प्यार करते हैं। प्यार ही ईश्वर है।) लेकिन वह कोई शारीरिक आकर्षण है – ऐसा मत मानना। इट इज़ इटर्नल एक्सटेसी। (यह आंतरिक आनंद की चरम सीमा है) उनकी बात पर विक्की को हंसी आ गई थी।

– दैन यू आर लॉर्ड क्रिष्ना, राइट? यू आर नॉट स्वामी जी एनी मोर। (तो फिर आप तो भगवान कृष्ण हुए? आप तो बिलकुल स्वामी जी नहीं रहे) स्वामीजी कड़वा घूंट पी गए। स्वस्थ होने का दिखावा करते हुए बोले : श्री कृष्ण तो योगीराज थे। मेरे जैसे साधारण साधु की तुलना उस विभूति के साथ करना उचित नहीं है।

– इफ नॉट क्रिष्ना, दैन रावण। (अगर कृष्णा नहीं तो रावण) विक्की के इस क्रूर मजाक की चोट स्वामीजी को गहरी लगी थी। बचपना समझकर उसके साथ चर्चा में नहीं पड़े। एकांत में अंजू बहन से जो कहना था कह दिया था : इस लड़के को साइकियाट्रिक ट्रीटमेंट की जरूरत है। आलोक को फोन कर देता हूं।

– आलोक साहब के साथ तो उसके डैडी की भी पहचान है। अमेरिका से निकलने से पूर्व ही उनसे बात हो चुकी है। अंजू बहन ने बताया।

– तो फिर शुभस्य शीघ्रम्। आज ही चल दें। पानी आने से पहले पाली बांधने में ही भलाई है। स्वामी जी के स्वर में आतंक या तुम्हारा लड़का सिकंदर का घोड़ा है। अगर समय से काबू नहीं पाया तो सवार को पछाड़ कर भाग जाएगा।

अंजू बहन की आंखें छलक पड़ीं। स्वामीजी के चरण पकड़ लिए : उसे बचा लो, बापू, हमारी माया या मिलकत– जो भी मानें यही है।

उसे कुछ हो गया तो हम तो बिना मौत मर जाएंगे।

— ईश्वर सब कुछ ठीक करेगा। उसके लिए मंत्र वाला ताबीज देता हूं। धूप करके पहना देना। हो सके तो सुबह-शाम हनुमान चालीसा करना। बाकी का काम डॉक्टर की दवाई करेगी।

अंजू बहन ने उसी शाम आश्रम छोड़ दिया था।

सिक्योरिटी चैकिंग की सूचना सुनते ही मां-बेटा कतार में खड़े हो गए। सामान पहले से ही कैबिन में पहुंच गया था। 'निकलने से पहले आलोक साहब को मिलना तो रह गया, मातुश्री! विक्की की झुंझलाहट आखिर बाहर आ गई थी।

— महीनों तक तो मिले हैं। फोन पर कॉन्टेक्ट कर लेने का। बहाना कर देना : अचानक फ्लाइट का कन्फर्मेशन आ गया इसलिए जल्दी से पैक करके निकल आना पड़ा : अंजू बहन हंस पड़ी।

— मुझे बहाना बनाना नहीं आता। विक्की होंठों तक आए शब्दों को निगल गया था : वह कला तुझे मुबारक। फिर गंभीर स्वर से बोला : मेरी लत कहीं इस तावीज़ से दूर नहीं हुई। मुझे बचाया है तो आलोक साहब ने। गले में लटका हुआ तावीज़ तोड़कर उसने पास में रखे कचरे के डिब्बे में डाल दिया : तुम्हें इन साधु लोगों की करतूतों के बारे में समझ में नहीं आएगा। लेडीज सामान्य रूप से सेन्टिमेंटल होती हैं। और आप उसमें से अपवाद नहीं हैं।

अंजू बहन काँप गईं। उसे छेडने का कोई अर्थ नहीं था। कुछ उलटा-सुलटा बोलने में वह देर नहीं करेगा।

— तुझे याद है मां, उस दिन जब मैंने उन्हें मज़ाक में रावण कह दिया था तब उनका चेहरा कैसा पीला पड़ गया था, है ना? अंजू बहन ने हलके से झिड़कते हुए कहा : तुम नादान के नादान रहे। ऐसे संत महात्मा की रावण के साथ थोड़ी न तुलना करनी चाहिए, पगले! सिर

पर प्रेम से हाथ फिराते हुए कहा : यह सब कुछ डैडी को जाकर मत कहना। बेकार में ही दुःखी हो जाएंगे, बेचारे। उसने अपनी मां के सुर में सुर मिलाते हुए कहा, स्ट्रोक आ जाएगा। आइ नो।' (मैं जानता हूं।)

— अब चल, तुम्हारा नंबर आ गया। अंजू बहन ने उसे आगे धकेला। अपनी जेब से मोबाइल निकाल कर उसने डॉ. आलोक को फोन लगाया : मोर्निंग सर, आपको मिल नहीं सका। मैं अब उड़ने वाला ही हूं। दिल्ली एयरपोर्ट से बोल रहा हूं। थेन्क्स अ लोट फोर एकस्ट्राओर्डिनरी थरेपी (बहुत-बहुत शुक्रिया। आपकी असामान्य थरेपी के लिए) आइ एम फुल्ली क्यॉर्ड (मैं पूरी तरह ठीक हो गया हूं) मैं आपका उपकार कभी नहीं भुलूंगा।

— इसमें कैसा उपकार भाई। मेरा फर्ज है। तुम मेरे लिए मेरे बच्चे जैसे हो। जौरांग भाई तो मेरे बचपन के साथी जैसे हैं। और फिर स्वामीजी ने भी कहा था!

स्वामीजी का नाम सुनकर भड़क गया। बड़ी मुश्किल से संयम रखा। डॉ. आलोक को सुनता रहा।

— इन्डिया अच्छे से देख लिया?

— पंद्रह-बीस दिन में इतना बड़ा देश थोड़े न देखा जा सकता है। मातुश्री कहती हैं : फिर कभी दोबारा आएंगे। शायद दूसरे वेकेशन में। आइ मस्ट थेन्क यू फॉर योर काइन्डनेस (बहुत शुक्रिया, आपके सौहार्द्र के लिए) आपने मुझे इंसान बनाया। बात चालू थी कि सिक्योरिटी वाले ने पीछे खड़े मुसाफिर को एन्ट्री दे दी।

अब बात पूरी कर। अंजू बहन ने मुँह बिगाड़कर कहा : तुझे भी अच्छी खासी माया लगा दी है, डॉक्टर ने।

— ही इज़ माय रामा। (वे मेरे राम हैं) सिक्योरिटी चैक के लिए

आगे बढ़ रहे विक्की ने आर-पार हो जाए ऐसा सवाल किया : हनुमान राम को प्यार नहीं करेगा तो क्या रावण को करेगा?'

अंजू बहन की जबान सिल गई। अचानक उनका मोबाइल बजने लगा। स्क्रीन पर स्वामीजी पढ़ते ही उन्होंने उसे स्विच ऑफ कर दिया।

प्राण प्रतिष्ठा

ट्रेन का छूटने का वक्त हो गया। सुनंदा ने हँस कर कहा – 'राजधानी जो है, हमारे कहने से थोड़ी रूकनेवाली है?' सुनंदा को छोड़ने आए उसके छोटे बहनोई बहुत चाहते थे कि ट्रेन पांच-दस मिनट लेट चले। पूरे साढ़े तीन महीनों तक साथ रही साली चूंकि मरीज बनकर आयी थी पर घरवाली से भी कुछ ज्यादा ही नजदीक आ गयी थी। उनका बस चलता तो उसे और दो महीनों के लिए रोक लेते। पत्नी सुलू को भी उनकी इस अंदरूनी चाह का अंदाजा लग गया था।

शायद यही वजह थी जो सुनंदा के पति-सुधीर अग्रवाल के साथ बात करते समय वह निरंतर एक वाक्य दोहराती रहती : दीदी को अब बहुत अच्छा है। बिना सहारा लिए चल सकती हैं... सुधीर झुंझला कर कहते–तो फिर देर काहे की? वापस घर आने का भी मुहरत निकालना पड़ता है क्या?

सुधीर अग्रवाल आबूरोड में मार्बल के बड़े कारोबारी हैं। मार्बल का व्यापार करते करते स्वयं भी मार्बल बन गये हैं – उन्हें सुनंदा तो 'पति-परमेश्वर' की चलायमान मूर्ति ही मानती है। दिन रात फोन की घंटी बजती रहती। कभी कभी दो टेलीफोन साथ ही साथ चहकने लगते। सुधीर अग्रवाल के दोनों कान व्यस्त हो जाते तब तीसरे फोन को सुनने के लिए अनिवार्य रूप से सुनंदा को बढ़ना पड़ता। यद्यपि वह इतना ही कहकर बात समाप्त कर देती : सेठ अभी दूसरे फोन पर हैं।

कृपया थोड़ी देर बाद ट्राय कीजिए। सुधीर अग्रवाल को पत्नी का ऐसा रूखा प्रतिभाव रास नहीं आता था। वे हर समय फटकार लगाते रहते : ग्राहक तो हमारा भगवान है, उसे इस तरह अपमानित मत किया करो। उससे फोन नंबर ले लो, उसका नाम नोट करने की आदत डालो – वरना यह जमा जमाया बिजनेस चौपट हो जाएगा और तुम्हें पता तक नहीं चलेगा। वापस रोड पर आ जाऊंगा।

पति का कारोबार चौपट हो जाए यह तो सुनंदा क्या, दुनिया की कोई स्त्री कभी नहीं चाहेगी। इसी की बदौलत तो यह वैभव था। और तो ठीक, ऐसी अंधी आमदनी न होती तो इकलौते बेटे को स्टेट्स कैसे भेज पाते और देश की राजधानी में स्थित इतने महंगे अस्पताल में यह घुटनों की सर्जरी भी कैसे संभव होती? तीस-बत्तीस वर्ष पूर्व अठारह-उन्नीस की नादान उम्र में वह जब नागौर से इस परिवार की बहू बनकर आयी तब उसके पास एक मुरमुरे के खोमचे से अधिक कौन सी जायदाद थी? ससुरजी के देहावसान तक वही चने-मुरमुरे अग्रवाल परिवार की आजीविका बने रहे। रोडियो पर गीत गूंजता रहता और वह झुंझलाती रहती। हीरो कहता था –

धूप में ना निकला करो रूप की रानी,
ग़ोरा रंग काला न पड़ जाये...

– सुधीर अग्रवाल कनखियों में हंसते हुए मुरमुरे साफ कर रही नयी नवेली दुल्हन को देखते तब उस के दिल में कसक उठती थी। वह बिना किसी प्रकार का प्रतिभाव दिए पलकें ढालकर अपना काम करती रहती। जब खोमचा लेकर सुधीर आबू रोड की गलियों में बढ़ जाते तब वह झुंझला कर खड़ी हो जाती – 'आखिर ये भी कैसे मां बाप...' वह अपने पीहर वालों को मन ही मन कोसने लगती – 'उन्हें कोई कुआं न मिला अपनी लाड़ो के लिए, जो उसे बना दिया दो पैसे का खोमचा! यह मनहूस दिनभर मुरमुरे बेचता फिरेगा और रातभर ससुराल से मिले

हाड़-मांस के खोमचे को नोचता रहेगा। जीवन भर यही संत्रास सहते रहो, औरत जात जो ठहरी!'

वह क्षण भर के लिए स्वयं खोमचा बन जाती कि रेडियो में हीरो की मुनहार सुनायी पड़ती –

पंथ है पथरीला, पैदल ना चलो तुम
पांवो में छाला ना पड़ जाये...
धूप में ना निकला करो रूप की रानी
गोरा रंग...

सुनंदा ने अपने पुष्ट हाथों की ओर देखा। इतने वर्षों की धूप छांव के बाद भी उनका गोरापन यथावत् था। हाथ गोरे हैं, चेहरा गोल मटोल है और पीठ तो और भी गोरी लगती होगी। ब्लाउज के बंधन में उफनते उरोज इस उम्र में भी उसे दर्शनीय बना रहे थे – कुछ अजीब सा चुबक था उनके अंतराल में तभी तो ये जीजू ट्रेन छूटने तक चिपक कर बैठे हैं, मन ही मन प्रार्थना कर रहे होंगे कि ट्रेन कुछ देरी से छूटे। साली की सेवा करने का स्वर्णिम अवसर अब न जाने कब मिलेगा! इजाजत मिली होती तो छोड़ने के बहाने साथ ही चल दिए होते। सुलू में इतना औदार्य कहां!

जीजू ने उसके बहाने आधे दिन की छुट्टी ले रखी थी। अब तो राजधानी चलने को ही थी फिर भी वे उठने का नाम नहीं ले रहे थे। जैसे ही पास वाली सीट का नंबर ढूंढ़ते-ढूंढ़ते श्वेत वस्त्रधारी सज्जन केबिन में लपके, वे सकपकाते हुए उठ खड़े हुए।

'यही सीट है मेरी।' कहते वे सामान कहां रखा जाय – की उधेड़बुन में ही फंसे थे कि धीरे से सुनंदा बोली – 'यहीं रख दीजिए न, मेरे बर्थ के नीचे। हम दो ही तो हैं इस केबिन में। ये तो मुझे छोड़ने आए हैं, जीजा हैं मेरे। ...मेरा सामान कुछ ज्यादा ही हो गया...' सुनंदा ने केबिन से निकलने की तैयारी कर रहे बहनोई जी के सामने हंस दिया

– 'और इस के लिए कोई एक व्यक्ति जिम्मेदार है तो वह आप हैं। पूरी दिल्ली समेट कर भर दी है सामान में – देखिए, आपने इनकी सीट के नीचे भी मेरा सामान लाद दिया है।' सुनंदा ने चुटकी ली।

'कोई बात नहीं, यहां सवाल तो सिर्फ रातभर का है! और मेरे पास कोई ज्यादा सामान भी तो नहीं।' पासवाली सीट पर बैठते हुए नवागंतुक प्रौढ़ यात्री ने अपना विवेक जताया। डरे-सहमे से सुनंदा के जीजा ने दबी जबान में कहा – 'आप जरा इनका खयाल रखना – घुटनों का ऑपरेशन अभी तीन महीने पहले ही करवाया है। समझ लीजिए, आज ही घर से बाहर निकल रही हैं... अकेली...'

सुनंदा ने उन्हें बीच में ही टोका – 'अब ट्रेन चल पड़ी है। कृपया मेरी चिंता मत करना और सुलू को भी बोल देना कि दीदी को अच्छे सहयात्री मिल गये हैं...'

सहयात्री असमंजस में पड़ गया। गाड़ी चल पड़ी थी। महिला को छोड़ने आए उसके रिश्तेदार चलती हुई गाड़ी के साथ-साथ प्लेटफार्म के छोर तक दौड़ते रहे। अर्ध पारदर्शी शीशों से उसकी ओर झांकने की कोशिश करते रहे। आखिर जब गाड़ी ने प्लेटफार्म छोड़ दिया तब हाथ हिलाते-हिलाते अल विदा करते रहे।

'बड़े भावुक लगते हैं।' सहयात्री ने हंस कर टिप्पणी की। 'मेरे छोटे जीजाजी थे।' वह भी हंस दी – 'हमारे देश में हर बहनोई अपनी साली के प्रति कुछ ज्यादा ही सेंटिमेंटल होता है, है न? फिर मैं बड़ी हूं उनके घर पूरे साढ़े तीन महीनों तक ठहरी – तब स्वाभाविक है कि उन्हें मेरा जाना खलेगा ही। मेरे दोनों घुटनों की रिप्लेसमेंट सर्जरी हुई है। अब तो मैं वैसे बिना सहारा लिए चल भी सकती हूं पर उन्हें तो चिंता रहेगी।'

वह थोड़ी देर के लिए मौन हो गयी। गाड़ी ने गति पकड़ ली थी। रेल सेवा का कैटरिंग सक्रिय हो गया। राजधानी जो थी। फ्रूट जूस,

चाय, ब्रेड स्टीक, बिस्कुट, चॉकलेट। पहला दौर इसी केबिन से प्रारंभ हुआ क्योंकि वह फर्स्ट एसी कोच के दरवाजे से सटकर थी। केबिन में दो ही सीटें थीं और रातभर दोनों यात्रियों को साथ साथ रहना था।

'मैं पहली बार अकेली ट्रावेल कर रही हूं। साथ चलने को जीजा जी तो तैयार थे, मैंने ही मना कर दिया। अब सवाल तो दस घंटे का है। सुबह छह-साढ़े छह बजे आबू रोड आ जायेगा।' उसने घड़ी देखकर कहा, 'गाड़ी ठीक आठ बजे चल पड़ी है, और फिर यह तो राजधानी जो है – उसे सब की सब गाड़ियां लाइन दे देती हैं। कोई इसके मार्ग में रोड़ा नहीं बनेगी।'

सहयात्री उसकी मुग्धता पर गौर करने लगा। उम्र का अंदाजा लगाने लगा, मन ही मन। ज्वाइन्ट रिप्लेसमेंट सर्जरी करवा चुकी है। सीनियर सिटीजन न भी हो, पर पचास-पचपन की तो अवश्य होगी। देखने से चाहे इस साल छोटी लग रही थी, और क्यों नहीं लगेगी? – जीजा के साथ पूरे साढ़े तीन महीने रहकर जो आयी है। साली की खातिर-बरदाशत करने में जीजा ने कोई कसर नहीं छोड़ी होगी, इतनी मुलायम जो है, रानी मुखर्जी जैसी। जीजा कैसा चिपककर बैठा था – घरवाली से डरता होगा, वर्ना खुद साली को छोड़ने के बहाने चला जाता आबू।

'आप आबू रोड जा रही हैं, मतलब माउन्ट आबू –' सहयात्री की झुंझलाहट समझने में सुनंदा को देर नहीं लगी। 'जी, आबू रोड में हमारा बिजनेस है, मार्बल का।' उसने हंस कर फ्रूट जूस बढ़ा दिया, 'आप रख लीजिए। मुझे खट्टी चीजों की अलर्जी है।'

सहयात्री उसके हाथ को टाल नहीं सका। मुस्कुराकर बोला, 'धन्यवाद! वाकई फ्रूट जूस मेरी खास विकनेस है। आपको शुगर प्रोब्लेम तो नहीं ना?'

'रत्तीभर भी नहीं। थोड़ी मोटी जरूर हो गई हूं पर मेरे सभी टेस्ट

एकदम नॉर्मल आते हैं। डाक्टर लोग हैरान रह जाते हैं, कहते हैं – आप की उम्र थम-सी गयी है। ये घुटने भी खराब हो गये तो इस के पीछे पूरी कहानी है।' थोड़ा सा रूक कर वह बोली, सिर्फ वेइट ज्यादा होने से यह हादसा नहीं हुआ...'

सहयात्री से रहा नहीं गया – 'फिर भी वेइट कुछ ज्यादा ही है आपका। आपकी हिप्स भी तो...' उसे लगा, यह अभ्रद वाक्यांश उसे नहीं कहना चाहिए था। वह बोल उठा, 'क्षमा कीजिए, मैं कुछ ज्यादा ही कह गया। हां, यह सत्य है कि अधिक वजन वाली महिलाएं कभी न कभी घुटनों की बीमारी का शिकार होकर रहती हैं। आपने भी शुरू से कंट्रोल किया होता तो शायद यह नौबत नहीं आती।' उसने विवेक करते हुए कहा, 'आपके लिए चाय बना दूं?'

'मुझे आता है चाय बनाना। आप फ्रूट जूस खत्म करो। फिर टोस्ट के साथ चाय पीयेंगे, साथ साथ।' वह ऐसे मुस्कराई जैसे सहयात्री कोई अजनबी नहीं, बल्कि उसका जीजा ही हो।

'आपको मेरे हाथ की चाय कड़वी तो नहीं लगेगी न?' वह मजाक पर उतर आयी – 'ऐसा लगे तो थोड़ी एक्सट्रा चीनी मंगवा लूंगी।' वह चाय बनाने में जुट गयी।

'चीनी बिल्कुल मत डालना मैडम।' सहयात्री ने कहा, 'यह मत समझिए कि मुझे कोई शुगर-वुगर है। वस्तुतः आपकी अंगलियों में ही मिसरी घुली है, फिर बाहरी शुगर का भी कोई मतलब है?'

सुनंदा चौंधिया गई। ऐसा मीठा मजाक कभी सुधीर के मुख से तो नहीं सुना। जीजा इतनी भरी-भरी मनुहार करते रहे पर उनके मुंह में तो जीभ ही कहां थी? सिर्फ आसपास घूमते रहे–आठों पहर प्रदक्षिणा करते रहे। सुलू से उन्हें बचना भी तो था।

'आप पोएट तो नहीं?' उसने होठों तक आए सवाल को दबोच

दिया। 'पोएट थोड़े फर्स्ट एसी में प्रवास करते हैं!'

'थैंक यू सर' उसने शब्दों की बजाय चेहरे पर मृदुल भाव प्रकट कर शुक्रिया अदा कर दिया। बड़ी बड़ी पुतलियां नचाते हुए बोली – 'तब तो मुझे अपनी ही उंगलियों से बचना पड़ेगा। डाक्टर ने कहा, शुगर जितनी कम लोगी, आपको उससे लाभ ही होगा। शुगर क्या, मीठा जहर ही तो है वो –'

सहयात्री ने हामी भर दी, 'डाक्टर ने बिल्कुल ठीक ही तो कहा है। शुगर से मुटापा बढ़ता है।' उसने सरसरी नजर से सुनंदा के सुपुष्ट अंग-उपांगों को देखा तो वह थोड़ी शरमा-सी गयी। नजर क्या थी, मानों सांप की जीभ ने ही उसे चाट लिया था। वह मीठी कंपकंपी महसूस करने लगी। टिकट चैकर आ चुका था।

'आप आबू रोड़ जायेंगी और आप...'

'अहमदाबाद।'

'ठीक है, कोई असुविधा तो नहीं?'

'कतई नहीं।' सुनंदा ने मोर्चा सम्भालते हुए कहा, 'देर रात एसी थोड़ा धीमी करवा देना। हम वैसे भी उम्रदराज लोग हैं, ठिठुरने लगेंगे।' वह हंस पड़ी। सहयात्री को 'उम्रदराज' लफ़्ज कुछ नागवार गुजरा, यद्यपि सच पूछो तो वह सीनियर सिटीजन ही था। यह अलग बात है कि वह बूढ़ा लग नहीं रहा था। फिर भी बायां पांव लंबा पसार कर जिस तरह बैठा था उससे टीसी को अंदेशा लग गया कि महाशय को या तो टांग में तकलीफ है या कमर में दर्द है।

'आप को एक्स्ट्रा कुशन चाहिए क्या?' टीसी ने पूछ ही लिया।

'ठीक है, भिजवा दो।' सहयात्री झेंप-सा गया। सुनंदा की नजर में चिंता का भाव सकपकाते देख उसने स्पष्टता कर ही थी – 'बैठने में

थोड़ी तकलीफ तो है, लेकिन नॉट दैट सिवियर। पांव पसार लेता हूं तो काम चल जाता है।'

'आराम से सो जाइए न, सुविधा रहेगी।' सुनंदा ने मशवरा दे ही दिया। टीसी ने भी उसका समर्थन किया, 'मैडम ठीक कह रही हैं।' वह केबिन छोड़कर आगे बढ़ गया।

'सोते सोते नाश्ता करना अच्छा लगेगा क्या?' सहयात्री ने पूछा, 'क्या मैं आपको इतना अपाहिज लगने लगा?'

सुनंदा के चेहरे पर मायूसी छा गयी। 'आप तो छोटी-सी बात पर बुरा मान बैठे। आपको कष्ट हो रहा था, इसलिए मैंने ऐसा कहा। कमरदर्द वाले अक्सर सोते रहते हैं, सोने से दर्द में राहत रहती है न?' वह मुसकुरायी।

'आप आदेश करती हैं तो सो जाता हूं।' सहयात्री ने लम्बी तान ली। सुनंदा से हंसी रूक न पायी।

'आप तो एकदम बच्चे जैसे हैं।'

'बच्चे अक्सर मां की बात मान लिया करते हैं।' सहयात्री ने ताना कसा और सुनंदा तिलमिला उठीं।

'अपने बच्चे को तो मैं कभी मां नहीं लगी! ननिहाल में पैदा हुआ। सब लोग दीदी कहते थे सो वह भी दीदी ही कहने लगा। बाहर ही बाहर पढ़ता रहा और कैरियर बनाने स्टेट्स चला गया।' कुछ रुक कर उसने कहा, 'आप को मैं बूढ़ी लगती हूं क्या?' ठहाका लगाकर सहयात्री बोला, 'नहीं जी, बूढ़ा तो मैं हो गया हूं। देखिए सीनियर सिटीजन के कोटे में मुसाफिरी कर रहा हूं। आप तो काफ़ी जवान लगती हैं, वैरी क्यूट! चूंकि आप इमारत ही बुलंद हैं इसलिए वो खंडहर वाला शेअर तो नहीं कहूंगा : सचमुच आप इस उम्र में भी रानी मुखर्जी जैसी लगती हैं...' उसने जानबूझकर 'सेक्सी' शब्द का प्रयोग नहीं किया, यद्यपि

सुनंदा तो ऐसी प्रशस्ति सुनकर प्रसन्न ही होती।

'थैंक यू सर, मैनी मैनी थैंक्स फॉर योर कॉम्लिमेंट्स...' सुनंदा को याद आया – सुधीर अग्रवाल ने तो बत्तीस वर्ष के सुदीर्घ दांपत्य के दौरान एक बार भी ऐसी बात नहीं की। हां, जब भी मन में आया, भेड़िए की तरह झपट जरूर पड़ते। यह भी नहीं पूछते कि तबियत कैसी है, तुम्हारा मूड़ भी है या नहीं।

'आप लेटे लेटे ही बात करते रहो, मैं सुनती रहूंगी।' वह ऐसी मुस्कान बिखेर रही थी मानो परिजात अपने फूल बरसा रहा हो। सहयात्री को अच्छा लगा।

'मैं तो समझता था, मझे आपकी सेवा करनी पड़ेगी। आखिर दोनों घुटनों का रिप्लेसमेंट जो करवाया है।' वह भी मुस्कुराया।

'आपने बिल्कुल ही ठीक समझा है। मुझे पैरों पर खड़ा होने में सहारे की जरूरत पड़ती है, अब भी। इसलिए तो जीजा जी को बड़ा क्षोभ हो रहा था मुझको अकेले भेजने में। आप की कंपनी मिल गयी तो उनको भी तसल्ली हो गयी थी...' कहते कहते सुनंदा स्वयं भावुक हो गयी।

'नहीं पूछना चाहिए, फिर भी अपने आप को रोक नहीं पा रहा। आप बुरा तो नहीं मानोगी?' सहयात्री नाश्ता लेकर आए बैरा को देख मन में उठा प्रश्न निगल गया। 'नाश्ते में और कोई आइटम चाहिए तो बता देना मैडम, वेज-नॉनवेज... खाना भी एकाध घंटे में आ जायेगा।' बैरा डिनर का आर्डर लेने खड़ा रहा।

'ठीक है, अभी जो लाए हो काफी है। सुनंदा ने सहयात्री से पूछ लिया, 'आप नॉनवेज लेते हों तो खुशी से मंगवाइए। मैं शुद्ध वैष्णव धर्मावलंबी हूं, फिर भी आप पर अपनी पसंद नहीं थोपना चाहूंगी।'

सहयात्री ने हंस कर कहा, 'मैं भी शाकाहारी तो हूं; हां प्याज-लहसुन

अवश्य खा लेता हूं। किंतु आज की शाम आप के नाम—आप जो खाएंगी, मैं भी वही चीजें खा लूंगा।'

सुनंदा ने शीघ्र अपनी पसंद का आर्डर लिखवा दिया। बैरा चला गया तो कहने लगी, 'आप कितने अच्छे हैं!' – उसकी आंखें नम हो गयीं।

'स्त्री दाक्षिण्य के तौर पर आपकी रूचि का खयाल रखना मेरा धर्म है। मैं आखिर एक पुरुष जो हूं।' सहयात्री ने सुनंदा के हाथ ये गिरा तौलिया उठाकर देते हुए कहा, 'फिर संसार में कुछ ऐसी प्रतिभाएं होती हैं जिनकी हर बात मानने का मन होता है – आप ऐसी ही विरल प्रतिभा हैं, सच कहता हूं। खुशामद करने की आदत नहीं मुझे।'

सुनंदा सुनती रही। 'आप अच्छे हैं इसलिए पूरी दुनिया आप को अच्छी ही लगेगी। सुंदरता देखने वाले की आंख में होती है!' वह मुस्कुरायी और पूछने लगी, 'पता नहीं, यह बात और किसी ने अब तक क्यों नहीं बतायी!'

'हमारा समाज आर्थोडोक्स है न! मैं आप की प्रशंसा एकान्त में तो कर सकता हूं, दस-पांच व्यक्तियों की उपस्थिति में मैं चाहूं तो भी ये शब्द नहीं बोल पाऊंगा।'

सहयात्री का पारदर्शी व्यवहार उसे प्रभावित कर गया। 'आप आबूरोड रहती हैं या माउंट आबू में?' उसने पूछ ही लिया।

'आबू रोड में हमारा मार्बल का कारोबार है। मैंने शुरू में ही कहा था, आप शायद भूल गए!' कहना तो चाहती थी – 'शायद उम्र की वजह से' पर यह सुनकर तो सहयात्री दुखी ही होता। वह चुप रही।

'मार्बल का कारोबार!' वह रोमांचित हो उठा, 'तभी तो आप...' उसने अपने आप को बलपूर्वक थाम लिया।

'कहिये न! रूक क्यों गये जी?' सुनंदा को पता था, वह क्या कहनेवाला था। शायद इसी लिए वह आतुर बन गयी थी। जो छवि उसने अपने मन के अज्ञात कोने में बनाकर छिपा रखी थी वही इस अजनबी के होठों पर प्रतिबिंबित हो रही थी।

'आप स्वयं मार्बल की मूर्ति बन गयी हैं, मार्बल के साथ रहते रहते...शायद यही वजह है कि उम्र भी आपके घुटनों में समा गयी, चेहरे तक नहीं पहुंच पायी...'

वह खुश थी। चेहरा उसका गुलजार हो रहा था। 'मैं सच ही मूर्ति लग रही हूं क्या?' वह अपने घुटनों का खयाल रखकर जरा धीमे से उठ खड़ी हुई। – 'अरे, कहीं लड़खड़ा जातीं तो? खड़े होने से पहले मुझे बताने में कैसा संकोच?' सहयात्री अधिकार जताने लगा। उसने सुनंदा की बांह थाम ली।

'आप दे देकर कब तक सपोर्ट देते रहोगे?' वह संगमरमर की मूर्ति की तरह हंस पड़ी। –'मूर्ति के पुजारी को तो उसकी कतई चिंता नहीं; यहां आप खामख्वाह जी छोटा किए जा रहे हो। यह भी कोई बात हुई?' उसके स्वर में नमी घुल गयी।

वह केबिन की दीवार का सहारा लेते हुए आगे बढ़ी। शायद उसे बाथरूम जाना था। सहयात्री ने उसकी चप्पलें खिसका दीं। 'अबकी थैंक यू नहीं कहूंगी!' चप्पल में पांव डालते हुए वह फिर ये मुसकुरायी। –'मूर्ति थोड़े ही दर्शनार्थी का आभार प्रकट करती है!' सहयात्री ने चुटकी लेते हुए कहा, 'हां यह सही है, किंतु भक्तों पर वह अपनी कृपा अवश्य बरसाती है...' वह दरवाजा खोलने लगा और पैसेज में उसके पीछे पीछे चलने लगा।

'तकलीफ़ मत लीजिए। मैं हो आती हूं। सिर्फ उठते-बैठते ध्यान रखना पड़ता है।' सुनंदा टॉयलेट का दरवाजा खोलने लगी। सहयात्री उधेड़ बुन में पड़ गया। 'संकोच मत करना आवश्यकता लगे तो शीघ्र

बुला लेना, यहीं खड़ा हूं मैं।' वह यंत्रवत् बोलता रहा और सुनंदा ने टॉयलेट की चटखनी चढ़ा दी। सहयात्री वहीं खड़ा रहा।

कुछ देर बाद चटखनी खुलने की आवाज आयी। सहयात्री ने लपककर दरवाजा खोल रही सुनंदा का हाथ पकड़ लिया। उसे धीरे से पैसेज में ले आया, जैसे कोई नई शादीशुदा दूल्हा अपनी दुल्हन को लाता हो।

सुनंदा की आंख नम हो गयीं। सीट पर बैठकर उसने तौलिए से आंसू पोंछ दिये। उसने आंखें मूंद लीं।

'रिलेक्स, मैडम' सहयात्री ने चेहरे पर मायूसी के साथ मुस्कुराने की कोशिश की – 'लाइफ़ फूलों की सेज नहीं है।' लेकिन उसी लाइफ़ में जब कोई फरिश्ता आ जाय तो वह शालीमार गार्डन लगने लगती है।' वह हंसने की कोशिश कर रही थी। सूप आ गया था। सूप लेते लेते उसने पूछा, 'रिप्लेसमेंट के लिए इतनी दूर क्यों चली गयीं? आबू रोड से अहमदाबाद तो काफी नजदीक पड़ता है। दिल्ली में जो सुविधाएं हैं, सबकी सब अहमदाबाद में भी तो उपलब्ध हैं।' वह उसके प्रतिभाव के लिए रुका।

'मैंने भी सुन रखा था डॉ. सुरेन्द्र देसाई का नाम। हसबंड ने पूछताछ भी की थी शायद। बड़ी लाइन लगी रहती है उन के यहां। दो-ढाई महीने बाद नंबर लगता...फीस भी तगड़ी लेते हैं।

– सहयात्री चौंक-सा गया। 'ठीक है, ठीक है। और फिर तो चही यही निर्णय था। आप की छोटी बहन भी तो दिल्ली में रहती हैं। तीन साढ़े तीन महीने आराम भी तो नहीं कर पातीं अहमदाबाद में। डाक्टर तो वैसे भी मरीज को मरीज ही मानकर चलेंगे, चाहे कैसा भी हो। एकाध सप्ताह में वो तो आप को वापस आबू रोड अपने घर पर भेज देते। मार्बल की मूर्ति अस्पताल में थोड़ी रहेगी – वह तो मंदिर में ही सुहाती है।'

वह कुछ नहीं बोली। केवल शून्य में टुकुरती रही। सहयात्री को लगा, शायद उसका कहना वह ठीक से नहीं समझी। बैरा डिनर रखकर चला गया! सूप खत्म कर दोनों ने अपनी अपनी प्लेट संभाली।

'कहनेभर को ही राजधानी है, खाना एकदम बेकार दिया करते हैं। मेरे तो मुंह लगता ही नहीं, मतली-सी होने लगती है।' सुनंदा ने कहा, 'साढ़े तीन महीने पूवी इसी ट्रेन में गई थी। टिफिन साथ लेकर। लौटते भी टिफिन ले आती तो अच्छा रहता सुलू ने तो आग्रह भी खूब किया – मैंने ही मना कर दिया था : रेल वाले इतना तगड़ा किराया ऐंठते हैं, देखूं तो सही कैसा खाना देते हैं!' सुनंदा को पछतावा हो रहा था – टिफिन लायी होती तो 'फरिश्ते' को भी खिला देती। सुलू के हाथ का लजीज खाना खाकर उंगलियां चाटते रह जाते।

– उसने थोड़ा-बहुत खा लिया और हाथ मुंह पोंछ लिए। सहयात्री तसल्ली से खाता रहा। बोला, 'अन्न देवता का आदर करना चाहिए। स्वाद अच्छा लगे न लगे, पेट को उस का कोटा मिल गया!'

सुनंदा ने कहा, 'मैं भी कोई भूखी थोड़े ही सो पाऊंगी! डबल आइसक्रीम खा लूंगी! हर चीज़ का विकल्प उपलब्ध है इस दुनिया में। जिसको जो पसंद है मिल ही जाएगा।'

'मैं आप से डिफर होता हूं।' सहयात्री ने पानी की बोतल की ओर देखा कि लपक कर सुनंदा ने बोतल खोल कर गिलास भर दिया। सहयात्री ने एकाध घूंट पीकर अपनी राय स्पष्ट करते हुए कहा, 'मैं एड्जस्ट होने में विश्वास करता हूं। एड्जस्टमेंट इज लाइफ एंड लाइफ इज एड्जस्टमेंट। बस, इतनी कला हस्तगत कर लो तो कभी किसी के प्रति शिकायत रहेगी ही नहीं।

खाना खत्म कर सहयात्री बाथरूम की ओर बढ़ा। वापस लौटा तो देखा, सुनंदा बैरा को ऊंची आवाज में फटकार लगा रही थी। वह निःशब्द खड़े खड़े मेम साब की डांट सुनता रहा। 'साहब' को आते देख

वह केबिन के कोने में सिमट गया।

'ठीक है, जाओ...' सुनंदा ने उसे अभयदान देते हुए आदेश किया' 'हम दोनों के लिए दो दो प्लेट कसाटा आइसक्रीम ले आओ।' बैरा 'ओ. के. मेमसाब' कहते हुए जल्दबाजी में भागा।

'सॉरी सर!' सुनंदा सहयात्री से क्षमा याचना करने लगी। 'मैं समझ सकती हूं, आपको मेरा यह व्यवहार पसंद नहीं आया होगा परंतु इन लोगों के साथ तो ऐसे ही तेवर रंग लाते हैं। अब देखना, पूरी रात जागता रहेगा।'

'लेकिन इतनी सारी आइसक्रीम! बाप रे!' बैरा को चार फुल प्लेट आइसक्रीम के साथ आते देख सहयात्री हड़बड़ा गया।

'कौन खाएगा यह सब?' उसने सुनंदा की ओर प्रश्नवाचक दृष्टि की।

'और कौन खाने वाला है यहां?' बैरा बाहर चला गया तो सुनंदा कहने लगी, 'केबिन में हम दो ही तो हैं। मैं खाऊंगी और आप को खिलाऊंगी, जबरन्!' वह हंस पड़ी।

सहयात्री को भी हंसी आ गयी। ऐसा अधिकार तो आज तक उस पर किसी ने भी नहीं जताया था। पत्नी तो बेचारी दो पांव बाली गौआ थी। चालीस वर्षों के सुदीर्घ दांपत्य के दौरान उसने न कभी कोई हक जताया, न किसी बात पर संदेह किया। रूठना तो उसे आया ही नहीं। यहां ये महारानी एकाध घंटे भर में हुक्म चलाने लगी हैं – सात बज कर पचास मिनट तक तो एक-दूसरे को देखा तक नहीं था और नाम तो इस क्षण तक नहीं मालूम। – फिर भी क्या दादागिरी है!

'लीजिए, शुरू कीजिए। कोई चाहे कुछ भी कहे, आइसक्रीम तो आइसक्रीम ही होती है। यह कलियुग का अमृत है।' वह हाथ में प्लेट लिए हंस रही थी।

'मैं एक प्लेट तो खा लूंगा, दूसरी वापस कर देती तो अच्छा था।' सहयात्री सहम-सा गया था।

'एक प्लेट तो नार्मल कोर्स में आने ही वाली थी। दूसरी प्लेट मेरी ओर से खानी होगी, अपनी मुलाकात की खुशी में।'

सहयात्री ने अपनी निर्बलता प्रकट करते हुए कहा, 'मुझे बार्डर लाइन शुगर प्रोब्लम है और कैलोरी का प्रश्न भी तो रहेगा। वैसे भी हाई कैलोरी डाइट जो खाता रहा हूं। दो दिनों से बड़ी हाई फाई मेहमान नवाजी कर लेते हैं ये दिल्ली वाले। कान्फ्रेन्स में आया था।'

सुनंदा माननेवाली नहीं थी। कहने लगी, 'कैलोरी आप का कुछ नहीं बिगाड़ने वाली।' उसने हठ शुरू किया, 'और सुन लो आप नहीं खाते तो मैं भी नहीं खानेवाली!'

'यही वजह है आप के मुटापे की!' सहयात्री ने आखिर ताना कस ही दिया, 'यह जो मेदस्विता दिख रही है न – बांहों में, छाती में, पुट्ठों में – वह आपकी आइसक्रीम-प्रियता का नतीजा है।'

उसने लापरवाही से उत्तर दे दिया, 'मुझे उसकी कतई चिंता नहीं है। फिगर मेनटेन करने से भी कौन-सा बड़ा नाबेल प्राइज़ मिल जानेवाला था? और जिसे दिखाने के लिए औरत ऐसी तपस्या करती रहती है उसे ही जब देखने की फुसर्त न हो तो इसका कोई मतलब भी रहेगा क्या?' वह थोड़ी उदास-सी हो गयी और फिर मुसकुराने की कोशिश करते हुए कहने लगी – 'छोड़ो ये बेमतलब की बातें। मैं तो वर्तमान में जीने का प्रयास करती हूं। जो पल चला गया उस पर रोना क्या? और जो पल अब तक आया ही नहीं उस की फ़िक्र करने से भी क्या फायदा? लेट्'स एन्जॉय अवर कम्पनी – चाहे वह चंद घंटों की ही क्यों न हो! यह स्वर्णिम अवसर बार बार तो नहीं आने वाला – फिर क्यों न उसका पूरा आनंद उठाया जाय...'

कुछ रूक कर बड़ी बड़ी आंखें नचाते हुए पूछने लगी, 'कुछ गलत तो नहीं कहा न मैंने?' सहयात्री ने उसकी बात काटना ठीक नहीं समझा। मन ही मन वह उस के चित्त का डिसेक्शन करने लगा। अवश्य कुछ अभाव रह गया है इस प्रगल्भ महिला के जीवन में। कोई भी सामान्य स्त्री इस कद्र अजनबी सहयात्री पर अधिकार जमाने की चेष्टा नहीं करेगी। वह उसकी मनुहार के सामने परास्त हो गया और अपने हिस्से का आइसक्रीम खा गया, यह जानते हुए भी कि इससे शुगर लेवल बढ़ने ही वाला है।

'घर में भी ऐसा ही जुल्मोसितम चलता होगा न आपका?' उसने टूथ ब्रश का वालेट निकालते हुए पूछ लिया।

सुनंदा मायूस सी हो गई। 'उन्हें फुर्सत ही कहां मिलती है ऐसा जुल्म सहने की? आठों पहर बिजनेस से चिपके रहते हैं जोंक की तरह।' उसे बात बढ़ाना उचित नहीं लगा। 'अपनी अपनी जिंदगी होती है...' उसे शब्द नहीं मिल रहे थे।

सहयात्री ने उसे ढाढ़स बंधाते हुए कहा, 'इसी का नाम है संसार। आप समझ रही हैं कि वो बिजनेस से चिपके रहते हैं, वास्तव में ठीक उल्टा ही है – बिजनेस उनसे चिपक गया है। जोंक की तरह। वह उनका जीवन रस चूस चूस कर उनको खोखला बना रहा है। आम तौर पर यही हाल हर सफल व्यक्ति का है, चाहे वह पुरुष हो या स्त्री। किरण बेदी अपना घर संसार नहीं निभा पायीं, आप तो जानती ही होंगी।' कहते कहते वह ब्रश करने चला गया। सुनंदा भीं साथ हो ली।

'मुझे ऐसे सफल व्यक्तियों के प्रति सख्त एतराज है।' सुनंदा फिर मौन हो गई। वह टॉयलेट में घुस गई और सहयात्री पैंसेज में खड़े खड़े ब्रश करने लगा।

देर रात ट्रेन जयपुर स्टेशन पर रूकी तब अचानक ही सुनंदा की

नींद उड़ गयी। कुछ देर वैसे ही रजाई लपेटे सोयी पर आंख नहीं लगी। उठ कर पानी पीया। धीरे से खड़ी होकर बाथरूम हो आयी। लौटकर डिमलाइट में देखा – सहयात्री की चादर खिसक गयी थी। धीरे से उसने चादर बिछौने पर पसार दी और अपनी रजाई ओढ़ कर बर्थ पर लेट गयी।

'ठंड लग रही है ना?' सकपकाहट से जाग उठे सहयात्री ने पूछा, 'जाकर नौकर को बोल दूं–एसी धीमी करने को?'

'नहीं, कोई जरूरत नहीं।' वह मजाक पर उतर आयी – 'सच बताओ, सोने का नाटक कर रहे थे ना? मैं जानती हूं, तुम्हें रातभर नींद आयी ही नहीं।'

'तुम्हें' का प्रयोग उसे कुछ ज्यादा ही मधुर लगा। 'नींद तो पत्थरों को आती है, लहू-मांस की देह थोड़े ही सो सकेगी ऐसी विकट स्थिति में!' उसने व्यंग कसा। – 'मतलब, मार्बल के ढेर के बीच रहते रहते तुम भी तो – आप भी तो मूर्ति ही वन जाओगी न!'

'यह गलतफहमी है आपकी।' वह उठ खड़ी हुई। बोली, 'मैं तो बाघों के बीच भी चैन से सो सकती हूं – फिर आप बाघ तो थे नहीं!' और सुनो, मैं कोई मार्बल-वार्बल नहीं हूं, मैं एक साधारण औरत हूं – जिसे मर्द का सहवास अच्छा लगता है। मैं कोई देवी या सती सावित्री नहीं हूं। गिलास में पानी भरकर उसने सहयात्री की ओर बढ़ाया– 'पानी पी लीजिए।' उसके हाथ को सहयात्री टाल न सका। गिलास लेते समय अनायास उसके हाथ का स्पर्श हुआ। पूरे शरीर में झटका-सा लगा। गिलास गिरते गिरते रह गया, कुछ पानी तो गिर ही गया। 'सॉरी मैडम' कहते हुए उसने तौलिए से सुनंदा के शरीर पर पड़े छींटे पोंछ दिए।

'बड़ी गर्मी है आप की काया में। सचमुच।'

वह कुछ नहीं बोली। सिर्फ मुंह बनाकर बैठी रही। सहयात्री घटक घटक करते हुए गिलास में बचा पानी पी गया।

'और चाहिए?' वह हंसकर पूछने लगी।

'जी नहीं। धन्यवाद।' वह तय नहीं कर पा रहा था कि रजाई ओढ़कर सो जाय या उसके साथ बतियाता रहे। जब कोई विकल्प नहीं सूझा तो उठकर बाथरूम चला गया।

सुनंदा उसकी असमंजस स्थिति भांप गयी। उसे दया आ गयी। 'बैठिए। अब जयपुर तो छूट चुका है। सो गये तो सोते ही सोते में आबू रोड़ आ जायेगा।' निपटकर आ रहे साथी से उसने बड़े प्यार से कहा, 'फिर पता नहीं कब मिलेंगे – बल्कि मिलेंगे भी या नहीं। आज मौका मिला है, वह तो शायद फिर कभी भी नहीं मिलने वाला। अगर कभी आप मेरे मेहमान बनकर आ भी गये तो मैं अकेली थोड़ी हूंगी – मेरे इर्द गिर्द पूरा घर होगा...' वह उस के सामने ऐसे देख रही थी जैसे जीवन में 'पुरुष' नामक प्राणी को पहली दफा देख रही हो।

वायलेट डिम लाइट में उसके चेहरे को देखकर सहयात्री सिहर उठा। क्षण भर के लिए ऐसा लगा जैसे सामने कोई मायाविनी बैठी है, जो उसे नोच डालने पर तुली है। उसे 'पंचवटी' की शूर्पणखा याद आ गयी। वह मन ही मन हनुमान चालीसा रटने लगा।

'आप सो जाइए मैडम।' वह थरथराने लगा, 'आप के घुटनों को भी आराम की आवश्यकता है।'

मेरे घुटनों की चिंता मत करो!' वह अपनी सीट पर खिड़की से सटकर बैठ गयी। 'याद है, मैंने कहा था – मेरे घुटनों के दर्द के पीछे एक लंबी कहानी छिपी हुई है।' वह यकायक अतीत में गोते खाने लगीः 'एक बच्ची थी मेरी। जनम से अपाहिज। अभी पांच साल पहले ही भगवान ने उसे अपने पास बुला लिया... पूरे पचीस साल उसे गोद में

खिलाती रही। उठाकर टॉयलेट ले जाना, नहलाना-धुलाना...मां जो थी मैं। और कोई थोड़ा संभालता मेरी लाडली को...' वह रूआंसी हो गयी। सहयात्री ने उसे ढाढ़स बंधाने की कोशिश की। वह रह रह कर हिचकियां ले रही थी।

'मेरे घुटने मुटापे से नहीं, अपनी बेटी को दिन रात उठाने की वजह से जवाब दे गये, वर्ना मैं – खैर, जिस की अपने घर में ही कोई वेल्यू न हो उसे बाहर से सम्मान थोड़े ही मिलनेवाला था!'

वह चुप हो गयी। सहयात्री उसका हाथ थामे बैठा रहा। 'यदि उन्हें मेरी वेल्यू होती तो साढ़े तीन महीने तक...' उसने सहयात्री की छाती में मुंह छिपा लिया और वह फफफ फफफ कर रो पड़ी। 'बहनोई बेचारा सज्जन आदमी था, फर्ज समझकर दौड़ता रहा – वह कमीना एक दिन भी नहीं निकाल सका अपनी 'धर्म' पत्नी के लिए...उन्हें सिर्फ कारोबार की पड़ी है। मैं तो एक बोझ बन गयी हूं। कितनी चिरौरी करती रही, वह पत्थर नहीं पिघला। दुनिया में ऐसा भी कोई पति होगा जो...' वह आगे बोल न सकी।

सहयात्री ने उसे ठंडा पानी पिलाया। 'उन्हें तो आना चाहिए था आप को ले जाने के लिए। इस प्रकार अकेली नहीं छोड़ देना चाहिए था...' वह उसकी पीठ थपथपाता रहा। सुनंदा उससे लिपटी रही और ट्रेन चलती रही।

***

नींद इतनी गहरी थी कि सुबह जब कैटरिंग वाले लड़के ने केबिन का दरवाजा खटखटाया तभी पता चला कि आबू रोड जल्द ही आने वाला था। हड़बड़ी में दोनों जाग उठे। 'आबू रोड आ गया क्या?' वह चिंतित स्वर में पूछने लगी।

'अभी आएगा, बीस-पच्चीस मिनट में।' लड़के ने पूछा, 'चाय ले आऊं या कॉफी?'

‘चाय ही ले आओ, साथ में बटर टोस्ट भी ले आना।’ सुनंदा ने कहा, ‘साहब के लिए भी लाना।’

वह ‘जी मैडम’ कहकर चला गया। सुनंदा ने लपक कर बत्ती जला दी। सहयात्री ने बड़े मृदुल स्वर में ‘थैंक यू’ कहा। सुनंदा बोली, “थैंक यू तो मुझे कहना चाहिए था। वह उनींदी आंखों से भीनी भीनी मुसकान बिखेरती रही।

‘गहरी नींद आ गयी, वर्ना मुझे ट्रेन में...’ सहयात्री ने वाक्य अधूरा छोड़ दिया तो सुनंदा को गुदगुदी हो आयी। सर्विस टी-चाय आ गयी। बारी बारी से दोनों टॉयलेट हो आए। सुनंदा ने चाय तैयार करके सहयात्री के सामने बढ़ा दी।

‘यह सफर याद रहेगा। उम्रभर।’

‘मुझे भी।’ चुस्की लेते हुए सहयात्री मूंछ में हंसा।

‘आपने मेरा नाम भी तो नहीं पूछा।’ सुनंदा ने शिकायत की।

‘चलो बता दो! वर्ना मैं तो बिना नाम भी आपको याद करता रहता। संगमरमर की मूर्ति को नाम की आवश्यकता होती है क्या?’ उसने चुटकी ली।

‘लेकिन मेरा तो नाम है।’ सुनंदा ने दिलवाड़ा की यक्षकन्या की तरह अंगडाई ली। वह उम्र से तीस साल अधिक जवान लग रही थी। सहयात्री अपना रोमांच दबा नहीं पाया, ‘मैडम, यू आर लूकिंग थर्टी इयर्स यंगर दैन योर एज...’

‘प्राण प्रतिष्ठा के समय मूर्ति भी ऐसी ही जवान लगती है।’ – वह फफक कर हंस पड़ी और इतनी हिल गयी कि चाय उछल कर सहयात्री के कुर्ते पर गिर गयी। – ‘क्या गलत कहा मैंने?’ वह तौलिया ढूंढ़ने लगी।

'स्टेशन आ रहा है।' लड़के ने उन्हें चौकस किया। सहयात्री उसे सामान इकट्ठा करने में मदद करने लगा। सुनो!' उसने वॉलेट से कार्ड निकाल कर देते हुए कहा, 'इस में मेरा घर का एड्रेस भी छपा है, सुधीर अग्रवाल मेरे पति का नाम है। बिजनेसमैन पत्नी का नाम थोड़े ही छापेंगे! पर फैक्ट्री के साथ मेरा नाम जोड़ रखा है, ज्योतिष के हिसाब से उनके अंक ज्योतिषी को मेरे नाम में शगुन दिखायी पड़ा वरना फैक्ट्री का नाम 'सुनंदा मार्बल्स' कैसे होता!' वह हंस दी। 'औरत को फैक्ट्री ही तो समझ रखा है मर्दों ने!'

उसने कनखिशें में इतना कह दिया जो शब्दों में शायद ही कहा जा सकता था।

'उसमें कोई अपवाद भी तो हो सकता है सुनंदा!' कार्ड हाथ में लिए सहयात्री गौर करता रहा और बोला, 'लो, तुम भी मेरा कार्ड रख लो। मैं माउन्ट आऊंगा तो तुम्हारी चाय पीने अवश्य आऊंगा; और तुम भी अब घुटनों की तकलीफ़ के लिए दिल्ली मत जाना – अहमदाबाद ही नजदीक पड़ेगा।'

– सहयात्री का कार्ड पढ़कर सुनंदा उछल पड़ी – 'अच्छा, तो आप ही डॉ. सुरेन्द्र देसाई हैं... काश, पहले ही मिल गये होते...' आबू रोड स्टेशन आ गया था और डॉ. सुरेन्द्र देसाई सुनंदा को उसका सामान बाहर निकालने में मदद कर रहे थे।

'बहुत याद रहेगी आज की रात!' सुनंदा वाक्य पूरा कर ही चुकी थी कि कोच में कुली के साथ एक हट्टा कट्टा आदमी घुसा। सुनंदा को देखते ही वह पूछने लगा, 'कोई तकलीफ तो नहीं हुई न रात के सफर में?' सुनंदा चौंक गयी। स्वस्थ होकर बोली, 'नहीं, नहीं, कोई तकलीफ कैसी?' कुली ने सामान उठा लिया, सुरेन्द्र देसाई चुपचाप खड़े रहे और वह घबरायी-सी अपने पति के साथ-साथ उसका सहारा लेकर कोच से उतरने लगी। मुड़कर डॉ. सुरेन्द्र देसाई की ओर देखती भी तो कैसे! डॉ.

देसाई उस कोच के दरवाजे पर तब तक खड़े रहे जब तक वह मार्बल की मूर्ति प्लेटफार्म की भीड़ में औझल न हो गयी। उन्होंने घड़ी में देखा तो लगा, ट्रेन ठीक समय से चल रही थी। वापस सीट पर आकर बैठे तो लगा, कोई अब भी उनसे चिपका हुआ था...

खंधाड़िया

ढेड़िया भाई ने बिरादरी को आमंत्रित करके अपने मन की बात कह डाली। पंचायत में ऐसी शिकायत तो नित्य-प्रति आती ही रहती थीं, परंतु इसकी तरह कोई अपने पुत्र को जाति-बिरादरी से बहिष्कृत कर देने के लिए फरियाद तो नहीं ही करेगा। वह भी फिर ऐसा वैसा, बोझ बना, निकम्मा बेटा नहीं, किंतु नागजी जैसा क्लास-वन ऑफीसर वन-विभाग का अधिकारी। उसकी धाक से जानवर तो खैर, डांग के सघन सागवान के वृक्ष भी थरथरा उठते। 'पोस्टिंग' को एक-दो बरस मुश्किल से हुए होंगे कि इतने में तो उस के नाम की जैसे टकसाल ही खुल गई थी। वालोड और व्यारा जैसी तहसीलों में ही नहीं, अपितु सूरत और वलसाड जैसे शहरों में भी नागजी ने अलग-अलग नामों से प्लॉट खरीद लिये थे। पांच बरस में तो सर्वत्र एक ही साथ छा जाने के लक्ष्य के साथ वह आगे बढ़ता जा रहा था।

"ढेड़िया!" बिरादरी के मुखिया अमराजी ने फैसला सुनाने से पहले फरियादी को एक और मौका देते हुए पूछा : "पूरे होश-हवाश में तो हो न? ऐसे करोड़पति बेटे को निकालने के लिए तैयार हुए हो तो इसकी कैसी प्रतिक्रियाएं होगी, इस सब के विषय में विचार कर लिया है न?"

विरादरी के लोग निमंत्रण मिलते ही, ग्वाले शोरगुल करते हैं तो गायें एकत्र हो जाती हैं उसकी तरह, खीच खाने के लिए इकट्ठे तो हो

गये, किंतु किसी ने ढेड़िया भाई के मूल मुद्दे को समझने के लिए दिमाग तो लगाया ही नहीं था! यों देखा जाय तो झट से खोपड़ी में बैठ जाय ऐसी बात भी नहीं थी। कोई हो भी तो बहू को बाहर निकालने (तलाक देने) के लिए गिड़गिड़ाए; बेटे जैसे को भला कोई 'तलाक' देता होगा? उस पर भी तो फिर कमाऊ बेटा। वन-विभाग का बड़ा अधिकारी। कहा जाता है पूरी बिरादरी में एक-दो नेतागिरी में भाग लेनेवाले बड़े लोगों को छोड़ दिया जाय तो सबसे अधिक रुपये एकत्र किये हैं ढेड़िया भाई के नागजीड़ा ने! – उनके अनुसार तो वह 'नागजीड़ा' ही था : सरकारी नाम भले ही एन. डी. चौधरी रहा हो! दस बरस दिल से नौकरी करेगा तो अमरसिंह महान दानवीर कर्ण बन जायेगा कर्ण! पट्ठे ने इतने से समय में ही गांव में पचीस हजार का तो दान दे भी डाला है। माता की देहरी (छोटा मंदिर) इसी ने तो बंधवाई थी...! अभी तो व्यारा में बिरादरी की कन्याओं के लिए छात्रावास बनवा डालने का मन बनाये हुए है। और गांव-गांव में बालिका-विद्यालय भी! सब को ढेड़िया भाई के नागजी पर गर्व है; मात्र ढेड़िया भाई को ही नहीं है!

बाप-बेटे के बीच न जाने बारहवां चंद्रमा किस कारण रहता होगा! दूसरा कोई हो तो लड़के के नाम पर सीना फुलाता फिरे। इस ढेड़िया भाई को तो गांव करे उससे उल्टा ही करना है। पूरा गांव पूर्व की ओर चलता है तो यह पश्चिम दिशा में दौड़ लगाता है। बेटे को कठिन परिस्थिति में पढ़ाया। बड़ा अफसर बनाया। बिरादरी के पटेल के घर विवाह किया। अब बहू बच्चा जनने वाली है, इसी बीच इसने यह नाटक कर डाला! कैसी उलटी खोपड़ी है! कहता है : ऐसे हरामखोर लड़के की अपेक्षा तो कोई लड़का ही नहीं हो तो अच्छा! नागजी ने रुपये इकट्ठे किये पर इज्जत को मिट्टी में मिला रहा है। मैं इसे मजा चखा कर ही छोडूंगा!

"किंतु इस झोंपड़े की जगह बड़ा बंगला बन जाता न – एक-दो बरस में? अपने हाथों तुम लोग किस लिए चान्स खो रहे हो? तुम्हें

शौक न हो, नागजी की मां को तो होगा न?"

मुखिये का प्रश्न खोटा तो था ही नहीं। प्रत्येक मां को, उसका 'बेटा' कमाकर शीघ्रातिशीघ्र बंगला खड़ा करे, यही अच्छा लगता है। उम्र भर मजदूरी करके शरीर को सुखी लकड़ी बना डाला हो उसे बुढ़ापे में जरा विश्राम मिलने की आशा तो रहती ही है न! लड़के पढ़ाने का अन्यथा फिर मतलब ही क्या? लहू का पानी यों ही किया? नागजी स्वयं कहता फिरता : 'मेरा बाप अड़चन नहीं डाले तो पांच बरस में उन चौधरी साहब के बंगले की टक्कर का बंगला खड़ा कर दूं! हाइवे रोड़ पर ही! लोग आते-जाते देखें तो दांतों तले अंगुली दबा लें, ऐसा!"

परंतु यह बाप होकर भी उसे बरबाद करने निकला हो वहां बेचारा अपने सपने कैसे साकार कर सकता है? एन. डी. चौधरी बिरादरी के लिए भले ही ढेड़िया भाई का नागजीड़ा रहा हो, परंतु सरकार में तो उसकी तूती बोलती थी। छोटी-सी उम्र में इतनी ऊंची सीढ़ी पर कोई यों ही नहीं पहुंच जाता है। इसके लिए भी इंतजाम की आवश्यकता पड़ती है। और उसके लिए भी घोर तपस्या करनी पड़ती है।

नागजी ने यह सब भली प्रकार समझ लिया था। सरकारी नौकरी के पूरे भेद भरम पचाकर बैठा था। कौन-सी चाबी कहां लगानी चाहिए, इसका पक्का ज्ञान प्राप्त कर लेने के बाद ही वह भविष्य के जीवन का 'मास्टर-प्लान' तैयार कर सकता था। इसलिए प्रारंभ से ही उसने जिस काम में सफलता मिल सके उसी में हाथ डालने की आदत बना ली थी। ग्रामीण बाप को सुहाय अथवा न सुहाये परंतु जमाने के अनुसार चले बिना निभ भी कैसे सकता था? और उसकी बात 'जमाने के अनुकूल' सबके गले उतरने-वाली भी थी।

जब-जब वह गांव आता तब वालोड अथवा व्यापार के सरकारी गेस्ट हाउस में रूम बुक करवा कर आसपास के गांवों के प्रमुख नेताओं को बुलाता। उन्हें चिकन-पुलाव खिलाता। 'इंग्लिश' पिलाता और

तत्पश्चात् धीरे-धीरे उन्हें कहने-लायक दो-चार बातें कह सुनाता। सब लोग ध्यान से और मान-सहित सुनते भी जरूर।

"क्यों तुम लोगों को इक्कीसवीं सदी में भी अधनंगे आदिवासी रूप से ही पहचान बनाये रखनी है? तीर-कमान वाली संस्कृति को संभाले रखना है? विदेशी आएं, हमारी भोली-भाली, बल्कि अबोध लड़कियों को नचाएं, उनके अलग-अलग एंगलो से फोटो लें—और हिंदुस्तान की 'जंगली प्रजा पर पी. एच-डी. की थीसिसें लिखें—इससे हमारी इज्जत दुनिया के बाजार में बढ़ेगी अथवा घटेगी—यह तुम लोगों को ही तय करना है! कोई बनिये-ब्राह्मण पर क्यों थीसिस नहीं लिखता? उनके रीति-रिवाजों की शूटिंग करने के लिए क्यों कैमरे वाले दौड़ नहीं पड़ते? बामन बनियों की लड़कियां महंगही, और तुम लोगों की सस्ती—यही न?"

"साहब ठीक कह रहे हैं! साहब की बात सोलह आने खरी है!' सभी एक स्वर से उसकी बात को ससम्मान स्वीकार कर लेते। तालियों की गड़गड़ाहट से सरकारी गैस्ट हाउस गूंज उठता। "तुम लोगों के लड़कों को पर्वत-जंगलों में ही बंद किये रखना है अथवा उन्हें वलहाड़-सूरत अथवा बारडोली-बीली मोरा के बाजार दिखलाने हैं? तुम लोग शहर में जाकर दुकान लगाओ यह दूसरों को थोड़े ही सुहायेगा? हर गिने-चुने लोग ऐसी ऊंची पोस्टरों पर हैं, यह भी उन्हें तो खटकता है।

यह तो बाबा साहेब का प्रबल प्रताप है। अन्यथा हमारा आदमी और अधिकारी...? राम राम करें, राम राम! हमें तो इनकी गुलामगिरी ही निभानी है। अधिक-से-अधिक इनके मर्जीदान बनकर रह सकते हैं। इनकी चौकीदारी करेंगे। वैसे हमें तो सलामी ही देनी है। हमें कुलीन आदमी सलाम करे यह तो दुनिया का आठवां आश्चर्य माना जायगा!"

उसकी बातें चुटीली थीं। आनेवाला प्रभावित हुए बिना वापस नही

जा सकता था...। कोई चतुर व्यक्ति यह भी समझ लेता कि "बेटे को रातों-रात नेता-गिरी करने की चुलबुलाहट हुई है...। यों ही हम को ब्रांडी नहीं पिला रहा है। दाल में कुछ काला नजर आ रहा है...!"

और सच्ची बात को बाहर आने में अधिक समय भी नहीं लगा। दो-चार बतरस लोभी 'चौधरी साहब' के बंगले पहुंच गये और पूरी बात एकदम स्पष्ट हो गई!

"यह बहनजी..." सोफे पर उसके सटकर बैठी हुई अप्सरा को देखकर – एक उत्साही चमचे से रहा नहीं गया तो वह पूछ बैठा : "आपकी सेक्रेटरी होंगी, ठीक है न साहब!"

'साहब' भी उसके प्रश्न के मर्म को समझ गये थे! इसलिए "ठीक बात है!" कहने के साथ ही वे पानी पानी हो गये। ऐसे विषय में तो मौन रहना ही श्रेयस्कर होता है। परंतु उस पूछनेवाले को भी कुछ तो कहना ही पड़ता है न!

ढेड़िया भाई की यही तो शिकायत थी! यहां पत्नी के बच्चा होने को है और 'भाई' डांग के जंगलों में किसी नई ही बनपरी के साथ रास रचा रहा है! साथ में लेकर बेलून में उड़ता है! उनसे रहा नहीं गया तो उनने गोमती का ध्यान आकर्षित करवाया : "तू यों ही अंधेरे कमरे में घूंघट ताने बैठी रहेगी और वह किसी छैल-छबीली को घर में डाल लेगा! कुछ बोला कर, अन्यथा तुम्हारी हालत भी उस बुधिया मामा की गजरी जैसी हुई समझ लेना! उसके तो पीहरवाले पहुंचवाले थे जो बहन के लिए वालोड में घर गृहस्थी व्यवस्थित कर दी। तुम्हारे लिए जो भी कुछ करने वाला मैं ही हूं! नागजीड़ा गलफांस लगा कर तुम्हें मार डाले तो भी तुम्हारा बाप तो एक अक्षर भी नहीं बोलेगा! जा-जाकर उलटे जंवाईराज को सलाम ठोंक आयेगा! बिके हुए का क्या भरोसा?"

गोमती को ससुर की सीख शुरू-शुरू में तो बिलकुल ही तथ्यपरक नहीं लगी। बाप-बेटे के बारहवां चंद्रमा था, इसका तो उसे इस झोंपडे

में पैर रखते ही पता चल गया था। बात-बात में ऐसे झगड़ पड़ते जैसे कुत्ते लड़-झगड़ रहे हों! वह नये जमाने की बातें करता है। शहरी ढंग का रहन-सहन अपनाने की बातें करता है। बूढ़े को यह फूटी आंखों भी नहीं सुहाता! उन्हें शहर में रहना ही रास नहीं आता। खुले मैदान में डोल डाल गये हुए हैं न? उन्हें बंद मकान में शौच लगती ही नहीं!

...जबकि गोमती को तो पति की लंबी-चौड़ी आसमान जैसी बातें सुनकर उलटे प्रसन्नता होती। उस अमर सिंह की तरह किसी दिन उसका पति भी गुजरात का राजा बन जाय, इसका किसे पता? तब तो गोमती की धाक ही जम जायगी न! फूली-फूली उसके पीछे-पीछे घूमती रहेगी। लोग देखते ही रह जायेंगे, देख लेना! यह कौन? तो कहेंगे : अपने नये सी. एम. की मिसेज...!

गोमती सपनों में उतर जाती।

कभी-कभी व्यारा के बाजार में जाती तब महाराजा सयाजीराव गायकवाड़ के विशाल पुतले के सामने टकटकी लगाये देखती रहती! राजा होने वाले लोगों के ही पुतले लगाये जाते होंगे न? कहा जाता है : पहले यहां गायकवाड़ का राज चलता था। अंग्रेजों का तो था ही; किंतु साथ ही बड़ोदरावाले गायकवाड़ का भी था! ऐसे छोटे-छोटे कस्बों में उनने उस जमाने में स्कूलें खुलवायीं। इसीलिए तो आसपास के क्षेत्र में आज अस्सी-अस्सी बरस के बूढ़े लोग फटाफट अखबार पढ़ते हुए नजर आते हैं। ढेड़िया भाई जैसे पुराने लोग व्यारा की लाइब्रेरी से पुस्तकें ले-जाकर पढ़ते हों तो उसके पीछे तप तो इस राजा का ही गिना जायगा न! उसका नागजी भी किसी दिन –

और उसे सुनहरे भविष्य का सपना दिखाई पड़ने लगता–खुले आम। उस पुतले का चेहरा अचानक बदल जाता। वह सहसा उछल पड़ती : आप? आप अंततः राजा बन ही गये–ठीक बात है न!

"गोमती, वह बिगड़ गया है। तुं उसका भरोसा कर रही है; परंतु

उसने तो किसी मेम जैसी रखेल को घर में घुसा रखा है...अब तो पूरा गांव उसकी बातें कर रहा है!"

"यह तो ईर्ष्या के कारण। दूसरे सारे लोग सख्त मजदूरी करें और आपका बेटा राजा की तरह सरकारी गाड़ी में घूमता फिरे, तो वे लोग तो जल-भुन ही जाएंगे न! फिर चाहे जैसी मनगढंत अफवाहें फैलाते रहते हैं। बाप-बेटे को ही लड़ा डालने से उनकी आत्मा को चैन मिलता है!"

बहू समझदार थी, इसकी अपेक्षा बहू अत्यधिक आशावादी थी – ऐसा कहने में ढेड़िया भाई को अपना कथन सच्चाई के अधिक निकट प्रतीत होता। बेचारी भोली लड़की! वह बदमाश उसको पूरी ही छोड़ देना चाहता है – इसका तो उसे पता ही कहां था? लिखित में।

– अब एक भों-भों करती मोटर में वह आ टपकेगा, आधी रात को। और कोई-न-कोई बहाना बनाकर –

ढेड़िया भाई की धारणा उनके अनुमान से बहुत पहले ही सत्य सिद्ध हो गई थी...। पंच ढेड़िया भाई की बात सुनने को तैयार ही नहीं थे।

"तुम्हारी बुद्धि पर पत्थर तो नहीं पड़ गये?"

"बेटे को बिरादरी से बाहर करवा कर तुम्हें अब कौन-सा राजपाट भोगना है? नहीं रे भाई, तुम बाप-बेटे के झगड़े में बिरादरी किस लिए पड़े? लड़के जा-जाकर उसके यहां से सिफारिशी-पत्र ले आते हैं। वे कोई बिरादरी के कहने से थोड़े ही घर पर बैठ जाएंगे? उनके किसी दिन काम आयेगा तो नागजी ही आयेगा। हम तो किसी काम के हैं नहीं। फिर हमारा कहना कोई मानेगा ही क्यों?"

मुखी के अतिरिक्त शेष सभी लोग एक हो गये थे। बाजी नागजी के पक्ष में पलट गई थी। वह भी कोई कम प्रभावशाली नहीं था!...

अंततः ढेड़िया भाई ने अंतिम शस्त्र आजमाया।

"बेटा गोमती, कह रहा हूं – जरा बाहर आ न!" पूरी बिरादरी की आंख झोपड़ी में से झांक रही गोमती पर टिक गई। किसी को उस पर दया आई, तो किसी को उसकी हालत देखकर जुगुप्सा हो उठी। जिसने उसे पहली बार देखी, वह तो निराश हो ही गया।

सूजनवाला सिकुड़ा हुआ चेहरा, फूला हुआ पेट, सूज-सूज कर थाम-से बन चुके पैर...वह कोई स्त्री थी अथवा जीवित डाइन? नागजी उसे पसंद न करे उसमें उसका क्या दोष? इतना बड़ा अफसर ऐसी कुरूप, रोगग्रस्त पत्नी को भला साथ रख सकता है! उसके ऐसी क्या पड़ी थी?

"जरा मेरी बहू के मुंह की ओर तो देखिये!" हाथ जोड़कर खड़े हुए ढेड़िया भाई के शब्दों में आंसू मिल गये : "आप जिसकी प्रशंसा किया करते हैं उसके पराक्रम देख लीजिए! इस स्त्री के पूरे महीने होने को हैं, जब कान्हकुंवर कैसा पत्र लिखता है, यह पूछिये उसकी घरवाली को! इससे कहिए कि सबके सामने पढ़कर सुनाए!" ढेड़िया भाई से आगे बोला नहीं गया। आंखें उभर आई थीं – श्रावण-भादों में छलक उठती, गांव की सीमा पर बहती नदी की तरह। लाचार गोमती दरवाजे की चौखट पकड़कर मुश्किल से खड़ी हो पाई थी। सांस लेते हुए भी वह हांफ रही थी। उसकी आंखें सूज गई थीं। गाल पर बादामी रंग के चकते पड़ गये थे। शरीर पके हुए चीमड़ी के फल जैसा हो गया था। नितांत फीका, कांतिहीन।

"डाक्टर कह रहा था : गोमती की देह फूल गई है। उसके लहू का पानी होकर..." 'पैरों में उतर गया है' ये शब्द उसके कंठ में ही रह गए। उसका कंठ अवरुद्ध हो गया।

पूरी पंचायत शांत हो गई। गोमती की आंखें टपकने लगी। वह चुपचाप ससुर के चेहरे की ओर देखती रही। उनका सदा-सवाया,

लाड-दुलार ये पाला-पोसा बेटा 'सरकारी राजा, हो गया था, और बेटे का बेटा उसके पेट में पड़ा-पड़ा लातें मार रहा था —! उसे भी कदाचित् बाहर आकर बाप के राजपाट भोग लेने की आकुलता हो रही थी। उसकी नजर के सामने व्यारा के चौक में खड़ा वह राजा का पुतला सजीव हो उठा। मानों अचानक उसे—पत्थर के पुतले को वाक्शक्ति मिल गई हो और वह हुंकार भरता प्रतीत हुआ : ठीक ही तो है न! राजा का बेटा तो राजा ही होगा न!

...गोमती खो गई थी। सपने भी कैसे नशीले होते हैं। वह घड़ी भर के लिए एक सप्ताह पूर्व की उस भयंकर चोट तक को भूल बैठी। नहीं, नहीं। ये तो कहते फिरेंगे...! यों सात फेरे लेकर क्या आंगन में लाई पत्नी को भला कोई खदेड़ सकता है? इतना बड़ा आदमी ऐसी भूल कर ही नहीं सकता। पुरुष की जात, इसलिए कुत्ते की तरह अलग-अलग जगह मुंह तो मारती रहती है। इससे अपने को क्या मतलब? अपन को तो चुपचाप अपने बच्चे को जो पालना है! वह भले ही हड़काये कुत्ते की तरह —

"किंतु सुनिये तो सही!"

उस शाम बाप-बेटे के बीच बराबर की ठन गई थी। गोमती पछीत के पीछे कोने में छिपकर सुन रही थी। दोनों पीये हुए थे!

"ऐसी को मैं कैसे पालूं? इसके पेट में पड़ा हुआ बालक तो किसी और का है...वह मेरा नहीं है!" गोमती मरी-मरी सी हो गई थी। उससे दौड़ा नहीं जा रहा था अन्यथा छलांग लगाकर उसने नागजी के पाजामे का नाड़ा ही खींच लिया होता! कैसी बेहूदी बातें कर रहा था! विवाह करके लाया था तब तो अगल-बगल की घूमता रहता था। अब साहब हो गया तो क्या गोमती अप्रिय हो गई? इतने-से समय में?

— उसकी आंखों के सामने वह भयावना दृश्य रह-रहकर खड़ा हो रहा था। बूढ़ा बेचारा झूठ नहीं कहा रहा था... "तुम्हें ऐसा कहते हुए

लाज नहीं आती?" सास ने दो-जीवी गोमती का पक्ष लिया था। अंततः स्त्री थी न? "तू पेट में था उस समय तुम्हारा बाप ऐसे बोला होता? बेचारी भोली-भाली पत्नी के प्राण लेगा, प्राण! कलमुंहे, इतना बड़ा अधिकारी बना इससे तो पत्थर हो गया होता तो अच्छा होता। लोग कपड़े तो धोते!"

आगबबूले हुए नागजी पर मां की फटकार का असर थोड़े ही होनेवाला था!

"तुम्हें जो बकवाद करनी हो वह करती रहो न! मुझ पर क्या असर होना है? मैंने कभी का ही नया विवाह कर लिया है!"

ढेड़िया भाई ने खड़े होकर एक कनपटी पर दे मारी थी। "हरामखोर, तुझे इसके वास्ते पढ़ाया था क्या? रंडियों के पीछे भटकता फिरता है साले! और ऊपर से घर की स्त्री पर झूठे कलंक लगा रहा है? तुझे तो कीड़े पड़ेंगे कीड़े!" नागजी जल रही कनपटी को सहलाता हुआ उठकर चलता बना। जाते-जाते कैसा बेसुरा बोलता गया : "बूढ़े, बहुत प्रेम उमड़ रहा हो तो तू ही इसे रख ले न! मेरे पास तो इस जैसी सत्रह कामवालियां हैं।"

"अबे चल हरामजादे!" ढेड़िया भाई सोंटा लेकर पीछे दौड़े थे। नागजी की मां बीच में न पड़ी होती तो उसी समय ही फैसला हो चुकता! बूढा ऐसे कांप रहा था मानो उस में माता अवतरित हो गई हो : "अपनी गोमती के लिए मैं 'खंधाड़िया' लूंगा, किंतु आज के बाद तुम्हें तो इस घर की देहरी पर चढ़ने ही नहीं दूंगा।"

गोमती अचानक क्रोधाविष्ट हो उठी। पंचों के आगे आकर वह बोल उठी : अपनी चौधरों की बिरादरी में एसी हलकी जात वाली प्रथा डालने की क्या आवश्यकता है? हम गोमती नहीं हैं। अपन तो–अपन कोई दुबले अथवा कूकणा हैं? – मुझे नहीं चाहिए कोई खंधाड़िया...

उसकी बात बिरादरी वालों के पल्ले नहीं पड़ी। बहुत से यह समझ बैठे कि नागजी उसकी दवा-दारू नहीं करवाते इसलिए उसका शरीर फूल गया है। कदाचित् दिमाग भी सूज गया हो तो कोई आश्चर्य नहीं। ऐसा कुछ होगा तभी तो ऐसा अटपटा, बेतुका बोली होगी न? अन्यथा यहां भला चौधरी अथवा गामती वाली तुलना का प्रश्न ही कहां उठ रहा था?

"तू चुप रह न?"

ढेड़िया भाई क्रोधाविष्ट होकर चीखें परंतु इससे तो वह और अधिक बिगड़ पड़ी। "कह दिया न? मुझे किसी खंधाड़िए की आवश्यकता नहीं है! बच्चा बाहर आयेगा तब छिपा थोड़े ही रहेगा? उसका बाप न माने, किंतु दुनिया की आंखें तो नहीं फूट गई? वह तो देख रही है न? संतान की सूरत बाप से मिलती-जुलती आएगी तब तो बाप की आंखें उघड़ेगी न? फिर किस बात की पंचायत?"

इतना कहकर वह हप-हप करती झोंपड़ी में घुस गई। बिरादरी वाले एक-दूसरे का मुंह ताकने लगे। फिर ढेड़िया भाई ने अमरा मुखी से कहा : "गोमती जानबूझ कर आफत मोल ले रही है... अन्यथा माता की शपथ, मैंने तो उस के लिए..."

"आदमी मुआ भले ही सत्रह करता फिरे। अपने को तो अपनी संतान को संभाल कर बैठ जाना है!" – पहले भी जब गोमती के लिए खंधाडिया ढूंढ़ निकालने की बात रखी गई तब भी उसने तो उसी नकार का पल्ला पकड़े रखा। ढेड़िया भाई की आंखें चमचमा उठीं।

"मरी गोमती तो रतन है रतन!" वे बड़बड़ाये : "बेटा ही अपनी मां के पेट से कपूत निकला! ऐसे बेटे की अपेक्षा तो..." वे सुबकने लगे।

"बहुत हो गया, ढेड़िया!" अमराजी मुखिया ने धीरज बंधाते हुए

कहा : "बेटा उल्टा है, किंतु बेटे की घरवाली तो सीधी मिली है न? कल सब-कुछ ठीक हो जाएगा। उसका खून ही उसके मुकाबले का हो जाएगा! वही उसका बदला लेगा।"

मुखिया की भविष्यवाणी सुनकर झोंपड़ी के अंधेर में कराहती गोमती के मुख पर मुसकान फूट पड़ी। एकाएक उसे दर्द उठा और किसी समीप के हेल्थ सेंटर पर जाकर डॉक्टर को बुलाया जाये उससे पहले तो चट-से नन्हा नागजी ऊंवा ऊंवा करता हुआ...!!!

"अब नया खंधाड़िया ढूंढ़ने की आवश्यकता है क्या?" अमरा मुखिया ने ताना मारा। और पूरी बिरादरी खिलखिला कर हंस पड़ी। खुद ढेड़िया भाई भी।

यद्यपि मुखिया के प्रश्न का उत्तर तो उनने दिया ही : अब यह तो उसकी मां जाने!"

1. दक्षिणी गुजरात के आदिवासियों की गानीत और हलपति जैसी जातियों में बेटी के लिए घरजंवाई के रूप में अथवा बेटे की अकाल मृत्यु से पुत्रवधू के लिए 'खंधाड़िया' रखने की प्रथा है। खंधाड़िया रहनेवाला जवान सामान्यतया अपनी जाति का ही होता है। उसे पत्नी के घर रहना पड़ता है।

देहदान

पंडाल तक पहुंचने के लिए उसे काफ़ी मशक्कत करनी पड़ी थी। वह समय से पहले ही मेडिकल कालेज के स्टैण्ड पर पहुंच गया था, परंतु प्रवेशद्वार पर तैनात पुलिस अंदर जाने की अनुमति नहीं दे रही थी। वी वी आई पी की सुरक्षा का सवाल था।

'लेकिन वो तो मेरे बड़े भाई के समान थे।' उसने पूरे प्रदेश में 'गुरुजी' जैसे सम्मान दर्शक नाम से सुख्यात मृतक लोकचरण दास जी के प्रति सम्मान प्रकट करते हुए अपनी निकटता दर्शाने की चेष्टा की। पुलिस थोड़े ही पिंघलने वाली थी? इंस्पेक्टर तपाक से बोला – फिर आपको इस गेट पर आने की जरूरत कैसे पड़ी? आप सीधे वी आई पी गेट चले जाते। उनके निकटस्थ रिश्तेदारों के लिए वहीं पर व्यवस्था कर दी गई है। यह गेट तो आम जनता के लिए है।

वह मौन होकर खड़ा रहा। उसे पता लग चुका था – जब तक ऊपर से आदेश नहीं मिलेगा, किसी को भी प्रवेश नहीं दिया जाएगा। मंत्री महोदय सुबह सवेरे विशेष विमान द्वारा शहर में आ चुके थे। सुरक्षा कारणों से उन्हें सर्किट हाऊस से हेलीकाप्टर में ले आना तय हुआ था। सुना है, मंत्री जी लोकचरण दास जी के आश्रम में पले थे। बचपन में ही अनाथ हो गये थे। नियति ने उन्हें सुयोग्य हाथों में सौंप दिया और वहीं से आरंभ हुआ उनका आरोहण। वे इतनी ऊंचाइयों पर पहुंच गये जिसकी किसी ने स्वप्न में भी कल्पना नहीं की थी।

यद्यपि उन ऊंचाइयों को छूने की भारी कीमत भी चुकानी पड़ी थी। जिन ऊंचे आदर्शों की घुट्टी गुरु जी ने पिलाई थी उनसे बिल्कुल ही उल्टा आचरण करना पड़ रहा था। वर्ना एक 'अनाथ' राजनीति जैसे स्पर्धात्मक क्षेत्र में टिक ही कैसे पाता? जहां झूठे वादों की ज़रूरत पड़ी, कर दिये। दंगे भड़काने से सीटें मिलने का गणित बैठा, ठंडे कलेजे से भड़का दिये। जहां तीस-चालीस साल से निरंतर लोगों के बीच पालथी मार कर बैठे गुरुजी जैसे सेवाव्रती फेल हो गये वहां कहीं जाति तो कहीं धर्म के नाम पर पार्टी के प्रत्याशी जीतने लगे। पांच-दस साल में तो पूरे देश का माहौल बदल गया। सब उलट पुलट हो गया। सब से अधिक जोर लगाया मंत्री जी के ग्रह-सितारों ने। पांच-छः साल पहले जिस प्राणी का किसी ने नाम तक नहीं सुना था, वह आप हिन्दुस्तान का बादशाह बनकर बैठ गया है राजधानी में सत्ता की कुर्सी सलामत रखने के लिए प्रदेश में स्थित चुनाव क्षेत्र में अपनी जड़े मज़बूत करना ज़रूरी था। यह 'देहदान सम्मान' उसी सोचे समझे कार्यक्रम की कड़ी के रूप में आयोजित किया गया था!

पूरे एक घंटे के इंतज़ार के बाद स्थिति कुछ अनुकूल हुई। एक-एक कर बाहर इकट्ठा हुए लोगों को सुरक्षा जांच के बाद अंदर जाने की अनुमति दे दी गई। कालेज बिल्डिंग के पोर्च में एक सफेद एंबुलंस खड़ी थी। उचक उचक कर देखने पर सिर्फ इतना भर दिखाई पड़ा – फूलों से लदा एक कोफीन और उसके सिरहाने के पास बैठा सफेद एप्रन में सज्ज गार्ड, जो स्वयं बुत सा लग रहा था। हो सकता है वह एनेटॉमी डिपार्टमेन्ट में कार्यरत कर्मचारी हो जिस पर कालेज परिसर स्थित कोल्ड रूम में रखे डेड बॉडीज को संभालने की जिम्मेदारी हो।

पुलिस ने उसे एंबुलंस की ओर बढ़ने से रोका। डंडे से दिशानिर्देशन करते हुए उसने कहा – 'पंडाल में अपनी जगह सुरक्षित कर लो। गुरुजी का डेड बॉडी वहीं लाया जाएगा। तसल्ली से दरसन कर लेना।' वह मुंह लटकाए पंडाल की ओर चला गया। जब तक मंत्री जी नहीं

पहुंच जाते, गुरुजी के डेड बॉड़ी को पंडाल में सजाये गये प्लेटफार्म पर नहीं रखा जाएगा। मंत्री जी जैसे ही सर्किट हाऊस से मेडिकल कालेज के लिए उड़ान भरेंगे, एंबुलंस पंडाल की ओर चल पड़ेगी। मंत्री जी के लिए गुरु जी पिता समान थे – जीवन भर उनसे रूठे रहे, उनके आदर्शों से एक सौ अस्सी डिग्री का अंतर बनाए रखा। यकायक उनकी आत्मा जाग उठी होगी – वरना यह सब गुरुजी को थोड़े ही पसंद था? जीवन में एक फूल तक नहीं तोड़ने वाले शरीर पर आज पूरे शहर के बाग न्यौछावर हो जायेंगे। करना भी चाहें तो वे इस कर्मकांड का विरोध नहीं कर सकते। जीवित कहां थे? वरना अनशन घोषित कर देते। जब तक मरे नहीं, मंत्री जी भी उनसे डरते थे। आज उनकी लाश पर राजनीति हो रही थी। उसे बड़ा अफसोस हो रहा था।

वह मासूम होकर सब कार्यकलाप देख रहा था। गुरुजी के साथ कभी स्वयं भी काम किया था – एक बहुत ही करीबी अंतेवासी की हैसियत से। पर वह अपने उस अतीत को भुलाना नहीं चाहता। बरसों से वह अपने अंधेरों को समेट कर साधारण जिंदगी जी रहा था। न किसी से प्यार रह गया था न बैर। गुरु जी के साथ रहा होता तो आज पूरे आश्रम का वही सर्वाधिकारी होता। उसी के हाथों देहदान का संस्कार भी संपन्न होता। शायद नियति कुछ और ही चाहती थी, वरना गुरुजी के तो उस पर चारों हाथ थे। संबंधों में ओट भी आई थी तो उसमें स्वयं ही जिम्मेदार था। गुरुजी कभी नहीं चाहते थे कि वह आश्रम से दूर रहे। उल्टे वे तो उसे अपना उत्तराधिकारी समझ कर चल रहे थे।

उस रात जो घटना घटी, बस वही गुरु-शिष्य के बीच दीवार बन गई। उसने मुंह अंधेरे आश्रम छोड़ दिया था और दबे पांव अपना सामान लेकर चोर की तरह वह भाग निकला था...आश्रम छोड़ने के बाद वह जैसे भूगर्भ में चला गया था। आज अखबार में गुरु जी के देहदान के समाचार देखकर वर्षाऋतु आते ही अपना गुप्तवास छोड़कर प्रकट होने

वाले मेढ़क की तरह वह सीधा अस्पताल पहुंच गया था। न जाने क्यों, उसके पूर्वाग्रहों की इमारत समाचार मिलते ही ढह गई थी वरना आश्रम छोड़ने के तुरंत बाद तो कैसे बेबाक लफ्जों में एक लंबी चिट्ठी लिखकर उनसे नाता तोड़ दिया था! उन्हें दंभी करार दिया था, अपनी दुर्दशा के लिए भी उन्हीं को जिम्मेदार ठहराया था। इतने साल जिसे भगवान समझता रहा उसी आदमी को भला बुरा कहने में कोई कसर नहीं छोड़ी थी। खुद उसकी समझ में नहीं आ रहा था – आज फिर इतना प्यार कहां से उमड़ आया! वैसे आदमी अच्छा ही था। तभी तो दुनिया जीते जी पूजने लगी थी। पूरा जीवन जनसेवा मे खर्च कर डाला। मरने के बाद अपना जिस्म भी मेडिकल स्टूडेंट्स को डिसेक्शन हेतु देने की घोषणा करने वाले व्यक्ति के लिए जनमानस में आदर तो रहना ही था।

उनसे छह महीने पहले भाभी जी चल बसीं थी, तब उनका भी देहदान किया गया था। यह अलग बात है कि उस वक़्त ऐसा कोई कर्मकांड नहीं हुआ, इस वजह से बहुत कम लोगों तक यह सूचना पहुंच पायी थी। वे ऐसे प्रदर्शन को मानते ही कहां थे? वे तो चौबीसों घंटे काम ही काम की रट लगाने वालों में से थे। गांधी जो डस गया था। वैसे दुनिया अब इतनी बदल चुकी है कि अपने घर की चौखट के बाहर झांकने को भी कोई तैयार नहीं है। ऐसे कर्मकांडों के प्रति थोड़ा बहुत कौतूहल अवश्य रहता है, पर इस तरह बाहर ही बाहर खड़े रह कर थोड़े ही मजा आता?

लोग चाहे उनका नाम तक भूल चुके हों, फिर भी अखबारों में उनके कारनामों के बारे में इतने ब्यौरे से किया गया जिक्र पढ़ेंगे तो कम से कम ऐसे महापुरुष के चेहरे की एकाध झलक पाने के लिए उत्सुक भी अवश्य होंगे। कामकाज छोड़कर अंतिम दर्शन के लिए भीड़ लगाएंगे। मंत्री जी इस मानवीय दुर्बलता का ही तो लाभ उठा रहे थे। उन्हें पता था : जिस व्यक्ति ने जीवन में किसी प्रकार के मान-सम्मान को स्वीकार नहीं किया उसे अलविदा कहने के लिए लोगों का हुजूम

उमड़ पड़ेगा।

यह ठीक है कि नई पीढ़ी के पास जाया करने के लिए मुफ़्त का वक़्त नहीं है फिर भी गुरु जी जैसे सेलिब्रिटी के लिए ऐन मौके पर दो घंटे बिगाड़ने में उन्हें कष्ट नहीं होगा। हालांकि स्वयं वह समय के संदर्भ में दिन प्रति दिन कृपण होता चला था। आश्रम में व्यतीत स्वर्णिम वर्ष वापस थोड़े ही आनेवाले थे? आदर्शों के पागलपन में उसने आम जिंदगी के आनंद और सुख चैन की बलि चढ़ा दी थी। अब जो कुछ बचा था उसे वह यत्न से संजोकर रखने का प्रयास करता था। पूरा समय अपने पसंदीदा कार्यों में लगाता था। फूंक फूंक कर कदम रखता था।

उस रात की घटना ने उसे नखशिख बदल दिया था। कड़ी नफ़रत करने लगा था, वह ऐसे खोखले आदर्शों से। जब भी गुरु जी याद आते वह झुंझला उठता था। मन ही मन उन्हें कोसने लगता—तुमसे बड़ा मूर्ख इस दुनिया में शायद ही मिले! पूरी जिंदगी अंधेरों में सनते रहे हमें भी घसीटते रहे अपने पीछे। सामने वाला क्या चाहता है—यह तो कभी सोचा ही नहीं। बस, गांधी-विनोबा की दुहाई देते रहे। खुद तो हुए ही, अपनों को भी बर्बाद कर दिया। क्या हक था तुम्हें भाभी की जिंदगी से खेलने का? मेरे जैसे मासूम को आपने अपने खोखले आदर्शों की पूर्ति के लिए लेबोरेटरी एनिमल बना दिया – धिक्कार है तुम्हें... लोग पंडाल में बिछे गद्दों पर बैठने लगे थे।

वह दूर एक कोने में जाकर खड़ा रहा। आंखों के सामने उस चिट्ठी के अक्षर उजागर हो गये। शायद ही किसी ने उन्हें इतनी कठोर भाषा में फटकारा होगा। लोग तो उन्हें देवता समझते थे। और जीवन भर उन्होंने जनसेवा के ऐसे काम भी किये थे। पर यह तो अंदर की बात है जो थी। सिवाय उसके और भाभीजी के और कौन जानता था?

उसने न जाने क्या क्या ऊटपटांग बातें लिख डाली थीं – 'मैं

आइन्दा तुम्हारा मुंह देखना नहीं चाहूंगा... न जाने कितने लोगों को आज तक गुमराह किया होगा तुमने, कितनी जिंदगियां उजाड़ दी होंगी। चूंकि मैं थोड़ा-बहुत समझदार था अतः अपना हित-अनहित समझ सका और देर से ही सही, पर तुम्हारे शिकंजे से भाग निकला। तुम्हारे उस खतरनाक स्वरूप को पहचान सका। भेड़ की तरह तुम्हारे पीछे पीछे भागने से तो बाज आया। वरना मैं भी उन बेचारों की तरह आज तक तुम्हारे पीछे मिमियाता रहता। अच्छा ही हुआ जो तुमने स्वयं ही अपना मुखौटा हटाकर अपना असली चेहरा खुला कर दिया... कम से कम मैं खुद तो बच गया! वरना मेरी भी वही दुर्दशा हुई होती जो भाभीजी की हुई। तुम्हें एक्स्पोज करना भी चाहता तो कैसे कर सकता? तुम्हारी आभा से चौंधियाए पिल्ले और मेमने मेरे सत्य को प्रकट होने से पहले ही घोंट देते...

मैं यह भी जानता हूं कि मेरे आग उगलने से तुम्हारे जेहन में जूं तक नहीं रेंगनेवाली है। हंस दोगे और बहुत हुआ तो दो मीठे शब्दों वाला एक पोस्ट कार्ड लिख दोगे। तुम्हारे कृत्रिम जीवन की तरह तुम्हारा प्रतिभाव भी कृत्रिम ही रहेगा। पर ऐसी नौटंकी से मैं प्रभावित नहीं होनेवाला, कान खोलकर सुन लो! मैं तुम्हारे करिश्माई आभा मण्डल से पूरी तरह निजात पा चुका हूं।

उसने पलक झपकाकर अपने आप से पूछ लिया : क्या सचमुच ही उसके जादू से मुक्त हो सका हूं? यदि हुआ होता तो अखबार में उसकी मृत्यु का समाचार पढ़ते ही इतनी छटपटाहट कैसे होती? कहीं भीतर ही भीतर अब तक उस जादूगर की कश्मिाई छाया बरकरार थी वरना काम धंधा छोड़कर बाकी लोगों की तरह खुद उसके दर्शन के लिए कभी नहीं भागता। यूं समझिए कि यह आदमी मर कर भी तुम पर उसी तरह हावी है जितना जीवित अवस्था में था – बल्कि उससे भी कुछ ज्यादा। इस तरह बिना किसी औचित्य के अपना जीवन समाप्त कर उसने तुम्हें झकझोर दिया है। यही तो है मर कर जीते रहने की कला.. बड़ा

कलाकार था यह आदमी। – मानना पड़ेगा! गुरु नाम यूं ही नहीं पड़ा था।

***

मेडिकल कालेज के छात्र इस प्रकार के जन समुदाय से शायद पहली बार मुखातिब हो रहे थे। देहदान तो पहले भी हो चुके थे पर कभी ऐसा जमावड़ा देखने को नहीं मिला, देहदान करनेवाले पर कोई जबर्दस्ती तो करता नहीं। अपनी अपनी सोच होती है – आदमी जब अपने मृत शरीर को छात्रों के अध्ययन हेतु सौंपने की मंशा प्रकट करता है तब उसे बराबर पता होता है कि वे उसकी पूजा नहीं करने वाले हैं। वे तो नुकीले स्काल्पेल से उसकी बोटी बोटी नोच देंगे। किंतु फिर देहदान का यह तो मतलब नहीं कि समूचे कैम्पस को जेब में रख दिया जाय। न जाने क्या समझ रखा है इन राजनीतिवालों ने! इधर सिर पर एन्युअल एक्जाम मंडरा रहा है और इनको यह नाटकबाजी सूझी है। कम से कम एकाध हफ़्ते तक यही मामला टॉक ऑफ द टाऊन बनकर वातावरण में छाया रहेगा। पिछले एकाध महीने से कैम्पस में पढ़ाई का सीरियस माहौल बन रहा था। इस व्यक्ति के कारण वह कच्चे गर्भ की तरह गिर गया। अब नये सिरे से शुरूआत करने की नौबत आएगी।

एक और मुद्दा भी था। छात्रों को आश्चर्य इस बात पर हो रहा था कि ऐसे सड़े-गले डेड बॉडी पर इस प्रकार की राजनीति क्यों की जा रही थी। राजनेताओं ने कभी एनाटोमी डिपार्टमेन्ट में झांक कर देखने का भी कष्ट किया है? खैर; गुरु जी तो संत पुरुष थे; पत्नी का देहान्त हुआ तब उसका भी देहदान कर चुके थे। उनकी अंतिम इच्छा का आदर बेशक किया जाना चाहिए। परंतु जब डेड बॉड़ी पैंतीस-छत्तीस घंटों के बाद बरामद हुआ हो, तब उसमें दान करने योग्य क्या बचा होगा? बुरी तरह बिगड़े हुए शरीर पर छात्र चीरफाड़ भी क्या करेंगे! बदबू से बचने की पैरवी में ही तो रहेंगे सभी।

डेड बॉड़ी आखिर डेड बॉड़ी ही तो है – चाहे वह खुद भगवान का ही क्यों न हो! समय से बरामद कर लिया जाय तब तक तो ठीक है हवा लग जाने पर किसी भी डेड बॉड़ी में सड़न शुरू होकर रहेगी। आखिर माटी जो ठहरी। जब तक पूरी तरह माटी नहीं बन जाएगा, रासायनिक परिवर्तन जारी रहेगा।

फिर वह मृतदेह श्रीराम या श्रीकृष्ण की ही क्यों न हो...सड़क पर मरा कुत्ता और आश्रम में मरा संत समान रूप से सड़ते हैं। –डिपार्टमेन्ट भी ऐसे डेड बॉड़ी की तलाश में रहा करता है, बल्कि हर समय उनकी किल्लत महसूस करता रहता है ऐसे नामी गिरामी लोग देहदान-प्रवृत्ति का समर्थन करें यह जरूरी भी है। पर मरने वाले के उसूलों के खिलाफ़ उसी के डेड बॉड़ी पर राजनीति की जाय, यह तो सरासर पाप है। खैर इन गीदड़ों को पाप और पुण्य से नहीं, वोटों से ही मतलब होता है। वरना इसी आदमी ने अपनी औरत का देहदान किया था और अखबार में उसकी फोटो तक नहीं छपने दी थी। आज जब वह स्वयं अपना देहदान कर रहा है तो ढोल पीट कर प्रचार किया जा रहा है! सब ईश्वर की लीला है भाई! बाकी छात्र के लिए तो डेड बॉड़ी महात्मा गांधी का हो या लावारिस भिखमंगे का – वह सिर्फ़ डेड बॉड़ी है।

छात्र एक एक कर पंडाल में उनके लिए सुरक्षित जगह पर अदब से बैठ गये। भिखमंगों की लाशों पर शरीर रचना का विज्ञान सीखनेवालों के लिए यह यादगार दिन था। हज़ारों लोग जिसके चरण छूने में अपने आप को गौरवान्वित महसूस करते थे, ऐसे एक लोकोत्तर पुरुष की लाश उन्हें भेंट होने जा रही थी।

यह बात अलग है कि जीवन भर पाई पाई का हिसाब रखने वाले गुरुजी का देहदान कालेज को बहुत ही महंगा पड़ जायेगा। जहां दो सौ पांच सौ में एक लावारिस लाश कोल्ड रूम में पहुंच जाती थी, गुरुजी की सड़ी-गली लाश के पीछे लाखों रुपये फूंक दिये जायेंगे। हो सकता है इतना सब करने के बाद भी वह डिसेक्शन योग्य रहे या न भी रहे।

मंत्री जी दिल्ली में बैठे आदेश देते रहे और प्रदेश का स्वास्थ्य विभाग उसका अक्षरशः पालन करने में जुटा रहा। एक डेड बॉड़ी जुटाने में इतना रुपया लग जायेगा, जिसकी गुरुजी ने सपने में भी कल्पना नहीं की होगी। लावारिस लाशें भी अपने बीच ऐसी वी आई पी लाश के आगमन से फूली नहीं समाएंगी। एक दूसरे से चुटकियां लेती हुईं जश्न मनाएंगी।

कालेज की तेज तर्रार लड़की अपने बॉय फ्रैन्ड के कानों में मुंह डाले फुसफुसाई : ये तो बड़े ब्रह्मचारी थे—पता है?

'तुझे किसने बताया?' वह चकित होकर शंका करने लगा –

'यह सब बकवास है। मंत्री अपने फायदे के लिए ऐसे गुब्बारे उड़ाता होगा।' अचानक ही उसे नयी दलील सूझी – 'भला ब्रह्मचारी शादी भी करता है क्या? इसी आदमी ने कुछ साल पहले अपनी बीवी का भी देहदान किया था।'

लड़की मुंह फुलाकर कहने लगी : आज के अखबारों में इनकी पूरी स्टोरी छपी है। अभी तो साल भर नहीं हुआ, मुझे बराबर याद है तुम अखबार पढ़ो तब न? 'ऐसी गपशप पढ़कर मैं अपना बेशकीमती वक्त बिगाड़ना नहीं चाहता।' उसने ठहाका लगाते हुए कहा : उससे फायदा भी क्या? मैं तो पढ़ाई खत्म होते ही शादी करने वाला हूं। बच्चे भी पैदा करूंगा। जो औरत शादी करके मेरे घर आएगी वह भी तो मुझसे इतनी 'मिनिमम' अपेक्षा रखेगी ही। वह ब्रह्मचर्य पालने के लिए थोड़े ही मां बाप का साथ छोड़ेगी! स्त्री पति के घर इसी उद्देश्य के साथ जाती है कि उसके साथ यौन जीवन का पूरा लुत्फ उठा सके, उसके बच्चों को अपनी कोख में पाले...'

'तुम तो बुजुर्ग लोगों जैसी बातें करने लग गये...' लड़की ने चुटकी लेते हुए कहा : अब तो सिर्फ़ मूर्ख लोग ही बच्चे पैदा करने का रिस्क लेते हैं। बुद्धिमान स्त्री-पुरुष सिर्फ़ लाईफ एन्जॉए करने में मानते हैं।

'इसका मतलब कि ये महाशय बुद्धिमान थे! ब्रह्मचर्य के आवरण में सेक्स करते रहे और दुनिया को उल्लू बनाते रहे।' वह हंस पड़ा : 'लगता है इसी वजह से लोगों ने इसका नाम गुरुजी रखा होगा।'

छात्रों के दिलो दिमाग में देहदाता के प्रति कोई विशेष सम्मान शायद ही हो – हां, कुतूहल अवश्य था। कोई कोई दया भी खा रहे थे। ऐसी क्या जरूरत पड़ गई थी कि पहले पत्नी का और अब खुद अपना डेड बॉड़ी नुचवाने पर तुले हैं? पुण्य ही कमाना था तो अपनी देह नर्मदा में डलवा देते। यहां तो पूरे छह महीनों तक बोटी बोटी कटती रहेगी। नंग धडंग डिसेक्शन प्लेटफार्म पर पड़े रहेंगे और नौसिखुए लड़के-लड़कियां मुंह पर मास्क बांधे चीर फाड़ करते रहेंगे। मज़ाक उड़ाते रहेंगे ब्रह्मचारी जो ठहरे!

वह भीड़ से हटकर अपनी दुनिया में खोया हुआ दूर कोने में, पंडाल के खंभे से सटा खड़ा था। पुलिस को शक हुआ। एक अफ़सर उसके पास लपककर बोला – 'चाचा, श्रद्धांजलि देने आये हो या टहलने? मंत्री जी चंद ही मिनटों में पहुंच रहे हैं। चलो, अपनी जगह ढूंढ़कर बैठ जाओ। यहां खड़ा रहना मना है।'

'भाई साहब, मैं मंत्री जी का भाषण सुनने नहीं आया। मुझे तो सिर्फ गुरुजी के आखिरी दीदार करने की मंशा है। जैसे ही उनका शव दर्शन के लिए रखा जायेगा मैं...'

'आप इस तरह नहीं जा सकोगे। समारोह संपन्न होने के बाद ही दर्शन हो सकेंगे। अगर इतनी जल्दी में हो तो गुरु जी की तसवीर के दर्शन करके अभी जा सकते हो। मंत्री जी के आगमन के बाद सिक्युरिटी टाईट कर दी जायेगी। जब तक वे पधार नहीं जाते, किसी को अपना स्थान छोड़ने की इज़ाज़त नहीं दी जायेगी...'

वह मुंह लटकाकर सुनता रहा। चुपचाप खंभे के पास जमीन पर बैठ गया। इतना कष्ट उठाकर पहुंचा था और गुरुजी का दीदार भी न

हो, यह बात उसे कांटे की तरह चुभ रही थी। उसने चाहे जितनी शिकायत हो, अब वे तो नहीं रहे। यहां लाया जायेगा वह तो उनका पर्थिव शरीर होगा। शरीर, जो मर चुका है। अंग्रेजी में उसे डेड बॉडी कहते हैं, देशी भाषा में मुर्दा। और मुर्दों से बैर नहीं लिया जाता; उन पर गुस्सा नहीं किया जाता। बैर या रोष जिंदा आदमी से होता है। जैसे ही उसके प्राण छूट गये, बैर भी खत्म और गुस्सा भी। दुश्मन का ही क्यों न हो, मुर्दा तो मुर्दा ही होता है। उसका अपमान भी करोगे तो वह थोड़े ही देखेगा! उसके लिए तो गाली भी वही, प्रशस्ति भी वही। फूल चढ़ाओ या पत्थर मारो, उसे क्या फ़र्क पड़ता है? इसीलिए तो शास्त्रों में लिखा है : मृतक को प्रणाम करो। किसी शुभ कार्य के लिए निकल पड़े हो और अगर सामने अर्थी आती दिखाई दे तो वह सबसे अच्छा शगुन है।

एंबुलंस मंद गति से पंडाल की ओर बढ़ रही थी। लोग उचक उचक कर उसे देखने लगे। कुछ श्रद्धालु हाथ जोड़कर खड़े हो गये तो शीघ्र ही घोषणा हुई – मेहरबानी करके अपनी जगह पर बैठे रहिए। गुरु जी के दरसन का लाभ सभी को मिलेगा। कोई अपनी जगह नहीं छोड़ेगा। माननीय मंत्री जी सर्किट हाउस से दिवंगत को श्रद्धांजली देने हेतु चल पड़े हैं। हैली पैड़ से आप सीधे ही गुरुजी के अंतिम दर्शन के लिए आएंगे। उन्हीं के कर कमलों से गुरु जी का विधिवत् देहदान संपन्न होगा।

गुरुजी को वह सम्मान दिया जा रहा है जो इस देश के शायद ही किसी आम नागरिक को मिला होगा। उन्हें राजकीय सम्मान के तौर पर गार्ड ऑव ओनर दिया जायेगा। यह हमारे लिए बड़ी गौरवप्रद घटना है...वह टकटकी लगाए मंद गति से पंडाल की ओर आ रही एंबुलंस को देख रहा था। उद्घोषणा के शब्द सुनने में उसकी रुचि नहीं थी फिर भी सुनने पड़ रहे थे। निरी खुशामद चल रही थी। गुरु जी से

अधिक तो चेलेजी की प्रशंसा की जा रही थी। बीच बीच में गुरु जी के जीवन की झलकियां भी आती रहती थीं।

"गुरु जी की उच्च त्याग भावना का खयाल कीजिए। उन्होंने पूरा जीवन जनसेवा में लगा दिया। अपने लिए कुछ नहीं किया। गरीबों के, निराधार अनाथ लोगों के आंसू पोंछे। बच्चों के लिए स्कूल खोले, बीमारों के लिए अस्पताल शुरू किए। ऐसे दूरदराज के क्षेत्रों में जाकर काम किया, जहां आज तक और कोई नहीं गया।

मंत्री जी ने ऐसे एक महापुरुष का उचित सम्मान करने का फैसला किया है जिसने न सिर्फ जीवन के दरम्यान बल्कि मरने के बाद भी अपना सेवायज्ञ जारी रखा है। अपना पार्थिव शरीर तक छात्रों के अध्ययन हेतु सौंपने का उनका संकल्प था। कुछ समय पूर्व उन्होंने अपने सगे हाथों से अपनी जीवन संगिनी का देहदान किया था। बहुत कम लोग यह बात जानते होंगे। प्रसिद्धि से कोसों दूर रहे महात्मा को आज राजकीय सम्मान मिल रहा है। देखिये – भगवान के घर देर होगी पर अंधेर नहीं है। एक तपस्वी कठोर तप करके चला गया है। समाज उसकी विदाई पर शोकाकुल है। राज्य उसका उचित मरणोत्तर बहुमान कर एक प्रशंसनीय परंपरा का सूत्रपात करने जा रहा है।"

अस्खलित वाणी चल ही रही थी कि अचानक आकाश कर्कश घरघराहट से फट सा गया। सभी आंखें पंडाल पर चक्कर लगाते हुए हेलीकॉप्टर पर स्थित हो गयीं। बड़ा अजीबो गरीब नजारा था। आकाश से पुष्प वृष्टि हो रही थी। एंबुलंस से उतारे जा रहे गुरु जी के शव पर फूल बरसने लगे तब तो पूरा माहौल ही बदल गया। भीड़ पागल सी होकर तार स्वर में नारे लगाने लगी –

'गुरु जी अमर रहें...'

'मनुज नहीं भगवान थे, मां भारत की संतान थे...'

बिना सोचे समझे ही वह भी थोड़ी देर तो उस नारेबाजी में जुट गया। अचानक कुछ याद आ गया और झटका सा लगा। नारेबाजी के शोरगुल में कोई भीतर से पूछ रहा था – सचमुच? यह आदमी सचमुच ही भगवान था क्या?

वह झिझक कर बड़बड़ाया : हो भी सकता है... भगवान बनने के लिए ही शायद उसने इन्सान बनना पसंद न किया हो। एक म्यान में दो तलवारें नहीं समा सकती। गुरु जी या तो भगवान बन सकते थे या फिर इन्सान। जाहिर है उन्होंने भगवान बन जाना पसंद किया। कुछ बुरा भी तो नहीं किया! बिल्कुल सही कह रहे हैं भीड़ में इकट्ठा हुए लोग, चाहे मंत्री जी के कारिंदों ने ही क्यों न जुटाई हो, पर भीड़ थी तो आखिर मानव समुदाय की। मनुष्य की छठी इन्द्रिय जाग उठती है तब उसे सत्य का स्वयंभू साक्षात्कार हो जाता है। गुरु जी के सत्कर्मों से, हो सकता है, ये लोग परिचित न भी हों – मंत्री जी को तो सब जानते हैं। जानना भी चाहिए। आखिर केन्द्र में राज्य का प्रतिनिधित्व जो कर रहे हैं।

गुरु जी का देह तो निमित्त ही था! मंत्री जी ने उनका राजकीय सम्मान कर अपनी ही इमेज बढ़ा दी।

पर उससे मुझे क्या मतलब? गुरुजी क्या थे और क्या नहीं थे – इसकी चर्चा तो शायद बरसों चलती रहेगी। वह बड़ी उधेड़बुन में उलझा हुआ था। इसमें कोई शक नहीं कि गुरु जी प्रखर लोक सेवक थे। अपने लिए पूरी ज़िंदगी में उन्होंने कुछ नहीं किया। अपनों के वास्ते भी कुछ नहीं छोड़ गये। जो कुछ किया, वंचितों के लिए किया, पददलितों के लिए, सर्वहारा के लिए किया। दुनिया भर की फ़िक्र में अपनों को तो पूरी तरह भूल गये। शायद उसे शिकायत थी तो सिर्फ़ यही। गुरु जी ने अपनों के प्रति घोर अन्याय किया, ईश्वर भी उन्हें इस क्षति के लिए माफ़ नहीं कर सकता था। शायद वही पाप ग्रंथि–वही अपराध बोध उन्हें अपने आप के प्रति इस कदर निष्ठुर बना सका होगा। क्या पता,

मरने से पहले किस असहनीय यातना से गुजरे होंगे...

शायद वे इसी दुर्दैव के योग्य थे। दुनिया के लिए जो भगवान था वही व्यक्ति अपनों के लिए शैतान से कम नहीं था। हां, बिलकुल ठीक सोच है मेरी : और कुछ भी हो सकता है – पीड़ितों का पद दलितों का मसीहा हो सकता है : पर अपनी ब्याहता के लिए – लुगाई के लिए क्या था वह? भीड़ में जुटे हजारों लोग तो उसे देवता ही समझेंगे – पूजेंगे उसे। ऐसे उम्दा कारनामें जो चढ़े हैं उसके नाम। कच्छ में भूकंप आया हो या अंडमान में सुनामी यह आदमी दिन रात एक करके प्रभावित जनता की मदद कर चुका है। उसने जगह जगह पर अन्नक्षेत्र खोल दिये, दवाखाने शुरू किए, नेत्रयज्ञों के शिविर लगवाए।

जिनके मकान ढह गये थे उन्हें रिकार्ड समय में बिना किसी सरकारी दखल दिये मकान बनवाकर सौंप दिये। कैन्सर पीड़ितों के लिए, गुर्दे की बीमारी वालों के लिए, हार्ट के मरीजों के लिए – यूं कहो कि आबाल वृद्ध सभी के लिए इस व्यक्ति ने झोली फैलाई और शायद ही कभी किसी लोक कल्याण के काम में उसे निराशा मिली होगी। उसके एक शब्द पर लाखों-करोड़ों लुटाने वाले दाताओं ने कभी अपने नाम की तख़्ती तक नहीं लगवाने दी। दाता जो कुछ देते थे, दिल से देते थे। अगले जहान में वह पूंजी सूद के साथ जमा मिलने का भरोसा रहता था उनको। आखिर दान दी गई रकम की पाई-पाई जरूरत मंदों के लिए खर्च होती थी। गुरु जी की अपनी घर-गिरस्ती उनकी अपनी निजी कमाई पर निभती थी। चरखा कातकर, किसी अच्छी पुस्तक का अनुवाद करके या अपने ही आश्रम के खेत-खलिहान में श्रम करके वे अपनी रोजी कमा लेते थे। जनता द्वारा दिए गए दान का वे जनता जनार्दन के लिए ही आवंटन करते रहे। अपने को उस धन का ट्रस्टी समझ कर जीये। सेवक ही बने रहे, स्वामी बनने का सपना तक नहीं आया उन्हें।

– हां, वह बदनसीब औरत उनको जरूर अपना स्वामी मानती रही। यद्यपि इन्होंने तो उसे सिर्फ साथी ही समझा। न खुद स्वामी बन सके न उसे स्वामिनी बना पाए। इतना जरूर कहा जा सकता है कि बड़े जादूगर थे वे। उनकी आंखों में कोई करिश्माई चमक थी। जो भी उनके संपर्क में आया, चौंधिया कर रह गया।

'शायद मैं ही था जो बच निकला...' वह उसांस भरकर उन कड़वी और दाहक स्मृतियों से उबरने की चेष्टा करने लगा।

चहल पहल बढ़ गई थी। मंत्री जी पंडाल के प्रवेशद्वार पर सजा कर रखे गुरु जी के शव पर पुष्पांजलि कर रहे थे। मंच पर अनूप जलोटा का भजन संगीत बह रहा था। मंद, प्रलंब सूरों में 'इतना तो करना स्वामी, जब प्राण तन से निकले...' सुनने में तल्लीन भीड़ अचानक हड़बड़ा गई और 'गुरु जी अमर रहें' 'जब तक सूरज चांद रहेगा, गुरु जी तेरा नाम रहेगा...; जैसे नारे लगाने में जुट गई। मंच पर रनिंग कमेन्ट्री चलती रही। सिपाहियों ने शस्त्र उल्टे कर मृतात्मा महापुरुष को गारद सम्मान अदा किया।

वह शून्य मनस्क होकर क्लोज सर्किट टीवी सेट में दिख रहे गुरु जी के चेहरे की ओर टकटकी लगाए बैठा रहा।

उसे वह रात याद आ गई। 'मुझे उन्होंने कसम खिलाकर भेजा था वरना मैं...' उसकी सिसकियों में निरी मजबूरी थी। 'तुम नहीं मानोगे भैया; मैं समझ सकती हूं। तुम यह बात कभी नहीं मानने वाले, क्योंकि तुम्हारे गुरु जी को तुम भी देवता मानकर चल रहे हो, बिल्कुल मेरी ही तरह। मैं सपने में भी नहीं सोच सकती थी कि वो मेरे लिए ऐसा घिनौना खयाल बांधकर चलते होंगे। मैं एक हिन्दू औरत हूं, सप्तपदी के परिणय सूत्र से अपने स्वामी के संग बंधी हुई... उनका शब्द मेरे लिए आदेश बन जाता है – काश, इससे बेहतर होता कि उन्होंने मुझे जहर पिला दिया होता...' बिस्तर में लेटते हुए उसने कहा था : वो भी जान

लेंगे कि औरत क्या चीज़ होती है। दुनिया ने उन्हें भगवान बना रखा है न! बड़े बड़े धन्ना सेठ उनके पांवों में लोट जाते हैं। ब्रह्मचर्य का तेज उनकी आंखों से निकलकर हर किसी को चकाचौंध कर देता है। सिर्फ़ मैं ही अछूती रह जाती हूं उनके करिश्माई प्रभाव से, क्योंकि मैं उनकी परिणीता हूं...

वह फफक फफककर रो पड़ी थी। ऐसे भी पेश आया जाता है क्या खुद अपनी ही ब्याहता के साथ! यह भी कोई तरीका हुआ! सीता की अग्निपरीक्षा से भी कठिन परीक्षा थी यह। न जाने उसे किस अपराध की सजा मिल रही थी। भोली भाली भाभी ने कभी एक लफ़्ज़ नहीं निकाला था उनके खिलाफ़। बोले : मैं तो आजीवन ब्रह्मचर्य का व्रत ले चुका हूँ, पता है न? फिर क्यों हठ ले बैठी हो मुझसे शादी करने का?

– क्योंकि मैं मीरा की तरह अपने गोपाल की हो चुकी हूं। आपसे मानसिक विवाह तो न जाने कब से कर चुकी हूं...

भाभी ने तो कभी शिकायत नहीं की थी। फिर उस पर ऐसा जुल्म ढाने की क्या जरूरत थी?

'प्रयोग करते रहते हैं न? गांधी जो बन बैठे हैं...' वह कह रही थी – 'सिर पर सनक सवार हो गयी होगी, और क्या? परीक्षा लेने की नहीं, पत्नी को उसका छीना हुआ हक़ वापिस लौटाने की...व्रत उन्होंने अपने लिए लिया था – पत्नी को अपनी ज़िंदगी जीने की पूरी स्वतंत्रता होनी चाहिए...'

वह उसकी राम कहानी सुनता रहा था, चुपचाप। पूरी रात किसी को एक पलक लिए झपकी नहीं आयी थी।

उस गरीब गौआ से वह क्या कहता? मन ही मन गुरु जी को न जाने कितना कोसा होगा। बस, बहुत हो गया। ऐसे दंभी आदमी के

साथ एक पल भी रहना पाप है। वह सुबह होने की राह देखता रहा। जैसे ही भाभी जी उठकर चली गईं, चुपके से वह अपना बेरिया बिस्तर बांधने लग गया था...

मंत्री जी बड़ी विनम्रता से मंच की ओर आ रहे थे। भीड़ के सामने हाथ जोड़े हुए वे अपने स्थान की ओर बढ़ गए। मंच पर रखी हुई गुरुजी की तसवीर को माला पहना कर आंखें मूंद कर खड़े रहे। उद्घोषक भी उन्हें इतनी गंभीर मुद्रा में देखकर सहम-सा गया। मंत्री जी ने स्थान ग्रहण किया और औपचारिक श्रद्धांजलि प्रारंभ हुई। गीता, कुरान, बाईबल और गुरु ग्रंथसाहब के अंश प्रस्तुत किए गए। जैन और बौद्ध प्रार्थनाएं पेश हुईं। मंत्री जी को समय से राजधानी पहुंचना था।

कुछ महत्त्वपूर्ण लोग आ रहे थे। उनके पास भारी निवेश करवाना था, ताकि गरीबों को रोजी मुहैया हो सके। मंत्री जी उस प्रोजेक्ट का शुभारंभ अपने संसदीय क्षेत्र से करवाने की उम्मीद रखते थे। जानते थे, यह गुरु जी का बच्चा जिंदा होता तो चरवाहों के पक्ष में अनशन छेड़ देता। उन मल्टीनेशनल राक्षसों के विरूद्ध पूरे प्रदेश में आंदोलन खड़ा कर देता। अब जब वह इस धरती पर है ही नहीं, मंत्री जी के लिए कोई अड़चन नहीं रह गई। वे इत्मीनान से राजधानी पहुंचकर लंचीयन मीटिंग करेंगे। डालर की बरसात बरसेगी। एक से एक बढ़कर एम ओ यू साइन किए जाएंगे। बड़ा शगुन वाला दिन है आज। किसी ने ठीक ही तो कहा है – अर्थी के दर्शन शुभ होते हैं। फिर यह तो गुरु जी की अर्थी जो ठहरी। न जाने कितनी अड़चनें पैदा कर देता अगर यह आदमी जिन्दा होता। बड़ी किस्मत वाले हैं मंत्री महोदय। ऐन मौके पर अड़चन खुद-ब-खुद हट गई थी!

छह महीने पूर्व भाभी जी को अचानक दिल का दौरा पड़ गया। तब उसने भारी सदमा महसूस किया था। गुरु जी के सनकी प्रयोगों से काफ़ी परेशान रहा करती थीं बेचारी। आखिर उस का मासूम दिल

कितने झटके सहन कर सकता। टूट ही गया। यूं तो दुबली-पतली, छरहरी औरत थी वह। सीधा सादा रहन सहन, कोई शौक नहीं सिवाय एक सेवा के। चौबीसों घंटे पति के पीछे लगी रहती थी, परछाईं की तरह। उनकी हर आवश्यकता का पूरा खयाल रखती थी। अनाथ बच्चों की मां बनकर रहती थी। हंसकर कहा करती – गांधारी के तो केवल सौ पुत्र ही थे। मेरे दो सौ पुत्र हैं और करीब उतनी ही पुत्रियां। मैं दुनिया की सबसे ज्यादा बच्चों वाली मां हूं – ठीक कह रही हूं न भैया?

उस रात शायद यही उसका अंतिम संवाद था। फिर उसने करवट बदल ली थी। वह भी नींद आने का नाटक करते हुए सो गया था। बड़े सबेरे उठकर वह टॉयलेट चली गई तो मौका देखकर उसने नौ दो ग्यारह हो जाना पसंद किया था।

इतने प्रगाढ़ रिश्ते पर पानी फेर देने में उसे ज्यादा देर नहीं लगी थी। आखिर क्या वजह थी जो ऐसे सनकी आदमी के पीछे अपनी पूरी जिंदगी आग में झोंक देता? ना समझ ही था – नादान ही समझ लीजिए – जो भेड़ की तरह नीची मुंडी किए गडरिये के पीछे भागता रहा। अच्छा ही हुआ जो आंखें खुल गईं और गडरिये के असली रूप का पर्दाफाश हुआ। चाहता तो भाभी जी के साथ कुछ भी कर सकता था, पर उसने उल्टे मुंह सोए रहने में खैर समझी थी। नहीं, वह उस औरत की नजरों में गिर जाना नहीं चाहता था... वह उसे भाभी पुकारता था और भाभी मां के समकक्ष होती हैं।

उसके प्यासे यौवन से कोई भी मर्द लुब्ध हो जाता। पल दो पल वह स्वयं भी विकल हो उठा था। पर उसने इस अग्नि परीक्षा को पूरी तरह ताड़ लिया था। नहीं, वह अपने दामन पर दाग़ नहीं लगने देगा। आखिर यह स्वयं अपनी आत्मा के साथ बड़ी प्रवंचना होती। क्या जरूरत थी ऐसा छलावा रचने की? आखिर गुरु जी ने ऐसा क्यों किया? उसे गुरु जी पर गुस्सा आ गया था। भागते समय यदि सामना हो भी गया होता तो वह उन्हें साफ-साफ सुना देता – महाशय, यह भी कोई

तरीका है 'पवित्र जीवन' जीने का। तुम भद्दे आदमी हो। भड़वों से भी गये बीते। छिः, मुझे तुम्हारे ब्रह्मचर्य में वेश्या के कोठे की बू आती है। भाभी को मेरे साथ सुलाते हुए तुम्हें शर्म नहीं आई? वह तो देवी है – पर तुम्हारे जैसे दानव के साथ उसका पाला पड़ गया। धिक्कार है तुम्हें। मन तो हो रहा है तुम्हारे थोबड़े पर थूक कर आश्रम छोड़ूं। पर मैं उस देवी का दिल दुखाना नहीं चाहता...

'मैंने ऐसा कुछ नहीं कहा था। मैंने उस व्यक्ति के साथ पल्ला झाड़ दिया– बस, बात खत्म।' वह मन ही मन बड़बड़ाया :- 'फिर घर पहुंचकर बड़ी उग्र भाषा में पत्र लिख दिया था, जो आज भी फाईल में सही सलामत है...' उसे इतने वर्ष बाद आज ही तो पढ़ा था फिर एक बार।

उसे गुरु जी की वह सीख याद आ गई : किसी पर गुस्सा आ जाए तो उसे दबाने की बजाए कागज़ पर अंकित कर देना ठीक रहेगा। जिस आदमी के प्रति शिकायत हो, उसे दो टूक शब्दों में पत्र लिख दो। तुम्हें बड़ा सुकून महसूस होगा। खयाल सिर्फ इतना भर रखना है कि गलती से भी पत्र पोस्ट न हो जाय! हो सके तो दो-तीन दफा पढ़कर उसे फाड़ देना, क्योंकि ज़हर आखिर ज़हर ही होता है। किसी के हाथ लग जाने पर भी हादसा हो सकता है।

मंत्री जी बड़ी भावुकता से श्रद्धांजलि दे रहे रहे थे : हम तो स्वयं अंधियारो में पले हैं। यह एक ऐसा दीपक था जिसने हमें रोशनी से मुखातिब करवाया। जब सूरज नहीं होता तब ऐसे दीपक ही उजाला फैलाते हैं। महात्मा गांधी, भगवान बुद्ध, ईसा मसीह और हज़रत मुहम्मद पैगंबर यदि सूरज होंगे तो हमारे गुरु जी भी दीपक से कम नहीं थे। अपने तप और त्याग द्वारा उन्होंने हमारे समक्ष एक समर्पित जीवन का सर्वोत्तम उदाहरण प्रस्तुत किया है। दुःख की बात है कि आज वह दीपक बुझ गया है। आनेवाली पीढ़ियों को वे देवता ही लगेंगे। यद्यपि

ऊर्ध्वपुरुष तो वे थे ही। सुभाषित में कहा गया है : ऐसे लोकोत्तर पुरुषों के चित्त का आकलन मुश्किल होता है, क्योंकि वे वज्र से भी कठोर और फूल से भी कोमल होते हैं...

वह अन्यमनस्क होकर भाषण सुनता रहा। उसे पता था – भाभी जी की मृत्यु के बाद गुरुजी को गहरा सदमा लगा था। किसी पत्रिका में उनका साक्षात्कार भी छपा था। एक मुलाकात शहर के जाने माने चैनल पर भी प्रसारित हुई थी – प्रश्नकर्ता ने शायराना अंदाज़ में पूछा था : आप दोनों का जोड़ा देखकर सारस युग्म याद आ जाता था। अब जब सारसी अनंत आकाश में उड़ चुकी है, आपको यह जगत और जीवन कैसा लगता है?

थोड़ी देर चुप्पी साधे बैठे रहे तो प्रश्नकर्ता ने पुनः वही सवाल रिपीट किया था। गुरुजी की आंखें नम हो गईं थी। जीवन में पहली बार वे इतने भावुक दिखे थे। उन्होंने कहा था : वेदांत में चाहे ब्रह्म को सत्य और जगत् को मिथ्या मान लिया गया हो, सच तो यह है कि ब्रह्म कहीं है भी तो हमने तो कभी देखा नहीं। जो कुछ भी है, शायद यह जगत् ही है। हम जीवन भर नाना प्रकार के भ्रम पालते रहते हैं। भ्रांति को हम शांति का पर्याय समझकर जीते हैं। फिर एक दिन किसी प्रियजन से वियोग की नौबत आ जाती है और सहसा हम हक्के बक्के रह जाते हैं। सत्य का उद्घाटन अवश्य होता है, पर इतनी देरी से कि हमारे पास अपने खोखले फलसफ़ो के सिवा कुछ नहीं बचा होता। हम मन मसोसकर रह जाते हैं कि इतना सुंदर जीवन हमने व्यर्थ ही गंवा दिया। अमृत कलश हमारे हाथ में ही था, पर हम उसे विषकुंभ समझकर दूर ही दूर रखते रहे। उसे होठों से लगाना तो दूर, हमने उसे छुआ तक नहीं।

उन्होंने हँसने का प्रयास किया कि आंसू छलक गए। आंसू पोंछते हुए उन्होंने कहा था : दो हंसों का जोड़ा बिछड़ गयो रे, गजब भयो रामा

जुलम भयो रे... अपने सारस युग्म से तुलना की थी ना? काफ़ी हद तक यह उचित लगती है मुझे। पर सारस कभी अकेले नहीं जी सकता, जानते हो? चूंकि सारसी अपनी उड़ान भर चुकी है इससे इतना तो तय है कि सारस भी उसी की तैयारी में जुटा है... मैं ब्रह्मचर्य पाल सका पर उसका वियोग नहीं सह पाऊंगा। मेरे जीवन की उल्टी गिनती शुरू हो चुकी है। सारस शीघ्र ही अनंत की यात्रा में शामिल हो जाएगा। और सुनो, तब मेरे मृत्युलेख के लिए आपाधापी मचाने की ज़रूरत नहीं पड़ेगी। मैंने अपनी धर्मपत्नी का देहदान किया था। ठीक उसी तरह आप सब मैं जहां कहीं भी मरूं, मेरे शव को निकटवर्ती मेडिकल कालेज में पहुंचा देना डिसेक्शन के लिए!

कहते कहते वे गद्गदित हो गए थे। शायद उन्हें याद आ गई हो वह रात जब उन्होंने अपनी सीता को बरबस अलग किस्म की अग्नि परीक्षा के लिए भेजा था, अपने एक विश्वसनीय अंतवेसी के पास। गांधीजी की तरह उन्होंने प्रयोग तो किये पर आत्मकथा लिखना मुनासिब नहीं समझा। हो सकता है, यदि ऐसी कोई किताब लिखते तो उसका शीर्षक रखा होता – 'हिमालय-नुमा भूल।'

निरंतर छत्तीस घंटों के श्रम से जुटी भीड़ महज छत्तीस मिनट में तितर बितर हो गई। मंत्री महोदय आंखें पोंछते हुए मंच से उतर रहे थे और दर्शनार्थी क्यू में खड़े रहने से कतराते हुए दूर से ही दिवंगत महापुरुष को सिर नवाकर भाग रहे थे। वह चुपचाप शव के नजदीक जाकर खड़ा हो गया। शव पूरी तरह ढंका हुआ था। लोग फुसफुसाते हुए कह रहे थे : कौन जाने कितने दिन हो गए होंगे! लाश बुरी तरह फूल गई थी इसलिए तो कांच के बक्से में रखी है, ताकि उसे हवा न लगे।

दर्शनार्थी मुंह पर रूमाल रखकर दर्शन कर रहे थे। कोफीन में बंद होने से बदबू तो नहीं आ रही थी, परंतु चेहरा बुरी तरह काला पड़ गया

था और डरावना-सा लग रहा था। कोई ज़्यादा देर ठहरना नहीं चाहता था। मन ही मन सभी को अंदेशा था – क्या पता, इन्फेक्शन भी तो लग सकता है। कुछ ज़्यादा सयाने लोग आपस में बड़बड़ा लेते थे – ऐसी विकृत बॉडी को डिस्पोज ऑफ ही कर देना उचित रहता। देहदान की भावना बेशक सराहने योग्य है, पर ऐसी देह की चीर फाड़ करने को कौन राजी होगा? न जाने भीतर कितनी बदबू भरी होगी! शायद ही कोई छात्र इसे स्वीकार करेगा। आख़िर उसे भी तो मनुष्य देह को तसल्ली से देखना-परखना है।

वह अनासक्त भाव से सब कमेंट्स सुनता रहा। पूरा पंडाल खाली हो गया तब तक वहीं खड़ा रहा। अस्पताल के कर्मचारी कोफीन को उठाकर एंबुलंस में रखने लगे तो लपककर उसने दिवंगत आत्मा को आख़िर बार काफ़ी नजदीक से देख लिया। लगा जैसे वे कुछ कहना चाहते थे। चूंकि मृतक शरीर बोल नहीं सकता, पर उसकी खामोश आंखें अवश्य बोल रही थीं। मुंह बेडौल हो गया था, तब भी वह जानी पहचानी मुस्कान कायम थी।

इतनी लंबी जुदाई और रिश्तों में आई खटास के बाद भी उसमें कोई फ़र्क नहीं पड़ा था। जैसे अपने कुछ आत्यंतिक निर्णयों पर स्वयं ही कुछ शर्मिन्दा हो रहे थे। जैसे आंखों ही आंखों से कह रहे हों दोस्त, तुम्हें मुझसे नफ़रत हो सकती है, पर मैं तो तुम्हें मरते दम तक प्यार ही करता रहा। तुम आ गए, अच्छा लगा। मुझे इस तरह के पब्लिसिटी स्टंट बिलकुल ही पसंद नहीं। पर क्या करूं, मर चुका हूं। जिंदा होता तो इसी बात पर सत्याग्रह शुरू कर देता।

वह उनकी चक्षुवाणी सुनता रहा। यकायक उसके मुंह से वह बात निकल गई जो पहले छत्तीस घंटों से भीतर ही भीतर एक घुटन बनकर जम गई थी। 'पर तुमने खुदकुशी क्यों कर ली? वह बड़बड़ाया और रुष्ट होकर आगे बढ़ गया। गेट तक पहुंचते पहुंचते उसके पांव भारी

हो गये और आंखें बरस पड़ीं।

'तुमने एक और भूल कर दी गुरु!' उसके पैर लड़खड़ाने लगे। वह दीवार के सहारे खड़ा हो गया। पुलिस वाले ने आकर डाँट लगाई, 'ऐसे महापुरुष के दरसन करने आए हो, शर्म आनी चाहिए तुम्हें...'

'भैया, मैंने नशा नहीं किया...' वह अपना पक्ष रखने की कोशिश करने लगा पर उससे पहले एक जोर का तमाचा पड़ चुका था।

OOO